走不出的故乡

孙莉霞 著

东南大学出版社
SOUTHEAST UNIVERSITY PRESS

·南京·

图书在版编目(CIP)数据

走不出的故乡/孙莉霞著.—南京:东南大学出
版社,2017.1(2017.9重印)
　　ISBN　978-7-5641-6986-2

　　Ⅰ.①走…　Ⅱ.①孙…　Ⅲ.①散文集-中国-当代
Ⅳ.①Ⅰ267

　　中国版本图书馆 CIP 数据核字(2016)第 324914 号

走不出的故乡

出版发行	东南大学出版社	
出 版 人	江建中	
社　　址	南京市四牌楼 2 号	
邮　　编	210096	
经　　销	全国各地新华书店	
印　　刷	虎彩印艺股份有限公司	
开　　本	700 mm×1000 mm　1/16	
印　　张	14	
字　　数	266 千字	
版 印 次	2017 年 1 月第 1 版　2017 年 9 月第 2 次印刷	
书　　号	ISBN　978-7-5641-6986-2	
定　　价	38.00 元	

* 凡因印装质量问题,可直接向营销部调换。电话:025—83791830。

眷恋这一方乡土

——《走不出的故乡》序

今年年初，家乡的人们争相传阅着一篇网文：《回乡偶记——湖北省京山县坪坝镇回乡所见所闻所感》，人们被作者独到的眼光、犀利的语言、细腻的情感、优美的文笔所折服，影响之大，前所未有，一打听，原来作者是孙莉霞，人称才女。之后，我在名为"坪坝人"的微信公众号平台上断断续续读到她和一群文学爱好者写的文章，由于从业与同乡的原因，这一群文学爱好者我大多认识。

莉霞是我的学生，中学时光，她各科成绩皆优，语文尤佳。岁月匆匆，校园一别我们20余年没曾见面，前几天，突然接到她从南方打来的电话，柔美的普通话中带有一丝淡淡的乡音，她说，终于要出自己的第一本书了，要我给这本书写一个序。我欣然应允，原因在于：莉霞及一群在家乡的土地上长大的人，他们用文字耕耘和参悟生命，叫人佩服；对他们所写的散发着浓厚乡音乡情的文学作品，我心中很是怀着几分期待，同时也想一起分享她们的成功与幸福。

在宁静的夜晚，静坐书房，一杯清茗，打开《走不出的故乡》电子书稿，静心品读作者的每一篇作品，我实实在在感受到了一份沉甸甸的分量，对字里行间所描写的那山、那水、那人、那物倍感亲切，被作者那深沉地眷恋故乡、思念亲人的赤子之情深深地打动了。

烟雨流岚下的坪坝，是我们的家乡，素有"秀才之乡"的美誉。这里物华天宝，钟灵毓秀，是一块充满灵气且有厚实文化底蕴的土地，曾创造了闻名世界的苏家垄文化。《走不出的故乡》开篇从坪坝小镇的历史写起，站在历史的尘烟之上，小镇的老城墙、漫水桥、漳河水、下安寺、古墓群……似一个个电影特写镜头，娓娓道来，又如一篇篇史书、一份份坚实而完备的档案，缓缓展开，向人们讲述着这座小镇的前世今生——曾经的辉煌与沧桑，给人以研究的价值。

有一块土地，总是魂牵梦绕着许多人的情怀，这就是故乡，它是文学创作永恒的主题。每一个人的故乡，都曾是无限的美好。我们诞生在这片土地上，我们畅饮过这里明净的山泉,我们赤脚踩过山坡上带着露珠的草地,故乡的山水大地、一草一木、风土人情和今昔变化,都曾给我们留下深刻的印象。那些远离我们而去的老屋、老街、古村、古桥,似乎还留存着我们当年的体温。事实上,这丝丝缕缕的体温,其实就是人们对家乡最美好的记忆,这是《走不出的故乡》文集中的浓墨重彩之处,也是最使我感动、最让我感同身受的地方。在作者笔下,在或长或短的文字里,向我们展示了她的故乡、她的学校、她的亲人,以及和他们相关联的童年趣事。通过阅读这些朴素、干净、自然、温暖而又略带着一些忧伤的文字,一句哲人的箴言铿然回响在我的耳际:"乡土,这是一个富有诗意的心灵之境和精神家园,在痛苦和忧伤时,它始终会缭绕于心给人以慰藉和祝福。"水是吾乡清,月是故乡明,远离家乡的游子对故土的思念让人牵肠挂肚,让人泪眼婆娑。当我们逐渐走出乡村,行走在通往城市的路上,泥土的气息被城市的高楼所湮没,读到这些把乡土写进生命里的文字时,是否也是另一种意义上的休憩与疗伤?

亲情是一条奔流不息的长河,亲情是一首永恒无尽的颂歌。也许回忆就是一种幸福,文集中收录的那些家乡文学爱好者情深意长的怀亲之作,如《走出山坳》《我的父亲》《亲亲井湾》《妈妈的缝纫机》《春国叔》《他们正在老去》等篇章,通过朴实而真诚的语言,如歌如诉,勾画出了一个个活灵活现的人物形象,轻轻拨动着读者的心弦,温情感人,入心入肺。让人们不禁感叹道——他们的故乡、亲人,又何尝不是我们共同的故乡、亲人!

《走不出的故乡》文集中叙写家乡的美文几乎是一幅幅风俗画。风俗画的内容是非常丰富的,诸如节日习惯、饮食文化、人情交往、婚丧礼仪等都属于这类范畴,从中可以看到我们坪坝丰富多彩的地方特色,更可以通过这个窗口穿越时间的隧道窥见今天与过去的风土人情的连续。当然,任何事物都有两面性。一定的社会风俗,既相对稳定,具有一定的传承性;又受一定的政治、经济和外来文化的影响,也有一定的变异性,折射着这个时代的变化。文集中《变了味儿的婚丧仪式》《麻将声声深几许》《尴尬的农村,走不完的人情,送不完的礼》《秸秆,别烧了》等章节反映了社会变迁背景下百姓生活的本真,融注着作者对生活、对生命的态度与人生的思考,从而在家乡肥沃的土壤中构建自己的精神家园。

文章最贵写真情,每一个作者应做生活的有心人,具有丰富的内心世界,敏锐的观察力,独特的感受力,在看似平凡的生活中发现诗意与美,才能写出具有自己独特味道的文章来。莉霞的文章是用女儿心写成的,柔柔的,暖暖的,弥漫着女人特有的心思和温情。这部文集中的许多散文以女性特有的视角重温过往时光,特别是童年和青少年时光,这是一种非常珍贵的情感气息:清纯、明净、洁白、无瑕,这是发自内心的真情流露,没有任何矫情,没有任何污染。她将坪坝乡土置身于广袤的世界之中,即便是那些司空见惯的东西，即便是写艰难困苦的岁月，她的文章让我们看到的依然是无尽的新鲜、美好及向往。

也许我们的路在远方，但乡土又何尝不是最佳的栖居地呢？让我们和作者一起走进坪坝吧，去聆听漳河大地的心跳，去亲近荷锄归来的乡邻，去孝顺渐渐老去的父母，去感受真实纯朴的民风，因为这里凝聚着我们太多的爱恨悲喜，这里是让人无奈又无比眷恋的家乡啊！

谨述数语，权以为序。

杨安武

2016 年 12 月 1 日

前　言

　　从来没想过，会写一本关于故乡的书，我离开了它那么多年，现在又重新回过头来，打捞关于它的记忆。

　　也许从来就没有离开过，那些记忆一直潜伏在心里，潜伏在沉沉浮浮的岁月中，时光越久远，记忆越清晰，就像海边礁石的印痕，无法抹灭。

　　童年是人一生中最隐暗的时期，但又是生命成长的基石，你的出生之地，你的故乡，你的原生家庭，很大程度上，决定了你生命的基调，平静或动荡，苍凉或绚烂，如大河般深沉幽暗，或如山峰般突兀凌厉，有的人甚至至死一生，都脱离不开故乡的牵绊，如萧红的呼兰河，沈从文的凤凰古城，他们的文章中都带着鲜明的故乡的痕迹。

　　我的故乡坪坝镇只是一个名不见经传的小镇，很多人都说，有什么可写的呢？它确实只是一个籍籍无名的小镇，贫穷，落后，保守，年轻人离开后，凋敝，缺乏活力，即便如此，它依然是生我养我独一无二的故乡。

　　我在这里出生，长大，我在那座老房子里度过了我的童年和最青涩的年少时光，我在历经百年沧桑的石头街道上追逐玩耍，在古老的城墙边嬉戏打闹，在护城河泛起粼粼波纹的河水里摸鱼捉虾，也曾在尘埃满地的阁楼上想过心事，在这座残砖断瓦、西风斜阳的古镇里，留下过生命生长的痕迹，也终将贯穿我这一生，挥之不去。

　　我自上大学离开它以后，除了寒暑假或者过年，几乎很少回来，回来也只是看看父母，走走亲戚，对它并没有太多的眷恋。年轻人也都渐渐离开，如鸟儿一般飞到外面更广阔的世界，难得再回来，这座小镇渐渐失去了活力，日益破败衰落，十几年来，除了增加一些新房子，似乎没有太大的变化。

　　2016 年春节，在春节的热闹背后，却感受到一种难以言说的悲凉无奈，所见所闻所感，如鲠在喉，意愤难平。从老家回来没多久，写了一篇长长的帖子《回乡偶记——湖北省京山县坪坝镇回乡所见所闻所感》发在天涯论坛，结果一石激起千层浪，没想到一篇文章却引起那样大的反响和争议，也许看过的所有人都会在心里问，这个小镇代表着中国农村偏僻小镇的缩影,它到底该怎么走,它的前途和命运到底在哪里?

这也是我在心里不断自问的,而直到这时,我才发觉我的心已与它息息相连,再也无法分开。

这篇网文引起的争议慢慢平息以后,我不断地问自己,我写完这篇文章,到底能带给它什么呢?除了一些争议和震动,让麻木者不再麻木,对于它会有什么实质性的改变呢?不,什么都没有,一切都还和以前一样,就像一粒石子投入到湖心,除了溅起阵阵涟漪,湖水依旧,并没有任何实质的改变。

经过一番考虑,我决定给我的家乡坪坝镇做一个微信公众号,名为"坪坝人",主要是述说坪坝人、坪坝事、坪坝情,介绍过去的历史文化习俗,讲述家乡的人和事,并对农村关注的热点话题进行探讨。通过前两次事件,我看到了网络的力量,而建立"坪坝人"这个微信公众号,借助于网络这个平台,通过一篇一篇的文章传播,如种子一样播撒到每个坪坝人的心里,能带给大家思想和观念上潜移默化的变化。真正的改变并非一声巨雷就发生了翻天覆地的变化,而是需要春风化雨,润物细无声,一点一点的改变。

就这样,公众号一期一期做下来,吸引了越来越多的本地人,甚至是外乡人的关注,也吸引了很多本地作者投稿,那些真挚而又朴实的文章,让大家得到深深的共鸣。

所以这本书不仅有我自己写的文章,也收录了公众号上众多本地作者写的文章,如龙跃洲、刘红兵、王慧玉、雨千寻、石世刚、苏传光,写他们自己的生活和故事,引起了极大的共鸣和反响,从而让这本书变得更加丰富生动。

最终写完这本书的初稿,似乎有一种无形的力量在牵引着我,让我一步一步走到今天,我不敢臆测有多少人愿意看这本书,这本书又能带给这个小镇怎样的影响,我只是依循着自己的内心去做这些事,最终结果会怎样,我并不愿去多想。

就像熊培云说的,"我相信,即使故乡沦陷,我仍可以在一个美好的世界里度过一生,因为我的一生都在为那个美好世界而努力。"

我曾努力过,也将继续为我的故乡、为心中那个美好世界而努力着。

最后,感谢坪坝的所有父老乡亲,你们是我写作的动力和源泉;感谢我的老师杨安武,他是我的初中语文老师,是他在我心中播下了文学的种子,给了我信心和力量,如一盏指路明灯,让我在写作这条道路上能一直坚持走下去;感谢东南大学出版社的编辑马伟,为这本书尽心尽力策划出版,加班加点,不辞劳苦,得以让这本书尽早面世。谨以此书,献给你们,献给所有关心和帮助过我的人。

孙莉霞

2016 年 12 月

CONTENTS 目录

第三章　回乡偶记

第四章　"坪坝人"微信公众号

第一章　历史尘烟

　　我们有怎样的未来,在很大程度上决定于我们对过往文明的态度。

站在历史的尘烟之上

对于坪坝镇,对于这个生我养我的地方,其实一直保持着一种疏离的关系,除了每年偶尔回去,看看父母,见见亲戚,并没有太多的感触。

年轻人的心都在外面,故乡就像一道藩篱,急于想要跨过去,奔向另外一个世界。我们改掉乡音,换去身份,完成从翠花到 Mary 的实质性改变,就像化茧成蝶的毛毛虫,似乎褪掉那一层皮,就可以展翅高飞。

走了那么多的路,去了那么多的地方,经历了那么多的人和事,忽然有一天,发觉人生中最幸福的事,就是睡在小时候睡过的那张床上,睡到日上三竿还不想动,等着父母喊自己起床,而饭菜早已经摆在桌子上。

这个时候你撤去了一切身份,不再是人妻人母,不再是公司员工,而只是那个小孩,还可以在父母膝前承欢撒娇的孩子。

这样的日子,已经不多了。他们一天天地老去,不知道什么时候就会突然离开,一想到这里,就变得很紧张,想要把时光紧紧抓住,攥在手心,还可以任自己挥霍,可以和父母好好聊聊,拉拉家常,说说他们以前的时光。

以前也从来没觉得故乡有多好,在我儿时的记忆中,不过就是一些破旧的老房子,只有那条河,那些山,才是真正好玩的地方。

直到有一天——这一天总是要等到多年以后,历经过外面的繁华和沧桑,回过头来,才发觉故乡的真实意义。

南宋有一个叫孟元老的人,也是在失去故乡以后,才发觉它的好。

他的故乡在北宋的汴京城,在他的梦中,那是一个繁华和富庶之地。可是后来,学历史的都知道,北宋被金人打败,京城也被占据,只能偏安于南方一隅,成了南宋。为了纪念失去的故乡,他写了一本书《东京梦华录》,在序言中说:"古人有梦游华胥之国,其乐无涯者,仆今追念,回首怅然,岂非华胥之梦觉哉!"昔日的都城,确实繁华得像一个梦,"……八荒争凑,万国咸通。集四海之珍奇,皆归市易;会寰区之异味,皆在庖厨。花光满路,何限春游;箫鼓喧空,几家夜宴……"这样的一个繁华之境,只能在《清明上河图》中可以想象出一二。

所有的繁华都是在回忆中,他说:"暗想当年,节物风流,人情和美,但成怅恨。"

当我发觉故乡的真正意义,也希望可以记录一点什么,不会空余怅恨。

等到我有这个想法的时候,才发觉我对故乡了解得太少,或者很多都已经忘记。

这个小镇也曾有富庶繁华、物华天宝的时候,可我现在只能凭着老一辈只言片语的讲述,去想象那时候的繁盛,拼凑出那一段历史。

等到我们的下一辈,这些想象的历史可能都没有了,在他们的记忆中,只是一个普普通通的小镇,与其他任何镇子没有什么区别。

在我们的记忆中,故乡的历史是一个残存的片断,而在他们眼里,历史早已化成灰烬。一个没有历史的人,在心理上,多少都会有一些断裂感,不知道自己从何处来,也不知道自己往何处去,如同过往云烟,轻飘飘没有重量。

如果没有人去记录整理,许多历史习俗文化,可能会随着老一辈人的逝去渐渐消散,就像它们从来没有存在过,我们迫不及待地想要拥抱明天,而对过去,却总是一脚踢开。

熊培云在《一个村庄里的中国》说:"我们有怎样的未来,在很大程度上决定于我们对过往文明的态度。可以肯定的是,无论是一座城市还是一个村庄,如果它的过去总被连根拔掉,那么它也会丢掉它的未来……"

于是我开始记录、搜集、整理,一方面记载着它的过去,一方面寄予着它的未来,其中很多资料来源于《坪坝史话》这本书,感谢这些前辈老先生,因为有了他们不辞辛苦的整理,才让我们了解到这样多的史实和资料,历史才会这样一代接一代地传承,继往开来。

站在历史的尘烟之上,我只是倾听、记录,在残砖断瓦中搜寻过去的踪迹。也许在别人看来,它只是一个并没有多少特色的小镇,可对于我来说,却是我独一无二的故乡。

一座小镇的前世今生

这是一个普普通通的小镇,说它普通,是因为将它扔在千千万万个小镇中,它会被湮灭,会被模糊,看起来和别的小镇没有任何区别,不过只是几条街道、几排房屋、几个事业单位、几排商铺,一群熟识或者陌生、常住或者即将离开的面孔。

但它对我而言,又是最特别的一个,因为这些高声说着话的面孔,这些笑着的面孔,这些大声叫骂着的面孔,操着和我同样的口音。这样的口音,这样的方言,在我多年的求学和工作生涯中,似乎都已经把它遗忘,即使在梦里,也难以想起来,可是,回到这熟悉的地方,听到这熟悉的口音,我知道,我又回来了,回到这逃不掉又忘不了的故乡。

每个人都有自己的故乡,有的人念念不忘,有的人却要执意抛下,长大后,化茧成蝶,有了不一样的身份、地位和面孔,从泥腿子变成城里人,从地上升到云端,他们可以抛弃、可以遗忘,可是对于我,这一份乡情又如何挣得脱、解得开?

这座小镇曾有几百年的历史,它曾历经过繁华,也变得日益衰败,它繁华的时候我没有亲见,衰败却是一点一点亲历,伴着我成长的这几十年。确切地说起来,用"衰败"这个词也许还不够贴切,它只是慢慢地被这个时代磨灭了印迹,变得面目模糊,难以分辨,既非罗大佑歌声中的鹿港小镇,也不是贾樟柯镜头下荒凉的北方小镇,它慢慢变得和其他小镇没有任何区别。

都是一样的街道、一样的人流、一样的商铺,卖着一样的货品,一样的高音喇叭,一样的大幅招牌,吵闹的音乐,一样的网吧里面,一样的青春迷惘的面孔。但只要转过身来,悄悄走到它的背面,也许你能从那些残砖断瓦中,从那片青石古街中,找到它残存的旧日的痕迹。

很多镇子,都有一座古镇,也有一座新镇,如沈从文的故乡凤凰古镇,一条江,一座桥,将新镇和古镇隔为两片,虽然古镇也渐渐被这个商业时代所充斥,但至少它还在那里,石板街还在,吊脚楼还在,但更多的小镇,却难逃被改写的命运,旧房子一点一点颓败拆除,旧的人一个一个地离去,只剩下荒烟衰草,斜阳古道,被一片风沙,或者被一个时代掩埋。

关于古镇的历史和当年的盛况，我储存的记忆并不多，但很多人，很多年长的人，对于过去的回忆，比我更鲜明得多，下面这一篇文章是我的老师杨安武对于坪坝古镇的回忆录。

坪坝地处巍巍大洪山南麓，两边是或高或矮的山岭，中间是肥沃且平整的土地，悠悠漳河水从中间穿过，长流不息地滋养着沿河两岸的人民。它是湖北省京山县的北部重镇，盛产稻谷、小麦、油菜、板栗等农产品。

坪坝老街地理位置特殊，自古以来是坪坝的政治中心、经济中心和文化中心。新中国成立前四周筑有城墙，城墙周长两千余米，墙高达十余米。厚厚的城墙有六个城门，码头由或红或青的石板台阶铺成。

这是一个有着悠久历史的古镇。它顺漳河而建，小街与河道平行，如同巨龙横卧在漳河的北岸，按河水的流势由西往东依次把老街分为上街、中街和下街。街道上铺满了鹅卵石，由于年代的久远和集市的兴旺，所有的鹅卵石都被千万双脚经年累月地磨得光滑透亮。街道两边的建筑主要在明清时修建，房屋门面多为门板、滑槽和门枢孔构成，古色古香的木制门窗和店铺铺板上，都涂上了像北京紫禁城城墙一样的暗红色。民居多为砖木结构，青砖灰瓦，布局紧凑，精巧大气，古意盎然。院落呈井字形排列，幽深狭长，大多采用前店后宅或以天井分割前后不同的功能，层次分明，具有复合型的特点。小楼听雨是老街的经典，这些建筑在淅淅沥沥的小雨中更能散发出闲淡悠远的独特韵味。除了居民的房屋、商铺外，还有寺庙、祠堂、戏楼等。老街现在还存有水星城门、水府庙、下安寺等历史遗迹。

生活在老街的人们有自己独特的生活方式。小镇上爱看戏的人很多，尤其是妇女和孩子，只要听说戏楼来了戏班子，人们从清晨开始就心神不定了，盼望着戏班子早些开场。锣鼓一响，脚底发痒，看花鼓戏、看楚剧、看皮影戏，遇到什么就看什么。加上那些精致的小院子，还有那满街飘香的小吃以及悠长的叫喊吆喝声，热情的人们给古镇带来了生机和希望。人们喜欢这个地方是因为这里一直都拥有着属于自己的生活味道。

坪坝素有"小汉口"之称。人们从事商业活动主要以商铺的形式进行，户户开商铺，家家设柜台，主要经营百货、匹头、日杂、糕点等，商品齐备，无所不有。每天人欢马叫，热闹非凡。那真是：十里的桃花，云集的商贾，鼎沸的码头，如林的客栈。风雨兼程马蹄驼铃入夜，大河往来帆船号子不绝。晨钟唱晚，香火袅袅；晓风残月，杨柳依依。此情此景无不给人以隔世的恍惚与无限的遐想！

　　为了农商兼顾,坪坝集市分热、冷集。中国农历的双日为热集,单日为冷集。每逢热集,骡马络绎,赶集成为老街繁荣的标签。清晨,在商铺齐整的正街上,赶集的人们熙熙攘攘、摩肩接踵。人们带着新鲜的山货及其他农产品在集市上兜售,换回日常必需的生活用品。

　　"树养人丁水聚财"。得益于漳河的水路交通之便利,坪坝老街成了方圆几十里人流、物流、资金流的集散地。本地的大米及土特产品在此集装,再经水路一路南下;而武汉的丝绸、布匹、食盐等商品又经水路在此登陆,转入旱路,流入千家万户,浓厚的商业气息逾越百年。漳河里,大小帆船不计其数,运楠竹杉木的船,运布匹百货的船,运当地特产的船,各色船等在河面上一字排开,帆樯林立。货船在河面上装卸货物的声音、小船撒网捕鱼的声音、争抢渡船过河的声音、妇女在河边用棒槌捶衣服的声音,各种声音形成了一种特有的喧闹声。入夜,守时打更的人按时打更,宁静夜晚有规律的"梆梆"声和打更老人抑扬顿挫的安全警示声,还有豆腐坊、煮酒坊、染布坊、糕点坊等各种坊间人们的忙碌声交织在一起,就像是一曲无限美妙的交响乐,给坪坝老街带来无限的安全感、满足感。这种喧闹声如果哪一天变异了,停止了,人们就会忐忑不安。只要每天能听到这种声音,说明坪坝这个小社会的机器在正常地运转着。1927年以前,坪坝有团防局,负责治安保卫工作。在那个混乱的年代里,坪坝老街别有洞天,显得井然而有序。正所谓"一方水土养一方人",就这样,我们的先民和外来居民在这里和睦相处,外来文化和本土文化在这里相融相通。

　　20世纪80年代初,坪坝撤区并社建镇。随着国家改革步伐的加快,从1983年开始,用了几年时间,在紧靠老街的北面兴建了一条笔直宽阔的新街,原来的坪坝老街居民和从乡下迁来的农民在街道两旁修建起漂亮的楼房。新街、老街跨越时空,无缝对接,成为一个和谐的整体,形成了比较气派的现代化小镇。

　　光阴荏苒,白驹过隙。美丽而神秘的坪坝老街是个让时间凝固、让心灵呼吸、让双目澄净的小小天地,历史与古迹、景物与传说串起了它的古往今来。老街古城墙大部分现已不在,围绕古城墙的护城河更是踪影难觅。今天,当我们沿着被脚板和风雨磨砺得发亮的老街石板路,漫步在弯弯曲曲的小巷里,目光会情不自禁地被眼前一幢幢古朴而稍显残破的民居建筑所吸引,它们似一坛老酒,随着时间的推移越发散发出浓烈的芳醇,更像一个个生动的故事,静静地等待着今天的人们来细细品读。当然,凡到过这里的人们都心怀一个朴素的梦想:祈盼这里的一景一物、一草一木能够得到政府和居住在这里的人们有效的保护,让这一点缀在京山乡间的奇葩永远散发出历史的馨香。

如果不是史料的记载和文中的叙述,我哪里知道这样一个破败的古镇曾有这样辉煌的历史,从我记事起,我看到的古镇只是一条老旧的街道,一排排辨不清颜色的房屋,还有那些熟识的面孔,大声叫着你的小名,嘻嘻地笑。

后来,与老街平行地又修建了一条新街,灰白色的水泥路,两边是简易的砖瓦房,形成一排一排的商铺,杂货店、服装店、理发店、手机店……门口搭建着各种各样的广告招牌,就像你看到的大多数小镇一样,在各种门面吵闹的音响和喧嚣的车流声中,显示着它的繁华和热闹。

自从建了新街以后,老街渐渐变得沉寂,越来越多的人从老街搬出来,在新街临街的路面修建了自己的两三层小楼私房,和以前的老房子相比,显得更高大、气派、亮堂堂。

没有人再愿意住在以前的老房子里,除了那些搬不走或恋旧的老人,他们守着破旧的老屋,风烛残年,等着时光把他们和这条街道一同带走。老街上的店铺也都一家一家关门了,消失了,以前的打铁铺、粮油铺、药铺、酿酒坊……都没有了,似乎只剩下一家理发铺,有一个老人依然守在那家老式理发铺里,在那个笨重的木质躺椅上,给那些比他更老的人剃头刮胡子,再后来回去,似乎也没看到了,只有黑漆漆的门上一把大铜锁。

老人去了哪里,没有人告诉我,也许不做了,也许不在了。时代的车轮轰隆隆向前流转,没有人会在乎一个老人去了哪里,而对于我来说,最后一点残存的记忆也随着紧闭的木门,消失了。

老街上的那些老房子,有些已经倾危,里面蒿草丛生,有些被改建成镶着铝合金瓷砖的砖瓦房,门前用水泥铺的院子,在这一排排黑黢黢的房屋中显得特别抢眼,后来,改建的房屋越来越多,老街渐渐失去了原有的面貌,变成了一条时空错乱、新旧夹杂的街道。

我们家当年也是从老房子里搬出来的,搬到了新街上,以前的老房子卖掉了。即使不卖,也不可能再回去住,这种濒临坍塌几百年的老房子,住起来并不舒服,潮湿、阴暗、狭窄、破旧,风吹一层土,下雨到处漏,没有谁再愿意住在这样的房子里,所以能搬的都搬走了。

即便如此,我也不愿意眼睁睁看着这些老房子完全变了样,变成那种整齐划一钢筋混凝土的现代砖房,尽管如此破旧,也不能掩盖它曾有过的恢宏、精致、古朴,如果能够改建,既能保持原有的风貌,又能将内部结构改建得更舒适人性化……但这种改建需要专业的设计队伍,还需大量的人力、物力、财力,所以,也就只能是现在这样,新旧夹杂、斑驳不清的面孔。

不知道以后这条老街会变成什么模样,会不会被时光完全带走,再也看不到旧日的痕迹,和那条新街一样,沦落成最平常最普通的市集小镇,充满着现代化的新兴的商业面孔,而那些老房子就如同老黄历,无人翻阅,也再也不会有人记起。

小 汉 口

很难想象这样一个看起来萧瑟、凋敝的小镇，当年是被人称为"小汉口"的地方。

小镇最主要的是平行的两条街，一条新街，一条老街。老街还是当年的老街，只是风貌不再，最主要是，这条街上已经没有多少人，很多房子都已经关门闭户，只剩下一具残存的躯壳。即使有人住的那些房子，房子里的人和这栋房子一样，都已经垂垂老矣，似乎随时都会被岁月的尘烟一转眼带走。还有的老房子已经被推倒，在上面又重新修建了新房，已经完全改变了模样。

老街上已经没有几家店铺，即使挂着牌子的，也几乎很少见到开门，也许是因为这条街上人太少，干脆就不开门了吧。

昔日繁盛的这条老街，似乎已经变成了一条死寂的空城。

与之平行的是一条水泥路修建的新街，新街虽然由于外出打工的人多，人口也没有以前稠密，但相对于老街，则繁华热闹得多，街两边各种店铺、小摊贩密布排列，来往车辆摩托穿梭不断，才让人感受到这是一个兴盛繁华的小镇。

然而，今日的繁华热闹已经不能和昔日相提并论，不一样的时代，繁华的内容也自不相同。

且看《坪坝史话》上记载的昔日商铺的历史。

坪坝是个边陲小镇，位于湖北京山、安陆、随州三县市交界处，有京山北大门之称，历来为南北商品交易集散地。

据《京山县志》1937 年商业资料：这里有大小商户 180 余家，其实投资 1 万～5 万银元大店铺 14 家，在全县商业资本中名列各镇的前茅。

商户经营百货、匹头、日杂、榨坊、染坊、酿酒等行业 24 家，糕点铺 16 家，肉案 18 家，锅厂 1 家，铸铧厂 1 家，还有药铺 6 家。

交易的商品有四川、云南的砣茶，金华咸丰的火腿，浙江的墨鱼，湖南的板笋，本地的烟叶、皮油、香油、菜油、梓油、桐油、白果、板栗、麻类、药材、蚕丝、水果、蜂蜜等，商品繁多，市场活跃，南来北往，客商云集，故有"小汉口"

之称。

坪坝地区的物产资源丰富,年产烟叶 200 多担,闻名省内外,还产蜂蜜 1 万多斤,桐油 12 万多斤,梓油 10 万多斤,蜈蚣 40 多万条,皮油 10 多万斤,还有各类药材,上市量较大,外销武汉乃至全国各地。

这些土特产中以烟叶、板栗、糕点名气最大。

烟叶特点是:茎细、叶薄,色泽光美,香味醇厚。

板栗特色是:个大,味甜,色红,号称"大红袍",比其他品种提前十天上市,非常走俏。

坪坝街上的传统糕点"雪枣",白如雪,泡如棉,甜美酥松,十分可口,被武汉美食研究者称为"糕点之王"。另外,还有一种大麻丝饼赛过德安府,为周围富人过年必备之佳品。

坪坝城内有十几栋榨屋常年加工香油、菜油、桐油、梓油,冬季大量加工雪油,大部分是云梦、孝感商人贩运至武汉销售。

坪坝有槽房二十几家,酿的白酒行销附近各县,有的用船运往武汉出售。坪坝不仅是农村土特产集散地,也是一个酒类、油类等产品的生产基地。

坪坝的集贸特点是分热冷集(即隔日集),以便与周边集镇相互交流,沟通有无,活跃市场。每逢热集,天刚亮就有人上街赶集,到上午 8 点左右,人山人海,水泄不通,热闹非凡。

除了那些大商家生意红火之外,还有不少的行业,粮行、油行、山货行、盐行、鱼行、牛马行、猪行、竹、木、柴、炭行等,人欢马叫,也很热闹。

此外,还有烧卤馆、鸦片烟馆、牌场赌场、茶馆、杂货摊、小吃店,并且还开夜市,铺家点起煤油台灯、宝盖吊灯,小店馆就点清油满堂红(白铁做的三个捻子灯),的确是一派兴旺繁荣的景象。

过去由于土匪猖獗,周围几十里的集镇没有石砌城墙保护,都不能正常营业,购物者多涌向坪坝。有些物品,其他集镇没有,而坪坝却有。如当时比较少见的小工业品,热水瓶、自行车、座钟、怀表、胶鞋、球鞋、香皂、手电筒、毛巾、自来水笔、香烟、留声机等,都已经进入了坪坝,有些作为商品在商店出现。凡有红白喜事者,只有到坪坝才能办理齐全,所以都说,坪坝真像是个"小汉口"。

坪坝那时,还能依靠漳河的运输条件,漳河常年有几十条木船跑武汉,加上驴、马、骡驮运,人工肩挑运送货物。从 1936 年开始,就有客运汽车,上午由安陆开往坪坝,下午由坪坝返回安陆,直至日寇进犯时才停止。

民国廿六年（1937 年）坪坝商户资本统计

店铺名	东家	资本	类型
李正记	李光东	5 万元	杂货铺
杨大顺	杨传金	4 万元	杂货铺
姚聚和	姚保纯	1 万元	粮行
孙万昌	孙福田	5 万元	杂货铺
孙裕兴	孙宜超	3 万元	杂货铺
杨兆丰	杨秋馥	3 万元	杂货铺
方泰来	方本祥	3 万元	染坊
杨德昌	杨硕美	5 万元	杂货铺
李永记	李绍书	3 万元	杂货铺
丁坤记	丁宇敦	5 万元	杂货铺
方洪记	方万春	2 万元	山货行
永生福	彭学立	3 万元	药铺
杨德盛	杨传炎	1 万元	盐行
杨华记	杨家海	3 万元	杂货铺

　　注：表中所列资本金额为当时国民政府发行的"法币"。当时"法币"与银元的比价相对稳定，通货膨胀不是很明显。

　　我们家当年也是开商铺的，贩卖粮油及各种调料。我爷爷是不是大东家，我不知道，店铺名叫什么，我也不知道，只知道当时还雇了几个伙计，生意应该还算兴隆吧。

　　城外的漳河水湍急流淌，城门码头边来往的货船络绎不绝，城里面各种叫卖声，熙熙攘攘，人声鼎沸。铺家、行老板正在成交一笔笔生意，在"几斤几两""几斗几升"的高喊声中，算盘珠子扒上扒下，上下翻飞。各方赶集的人，从四面八方、成群结队而来，驴驮人挑到坪坝赶集，有的驮的雪油、桐油，有的是山货药材，有的是五谷杂粮等各种土特产，进入到城内狭窄的街道上，把一条老街挤得水泄不通。

这是当年老街交易的盛况，我却只能在书本上去想象那时的情景。

还有一种买卖不同于一般的买卖，在过去盛行，坪坝街上也有，那就是当铺。

清朝时期，坪坝下街某姓有一家当铺。房屋建筑面积很大，四边的防火墙高三丈余，为防盗，周围的墙壁不开窗。大门面壁上是飞檐凌阁高耸，大门右侧中间有一个比晒簸小点的"当"字。屋里面有营业柜台货架。再往内是大厅、客厅、厢房、卧室，都是雕梁画栋、飞禽走兽，十分讲究，还有几个大天井和后面的花园。

当时，这家当铺有巨额资产，规模宏大。方圆数十里的京、安、随三县的老百姓都来此进行典当业务，也叫"押当"。

押当的人，有的是家庭遭遇灾难，或长期患病经济困难，有的是财主破产，家境每况愈下。他们在封建颓废制度下，举债难以偿还，重利盘剥，日甚一日，在不得已的情况下，把家中财产拿去典当。

典当的项目繁多，有金银首饰和珠宝、贵重衣着、家用器物、田地、房屋，凡是值钱的东西都可以拿去当铺押当。由当铺定价，价格打折很低，去押当的人换取一笔款子，按议定的期限，一般为三年。到期取当还款，不付利息，收回原物。如果过期不收，即视为"死"当，当铺有权处理。即是将一些典押的过期物品一批一批地标价出售，人们竞相购买，由此可见当铺的盈利可观。但押当的人仍是只能暂救燃眉之急，当时是取当的少，"死"当的多，因而当铺财源茂盛，蒸蒸日上。

后来这家当铺却因与人结下梁子，被人一把火烧掉，从此一蹶不振，迅速衰落下去，这家最兴盛的典当行在坪坝也就消失了。

当铺消失了，各种小商铺、各种商号也都在岁月的尘烟中，渐渐消失，就像水无声地渗入到漫卷的时光隧道中，再也找不回来，只能从残存的遗迹和文字中，去遥想当年的历史，想象昔日的繁盛与荣光。

一座古城墙的背影

　　绕过古街的背影,来到漳河边,街与河平行,河水绕着古城逶迤而过,形成一条天然的护城河。河堤高耸,靠近河岸的地方有一处墙脚,墙体敦厚,由本地特有的大红石筑成,却因岁月久远,已呈颓危之势,荒烟衰草,辨认不清。

　　这里是一座古城墙的遗迹,几百年的城墙建建拆拆,最终只剩下这一处断墙,一片残石。也许再过几年,随着城镇的改造,这一处断墙也会在推土机的轰隆声中,消失得无影无踪,只剩下一个传说,一段飘忽的历史。

　　坪坝古城墙是怎样修建起来的,我在《坪坝史话》上看到了一段这样的历史介绍:

　　　　"坪坝境内有三座古城,最大的是坪坝老街的古城,始建于明崇祯年间。由于年代久远,城墙崩塌现象严重,几经修复。清朝后期,由绅士杨景津、方振常领头动员财主、商家、居民对坪坝城进行了维修,方振常负责维修临漳河的西南面约三华里一段,用大青石;杨景津负责维修城的东北面约三华里一段,用大块红石。全城有上街城门、下街城门、杨家城门、水星城门、孙家城门、罗家城门共六大城门。在城上还建有四个大炮楼,以安放炮火、守夜站岗,向敌开火射击之用。此城墙高十米,十分坚固。城墙下建有水城,西南方向以漳河为屏障,水深四米,还有姚堰、塔堰、方家堰、王家堰共四大堰相通。无水的地方就用人工挖壕沟,沟宽五米,深三米,常年灌满水。除此之外,还有一道刺城和铁丝网。日寇盘踞坪坝一年多,撤退后,地方就立即动员群众把城墙上部分拆了。坪坝游击大队长丁巨川为了抵抗新四军,抢着修复了一次。1947年坪坝解放后,又再一次被拆,至今惟漳河北岸留有城墙痕迹和残存的水星城门、孙家城门两个门洞。"

　　从这段介绍中,我们可以看到这样几个历史事实。

　　古城墙的历史从明朝末期到1947年,大概有300多年的历史,在这300多年中,战火纷飞,城墙成为军事防御堡垒,到了和平年代,没有太多存在的价值,自然就会被拆毁。但如果现在还留存于世,它的历史价值必然超过其实际意义,站在古城墙上,不免能让人想起那一段硝烟弥漫、戎马倥偬的岁月,想起这座城曾经历过的战争的创伤。

从城墙修建的历史还可以看出,这座城墙修建得极为牢固险峻,城池稳健大方,巍峨壮观,城墙高耸,外有水深湍急的河流,就这样,一道石城,一道水城,另设刺城和铁丝网,层层防固,将这座城变为一处易守难攻之地。

就因为城墙的牢固,易守难攻,当年红军第一次攻城时就败下阵来。在《坪坝史话》"坪坝城围攻战"中曾这样记载:

  1932年冬月初五的清晨,伪团总彭玉堂派兵在双河口军训,并派王花子外出侦察敌情,当王花子走到朱家岭时,发现红军一路由安陆方向而来,一路由槐树方向而来(当时误认为是土匪),王花子一口气从朱家岭跑回坪坝,一见到正在带领出操的崔教练就报告:"土匪来了"。崔教练迅速将地方游击队和商家持枪人员统统命令上了城墙,司锣员罗洪运提起锣从上街喊到下街:"土匪来了,快快上城"。不一会就动员了300多人(当时只有十余支枪,绝大部分是土枪和矛刀)。由于城内的武器装备差,因此,也有大量的石块、木杠、石灰、桐油、梓油、煤油、底浆(做酒的底糟水)等。

  谁知这两支队伍是由贺龙同志亲自率领的红三军第八师全体指战员,约8000余人,贺龙同志指挥机关设在坪坝东三华里处的九口堰。部队分别驻在坪坝周围的石家湾、龙家湾、沙窝等十几个大湾村。当时红军的武器除步枪外,只有两挺机关枪(机枪),五月初五这天,红军虽然包围了坪坝城,但是他们坚持作政治思想工作,劝其城内的伪团兵投降。红军的宣传队多次呼喊:"穷同胞、穷姐妹,不要再跟有钱人当走狗"。由于平民百姓怀疑共产党的政策,作政治思想工作完全无效,在无奈的情况下才开始进攻。红军的机关枪一响,首先击中平民青年丁松,把丁松击毙后,城内一片混乱,在忙乱的情况下,团总彭玉堂下令严加防守。

  红军面对坚固的城墙,采取了各种方法进攻:一是顶着方桌进攻,就是把大方桌盖上一层湿棉絮,组织人梯,顶着方桌爬城墙,结果被团兵用木杠一排一排推倒在城下,趁红军倒在地上之机,用石头砸,用快枪、土枪打,将一批批人打退了。二是撬门而入,五月初六,八名红军战士偷袭到下街城门边,用铁锄撬门,被团兵发现,将煮开的底浆用竹筒喷在红军战士面部,将我红军战士八人面部全部烫伤。三是夜袭,夜袭是我红军作战的最好方法,可是团兵将棉絮捆在大柴上,浇上煤油、桐油、梓油,点燃之后,丢在城墙外,将坪坝照得像一座火城，红军爬城时，一个个照得清清楚楚，因此红军伤亡多人。四是毁掉刺城和铁丝城，全面进攻。由于坪坝的石城特别高，高达十多米，加上一道水城，一道铁丝城和一道刺城，道道易守难攻，在毁刺城和铁丝城时，我红军又受到一定损失，经过三天的战斗，我红军战士伤亡竟达80余人。

为什么用这么大的代价攻克坪坝城呢？就是在这次战斗之前，红军侦察员报告，说坪坝有国民党的兵工厂，他们实质上是来破坏兵工厂的。通过询问附近农民，才知道没有兵工厂，只是两个河南铁匠在坪坝城内制造土枪。五月初七，红军兵分两路离开了坪坝，放弃了对坪坝城的围攻。

红军来时，一路打富济贫，对周围土豪的财产给予没收，将部分实物分一部分给贫苦农民。他们把劳动人民当亲人，揭露了国民党制造的一些谣言。

红军第一次攻城时败下阵来，直到1940年6月，豫鄂边区挺进支队在与日伪的战斗中，经过四天激战，攻克了坪坝城。为了抗日需要，部队将城墙全部拆毁。1942年，红军撤出坪坝后，日伪又卷土重来，重新修复了城池。解放战争时期，为了战争需要，人民解放军又将城墙拆除。十年"文革"中，古城的许多建筑和居民家中的历史遗物被当作"四旧"而焚毁。直到现在，已经完全看不出当年的风貌。

现在已无法想象那高耸陡峻的城墙，宽阔而又湍急的护城河，这一道石城，一道水城，牢牢把守着这座古城，然后，历史的荒烟就像一阵风吹过，风过后，白茫茫的一片，什么都没有了。城墙没有了，湍急的河流也没有了，只变成了细细的一条，依然不离不弃地守护着这片土地。

只有那一段城墙的遗迹，还有水星城门的那个门洞，虽然残破不堪，却依然耸立，矗立在河边，用无声暗哑的语言诉说着这样一段历史。

漳 河 水

史传资料上，坪坝这个小镇的由来和一条河有关。

它叫漳河。

《坪坝史话》曾经这样记载了"坪坝"地名的由来。

坪坝镇的形成，追溯到什么时期？据宋朝淳熙年间（1174—1189年）《富水郡志京山县舆图》记载，京山县北部地区，川岗以东，漳河北岸，有一个较大的村落，名叫"下平畈"，人户众多，他们都是以农为业。这里的土地肥沃，庄稼长势好，收成也很好，人民生活安定。

这块土地紧靠的漳河，从发源地三阳屈山店东北，流经随县复往南，折入京山县内，横贯坪坝区域全境。至此河长四十多千米，宽约六十米，承雨面积大，常年流量为3～4立方米/秒，水流湍急。从随县入境后，直冲磴子河、王家山脚下，山石挡道转折而冲向下平畈。河岸由于长期冲刷，年年崩溃。特别是一到雨季，山洪暴发，河水陡涨，洪峰势如排山倒海，形成巨大的漩涡，汹涌奔流，夹带着树木、死猪等漂浮物，向河岸猛烈冲击，使河岸迅速崩裂塌方，严重威胁下平畈人的生存。肥沃的土地，也一丈一丈地逐渐减少，这块乐土眼看就有被吞噬的危险。

下平畈的人民为了保卫自己的家园，便组织起来，花了几年的工夫，从漳河南岸马鞍山等地搬运石块，在漳河北岸修筑了一条长约两华里、高达两丈的挡水坝，迫使河水改道，拐弯而去。从此，人们又过上了安居乐业的生活。

逶迤而下的漳河，经过二十华里至晏店，流向安陆双河店，到应城的杨家河、云梦而入涢水（府河）。下平畈摆脱了漳河威胁，人口房舍逐渐增多，距离不远的上平畈，也得到了发展，形成了上下平畈相连的大村庄，统一改称为"平畈"的塆名。又因修了防水坝，也称呼为"坝上""大坝上"。

漳河流域，水宽且深，常年有些山民在河里放木排竹排到下游各地去卖;云梦的船民首先开发,用木船溯水而上,帮上游居民运输土特产品、山货药材到夏口(今汉口),又在夏口带回人们生活所需的日用品进行销售,商户逐年增多,集市自然形成,地方名称也随之再度改变,将平畈保留"平"字,"畈"换为坝上的"坝",名为"平坝"了,这就是今天名称的来历。

这个地方经过了南宋、元朝,至明朝初期,《明通志·京山县舆图》才记载有"平坝"的地名。平坝城墙的修建,是在明崇祯年间。南边城墙,基本是在防水坝上加高修成的。清朝有记载,称平坝是京山北部的一个大集镇。平坝的"平"字改为"坪"是19世纪末的事,那时平坝的秀才举人们考虑到"平"是平原、一马平川的含义,而此地处于山坡岭岗,属于山区平地之间,应将"平"字加土旁,易为"坪",写成"坪坝",沿袭至今。

我常常在想一条河流对于一个小镇的意义。人类最早的文明都是来源于河流,不管是古巴比伦的两河流域文明,还是印度的恒河文明,或者中国的母亲河黄河、长江,有河流的地方就会有人类的生息繁衍,文明相承。

然而,人与河流的关系终究会越来越疏离。以前通航之时,漳河是这个小镇与外界联系的最重要的渠道,经商往来,贩卖货物,互通有无。那时候河面宽阔汹涌,各色船只、旗帜林立,码头上喧嚣扰攘,小镇上热闹繁华。

后来,上游修建了水库,漳河水变得羸弱,不再通航,水路断绝,公路却并未跟上,在这样一个京山、安陆、随州交界的偏僻之地,这个镇子一下子陷入从未有过的隔绝境地,成了一个"三不管"的偏远落后的地方。

直到很久以后,公路慢慢地修通、修好,凶险的山间公路也在年复一年的修建中逐渐变得平缓,出行终于不再成为一个大的难题。等到这个小镇能再次跨出去的时候,显然,它已经被这个时代抛弃了很多年。

修建水库当然是好的,是一项利国利民的工程,可以调节水位水量,如果不修建又会怎样呢?历史不以人的意志为转移,但我常常忍不住去想象,如果没有人为的干涉,汛期河水可能会定期泛滥,但它依然会是一条气势恢宏、汹涌磅礴的大河,仍可以通船经商、贸易往来。那么人类的干预到底是收之东隅,还是失之桑榆呢?

漳河自从不再通航以后,渐渐失去了往日的荣光,但流经之处,依旧润泽着沿岸的土地。这一条河,流淌了不知有多少年,如玉带般贯穿着整个坪坝镇,带来了历史的文明,让居住在这里的人,世世代代繁衍生息,也带给我们儿时多少快乐的回忆。

我们生在河边,长在河边,每天在河边洗衣洗菜,嬉戏玩耍。

河边长大的孩子,谁没有玩水的记忆?炎炎夏日,知了在树上拼命地叫,一大帮小屁孩,趁着大人不注意,偷偷溜到河边。水性好的孩子,可以一个猛子扎进水里,在水里狗刨、踩水甚至潜水,显摆一些自创的野路子的动作。不会水的,也可以在河里玩,反正水又不深,扯几根水草,在泥巴缝里摸鱼,打一阵水仗,总能有些收获。

玩累了,躺在河边的草地上,静听风声,你会发觉它变得温柔而又沉默,直到夕阳在它身上镀上一层金色的光芒。

等到再长大一些,有了年少心事以后,喜欢一个人在河边待着。漳河,不知道是谁给它起的名字,也不知道它静静流淌了多少年。枯水季节,这条大河变成了细细的一线,瘦小羸弱,你甚至怀疑它是不是要断流干涸,但一到开春,雨量丰沛的季节,河水又开始涨起来,河边的生命也开始萌动,草地泛青,树叶绿得透亮,鸟儿轻盈地跃动,就连小虫子也在无止无休地聒噪。

这条河承受了一个夏天孩子们的喧闹后,开始变得安静、平和,就像做梦一般,慢慢跌入到秋冬无尽的梦里,然后到春天,梦醒来,一切的生命又开始复苏。

不知什么时候,河边的草地上,静静地盛开一朵又一朵的野菊花,小小的黄色花瓣,像无数双亮晶晶的眼睛。

它们也有心事吗?它们在想什么呢?

小蜜蜂在旁边嗡嗡地叫着,绕着花蕊飞舞,它们也是来听心事的吗?

一个人在河边的青草地上躺一会儿,发一会儿呆,看着静谧的河水,它不说话,却似乎懂得你的心事。人与自然有时候会有一种无言的交流,如果你能真切地感受到它。只是在河边坐一会儿,似乎就能卸下心中所有的重量,再一个人慢慢地回家去。

小的时候去河边,既是玩,也是一桩差事,那时候还没有自来水,洗衣洗菜都要去河边。

水星城门曾经是河边码头,后来漳河不再通航以后,这里就变成了一个浣洗之地。我家从老街出来,穿过一条巷子,就到了这里。大青石修筑的圆形城门早已破坏不堪,石墙颓危,有倾倒之势,有些石头中间露出很大的缝隙,长出野生杂草。平整的石板形成台阶,一级一级延伸到河边。

河水清澈静谧,水流迟缓平静,氤氲的水面,似乎蒙上一层薄薄的雾气。河流的对面是一大片菜地,有几只水鸟扑愣愣地飞过来,又飞回到河边的树丛中。

河边的青石板,因为天天搓洗,泛着一层清冷的光。两三个大妈婶子在河边洗衣服、洗菜,一层烂菜叶子被剥弃在河边。

洗衣服的婶子一边用棒槌搓打着衣服,一边和旁边的大妈说着家常话。她槌衣服的动作很快,一边槌,一边翻面,随着棒槌一声声地敲打,污水也慢慢揉浸出来,然后像撒网一样,把衣服撒到河面,再提起来,一遍一遍地漂洗。

我不会用棒槌,母亲也怕我把扣子槌破,只是在河里,草草地清洗一下,算是完成差事。

　　但我喜欢在河边玩,三把两把洗好衣服,就开始捡小石子打水漂,看着小石子在水面上划出一道优美的弧线,再轻巧地掠过水面,最终消失在远方。等到手里的一把石子全部打完,已日上三竿,我也只好提着沉重的一桶衣服,怏怏地回家。

　　后来,有了井水,有了自来水,洗衣洗菜方便了,不用再经常去河边,热闹的浣洗之地也渐渐变得冷清。

　　人们渐渐与它有了距离,有了隔膜,除了浇水灌溉,它似乎越来越被人遗忘,就连孩子们也很少去河边玩了,他们不像我们小时候,总是在野地里嬉戏,他们更喜欢待在家里看电视、玩游戏,电子产品代替了荒天野地,河流变得越来越羸弱,越来越沉默,甚至屈辱地承受着这一切。

　　它承受的,不仅仅只是备受冷落的境遇,还包括那些倾倒在它身体上的生活垃圾、工业污水,和中国很多的河流一样,逐渐面临着悲惨的境地。

　　消费时代的来临,农村的生活垃圾越来越多,包括很多塑料制品、食品包装袋、农用薄膜等难以降解的垃圾,而且农村垃圾往往很难像城市垃圾那样综合处理,只是随意倾倒,随意填埋,而有很大一部分生活垃圾就这样随手弃置在河边。

　　河水不会说话,不会反抗,它只是默默地承受着。

　　于是,当我回乡以后,悲哀地发现儿时河边嬉戏玩耍的地方,变成了一片荒烟衰草、垃圾丛生之地,远远地就能闻到一股腐臭的味道,只得掩鼻而过。

　　这时,你就会感到,内心有什么东西坍塌了,就像有一样珍贵的东西埋藏在心里,可是再回去找,已经面目全非,找不到了。

漫 水 桥

漳河像一条玉带，绕着这座古镇静静流淌，水陆相连的地方，自然少不了桥，气势最壮观的当然是坪坝大桥。

既然是大桥，自然是雄伟壮观、气势恢宏，坚固的石墩，宽阔的桥面，巍然屹立在漳河上，有一种威风凛然的气势。而它也确实经历了屡次考验，包括 2016 年这场百年难遇的洪灾，洪水肆虐，平齐桥面，它依然巍然屹立而不倒，让人钦佩。

十几年前，还没有这样一座雄伟的大桥，只有一座贴近河面的漫水桥，一到发洪水的时候，水直接从桥面上漫过，人要穿行而过，实属不易。

那时候想不明白，为何要修建这样一座贴近水面的桥呢？既然是桥，为何不修得高耸挺立，才有桥的威严和气势。而这座漫水桥，却没有这等的威严，也不与河水对峙，它的姿态是柔顺的、匍匐的，贴着水面，更像是河水的玩伴，而不是河水的统治者。

小的时候，因为这座桥，我们与河水也更亲近，只要蹲下身来，就可以掬一捧清水，河不是像现在这样，在脚底下，而是围绕在身边。

那时候修建的桥，似乎都没有居高临下的气势，如以前最古老的木浮桥，从我记事起已经被拆掉了，那座桥据说是木头建的，悬浮在水面，走在上面，应该也是晃晃悠悠的，或者应该是一座吊桥，没有敌人时放下来，有敌人的时候再收上去，可收可放，简易灵活。

修建漫水桥，最主要的是因为它的简易灵活，更重要的是，造价很低，可拆可建。我们来看一下专业术语对漫水桥的介绍。

在次要的公路上，跨越常水位与洪水位高差较大而且不通航的河流，同时洪水时间较短，交通允许暂时中断的条件下，桥梁标高可按常水位设计，洪水时允许水流从桥面漫过。这种桥梁称为漫水桥。

它是劳动人民在长期的生产生活实践中，以传统石板架桥方式，作出的一种适应山区溪流交通的选择。山区集雨面积广的溪流，晴天与雨时的水位悬殊，枯水期与洪水期水况不等。漫水桥平时低低矮矮，石柱竖流，石板平铺，近贴水面，上方有护条，下方有斜柱保护坚固桥身，如百脚虫过溪，因而有的地方村民形容其为"蜈蚣桥"。一旦发大水，水可从桥面漫过，它的名称就得之于此。桥身藏在水流中化解了大水的部分冲击力，避免了山洪带来的树木杂草淤阻的危险，而其造价比桥梁种类中其他"高个子"要便宜得多，可以时毁时建。

　　有些漫水桥为了让洪水顺利通过，特地设计成中间低两边高的凹形，避免给桥梁本身造成大的破坏。

漳河发洪水的时候确实不多，但每年总有那么一两次，河水高涨，桥面被淹没。而这座桥是镇子上的人出行的关隘，桥不通，人只能困守在街上，乡下赶集的人也上不了街。对于我们这些街上的学生来说，这座桥也是极其重要的，它是连接学校和家的交通要道，如果桥面漫水，也就意味着我们街上的学生，因不可抗拒原因，不用去上学了。

对于我们来说，这当然是一个好消息，就像南方的孩子盼望着刮台风，这是一年中难得的机会，一想到其他学生还要正儿八经坐在教室里，而我们却可以躲着偷玩一天，心里窃喜不已。

当然，有时候也没有那么好运，譬如刚去学校的时候，桥还没有被淹，等到放学回来的时候，已经没有了桥的影子，只看到一片滔滔洪水。

我站在那里，傻了眼。

这时候老师来了。

我们这一群要回家的孩子，老师组织着手拉手一起牵过去，一个老师在前面带队，一个老师跟随在队尾，孩子们走在中间。

我们就这样手拉手一起往前走，水并不深，只及膝盖，但水流却很湍急，好像有一种无形的力量在把我往旁边推。我走在这群孩子队伍中的最后一个，不知不觉，被洪水推到了桥的边缘，我却没有办法从这种无形的力量中挣脱出来。

最后是那位跟随队尾的老师，把我猛地拉了一把，于是我从偏离的轨道上又回来了，回到了桥的中心，最终安然无恙地过了河。

那样一场惊险的经历，以后再也不会有了，因为第二年，漫水桥就被推倒，修建了一座高耸的大桥，但那座漫水桥却还一直停驻在我的记忆里，难以忘怀。

一 座 寺 庙

在我的记忆深处,有一座特别的建筑,高耸挺立,有着弧线形的屋檐,雕梁拱斗,梁上刻有精美斑驳的图案,因为年代久远已看不清楚,但能感受到那种细致的花纹和繁复的图样。屋檐有好几层,错落有致,檐角高高飞起,向空中划出一道优美的弧线,有一种奇特雄浑之美。

自我记事起,它就矗立在那里,那样高,我须仰头可见,等我再大一点,我们家搬到它旁边,它还是在那里,岿然不动。

当时,我住在供销社大院,而它,就耸立在这个院子里,和周围破烂的小平房相比,显得气宇轩昂。

我住在这个院子里,每天在它旁边玩,在它门口追逐打闹,爬到它旁边高高的油罐上,甚至能够翻墙上树,惟独对它,却始终亲近不得。它是那样高,根本爬不上去,大门常年紧闭,根本不知道门里面有什么,所以,它对我来说,一直是个谜。

有一年,来了一些美院的学生,坐在台阶上给它写生,看着他们画笔下那勾勒出的线条,那高高翘起的檐角,忽然对它有了一种特别的感觉,好像它穿越几百年的沧桑而来,只为等待驻足的这一刻。

后来,当我重新找寻它的历史时,在《坪坝史话》上看到了这么一段:

> 下安寺,位于坪坝下街,建造于明朝永乐年间。有位名叫丁俊原的人,为了想得到菩萨的保佑,甘愿出家当和尚。他向民众化缘,劝说坪坝商人、居民捐款捐物,贫困居民献劳力。经过几年的努力修建了这座约600平方米的豪华寺庙。这座古庙典雅壮观,装修精致,堪称当地古建筑之冠。它高13米,飞檐凌阁,雕梁画栋,至今飞禽走兽的画面仍然可见。它的前层八卦楼有壮观的板牙屋顶,后屋供有菩萨一百余个,受人们供奉。民国初年发生"教案",被割让给天主教,菩萨全部"搬家"。1932年收复,改为学校。

原来,这座驻足在我记忆深处的古建筑,前身竟然是一座寺庙,而且它还曾是英国天主教教堂，后又成为国民党党部，并且曾作为中共豫鄂边区委员会指挥部。事实上，我一直没有问起，也没有人告诉我。没有人会关注这座大门紧闭的老房子，人们每天吃饭、睡觉、劳作、休息，说着闲闲淡淡的话，每天操劳着日常琐事，没有人会多看它一眼。它和日常的生活有什么相干呢？

直到又过了很多年，人们好像突然发现了它的价值，感觉到它的存在，2013 年，它开始有了一个名头，被评为省级文物保护单位。而在此之前，几个世纪以来，这座寺庙历经风雨沧桑，不断被毁坏，又不断重建，栉风沐雨，不断改旗易帜，见证着历史的风云变幻。

经历过这样多的风风雨雨，历经很多劫难，包括战争和"文革"的浩劫，当周围很多寺庙，在战火中毁于一旦或者被人焚烧时，它竟然顽强地存活了下来，而在我见到它的时候，它只是沉默地矗立在那里，似乎什么都没有发生过。

2015 年，它又一次被人提及，是因为这个镇子上终于有人想为它做点什么，经过多次奔走呼吁，争取到一笔项目资金，对它进行保护性的修护。确实，它已经很老了，经历过几百年岁月的风雨沧桑，年久失修，它的面目变得模糊不清，主体建筑老化严重，就像一位风烛残年的老人。

终于要开始重新维修了。在进行维修时，竟然挖出一块"中殿"石碑，这块石碑由红砂岩雕刻而成，右起竖行文，碑文虽有磨损，但大部分文字仍然清晰可见，石碑记述了下安寺始建及重修过程和捐资人的情况。

从这块残存的石碑上，对它的历史了解得更为透彻，知道它始建于明正统十三年（即公元 1448 年），在清顺治和乾隆年间经历过两次较大的重修，并且我们也知道了几百年前捐资修建的人，他们的名字刻在石碑上，依然历历可见。

当初他们初建这座寺庙时，也许只是为了祈求神灵保佑，可以让心灵得到一些慰藉，几百年的风风雨雨，不经意间却成为历史遗迹。当时光漫卷，岁月变迁，一切都变了样，庆幸还留下这座完整的寺庙，让我们能依稀辨认出过去一点残存的模样，不至于走得太急，太快，把什么都忘了。

一 座 墓 群

一片土地上，几千年来沧海桑田，到底经历了多少变迁，又发生了什么，如果不是确切的文字记录，并没有多少人知道。

人们只管活着，栖息于这片土地，生生不息，代代相传，至于以前发生过什么，以后又会怎样，并没有多少人去关心。

坪坝人也是一样，久远的过去，历史的荣光，并不想更多提及，人们关注的，只是为了眼前这张嘴，埋下头来生活。

直到某一天，石破天惊的那一刻，突然发生了一件大事，让人忍不住驻足回看，才发觉历史的苍茫和久远。

时光追溯回 50 年前，1966 年 7 月，一个炎热的夏季，小镇上空空寥寥，除了孩子的欢叫声，整个镇子寂然无声。在离这个小镇几公里的地方，却是一派热火朝天繁忙的景象。

当时，几乎所有的劳动力都集中到这里，要在这里兴建一座大型的水库——郑家河水库。1958 年，国家通过了"鼓足干劲、力争上游、多快好省地建设社会主义"的总路线，作为"农业命脉"的水利建设，当时是作为一项政治任务。虽然由于三年困难时期、"大跃进"、浮夸风，人们当时的生活苦不堪言，但既然是政治任务，勒紧裤带也得上，忍饥挨饿也得参加劳动。

没想到在挖水库干渠的时候，却发生了一件大事。

在开挖郑家河水库干渠时，在苏家垄地段挖掘出一个古墓群遗址，整个墓群占地面积约 12000 平方米，共出土 97 件西周晚期的青铜器，一时引起巨大轰动。这批古代青铜器皿主要是生活用具，有鼎、鬲、甗（yan）、簋（gui）、豆（高圈足盘子）、方壶、盉（he）、匜（yi）、盘和车门器等，共 97 件，重 400 余千克。

这批沉甸甸的西周青铜器皿，被埋藏了几千年之后，得以重见天日。

让我们把历史回溯到西周晚期，当时青铜器的制作技术有了新的发展，达到相当高的水平。青铜器的制造，主要是由周代王室和贵族所控制，为他们制造各种用具。在苏家垄发现的这批青铜器，就是当时曾国贵族用来祭祀祖先和生活用的器具。例如鼎、鬲、甗是烹煮炊器，豆是盛肉的，簋是盛饭的，方壶是盛酒的，盉是温酒的，盘和匜是盥洗用的，这些都是曾国贵族身份、地位和权力的象征。

在这一批青铜器皿中，最具代表性的是曾中斿父方壶，制作工艺精湛，造型典雅优美，纹饰丰富流畅，展现了中国青铜器文化的神韵魅力，为中华青铜器文化的杰出代表，具有极珍贵的考古价值，现为湖北省博物馆三大镇馆之宝之一，另两件是随州的曾侯乙编钟、荆州的越王勾践剑。

人们没想到挖渠道，竟然挖出这样一个宝贝。这个壶经鉴定为西周晚期青铜器，是古代的盛酒器或盛水器，盖上饰有精美的莲瓣，为春秋青铜壶典型的造型。盖内及壶口内壁有铭文十二字"曾中斿父用吉金自作宝尊壶"，铭文大意为：曾侯的次子斿父用好铜铸造了此壶。

在懂行的人看来，此壶器体高大，通体以波曲纹为基调，动静呼应，虚实相谐。阴刻与阳刻，宽与窄的变化形成节律，气势凝重而华丽，显示了所有者的高贵身份。

所有者的身份高贵，这个青铜器壶当然也高贵，据说，此壶多次在国外展出，仅一次在德国展出的保险金额就达3000万马克，是国宝级文物。

通过对这些青铜器的研究，发现这里有可能是古曾国早期青铜器制作的地区之一，对中华文明起源呈现多元一统的发展格局提供了重要佐证，填补了中国考古学、历史学、青铜文化、青铜艺术史上的许多空白。

这块出土文物的地方也变成了一片宝地，1985年苏家垄墓群被京山县人民政府公布为第一批文物保护单位，2013年5月被国务院公布为第七批全国重点文物保护单位。

然而，对于当地的百姓来说，他们认为，这里出土了这么多文物，除了引以为自豪，还是引以为自豪，却没有得到真正任何的实惠，又不能像西安古城附近的那些农民，捡到一块残砖断瓦都能卖钱。

当时，大家的觉悟都还算高，知道文物是属于国家的，私人不可轻举妄动，只是到后来，在这一切都向钱看的时代，当这份荣耀并不能换来真正的钱财时，一些人开始动了歪心思，才会出现那样多猖獗的盗墓者，这是后话不提。

2008年5月10日，湖北省文物考古研究所会同荆门市博物馆、京山博物馆对苏家垄墓地再一次进行实地踏勘和抢救性发掘，这一次挖掘的规模不大，只是清理出一座残墓，出土西周末年至春秋初年的曾国青铜器和陶器9件。

除了苏家垄古文化遗址，地下究竟还沉睡着多少文物呢？没有人知道。

直到今天，新一轮的挖掘抢救工作又开始了，而在挖掘抢救之前，这块宝地已经

不知道被多少人觊觎过，并动手挖过。当然，现在已经进行了严密的保护，严加看守，防止被盗。

从现在勘探出的情况来看，整个古墓群面积达 70 多万平方米，而且不仅仅包括古墓群，还发现这里有人类活动的遗迹，从而勘探出这里很有可能是古曾国的都城遗址，被共同列为国家大遗址保护区。

在这片土地上挖掘并展示出的青铜器文明，对于这片土地的后裔，是一份巨大的荣耀，笼罩在这份光环之下，也许他们希望能得到更多的实惠，将这份荣耀化为财富。

有人在博客上曾提出这样的想法："苏家垄文化遗址得以保护和开发后，对于提升京山乃至荆门地区的知名度，促进京山经济发展都有重要意义。但苏家垄文化遗址这个'金鸡'需要喂它大量的饲料才能产'金蛋'。国家和上级政府的投入永远是有限的，我们应该摒弃'等、靠、要'的思想，大胆引进民间资本，这也是国内众多文物保护单位进行开发的成功经验。当然，我们也不能放松争取国家项目和国家文物局专项补助经费以及省文物局的支持。同时，理顺旅游经营体制，组建苏家垄文化遗址保护与开发有限责任公司，整合其他旅游资源，进行整体开发，形成精品旅游线路"。

荣耀化为财富的途径是多种多样的，不管是旅游抑或其他商业开发，但前提是先保护好这片文化遗址，否则一切都成了空谈。应该说生活在这片土地上的人是幸运的，祖先留给我们这样宝贵的东西，如何好好去利用，也许是我们每一个人都该反思的问题。

第二章　残年往事

　　我读一本小书的同时又读一本大书，而这本大书带给我人生的丰厚和智慧，远超过课堂。

太阳底下无新鲜事

这样一个小镇，我不知道它存活了多少年，一百年，或者一千年，我生的时候它就在那里，而现在，依然矗立着，只是变得有些老旧和斑驳，辨不清它的真正面目。

我觉得我已经活得够久了，可它比我还要久远，生生不息，一直驻守在那里。

曾经有几次，我觉得它会消失，就像小镇上的那些人一样，总是不知不觉间，就不见了，你不知道他们去了哪里，也没有人会告诉你，所以，我没法去问，只是暗自担着心。

小镇会不会消失呢？我想它一定会的。

总有一天它会被洪水冲走，被风带走，被雪掩埋，变成一片废墟，一片荒境，就像它从来就不存在。

在我两岁那年，曾刮过一场天摇地动的龙卷风。刹那间，天昏地暗，飞沙走石，风云失色。天上，冥冥中，似乎有一股强大的力量，要把一切都席卷进去。

房子被掀翻，屋顶被卷走，树被连根拔起。屋顶的瓦砾像筛糠一样，晃动着，被大风卷起，扑簌簌在天上乱飞，又像雨点一样落下来。

父亲常年不在家，母亲在水库上工，把我寄养在一个婆婆家，我却自己偷跑出来，站在廊檐下，看风中的乱石瓦砾，吓得目瞪口呆。

风要把镇子卷走了，我也要被卷走了。惊怵中无法支撑自己，只能紧抱着廊檐下的一根柱子，与它一起瑟瑟发抖。后来，我被正好上街的外公给解救了。

母亲想起这事都有些后怕，而我却不记得，只能在她的回忆中去想象当年的场景。

龙卷风不常见，洪水却经常有，多半都是在夏季。记得有个夏天，雨水来得特别勤，昏天黑地的大雨之后，水库不得不开闸放水，整个镇子都漂在水面上。

到处都是水，河里的水冲到沟里，沟里的水漫延到街道上，街上的水灌到每家的院子里，天苍苍水茫茫，天与地之间是水汪汪的一片。

昏黄浑浊的水面上到处漂着东西，一个破盆，一段木头，一只鞋子……更多的是鱼，不知从哪里冲过来的，在大街上仓皇逃窜。

孩子们玩疯了，坐在大塑料盆里划水，到处捡东西，拿着网兜捕鱼，更方便的是把网兜直接堵在下水道出口，鱼儿就会自己送上门来。

孩子在水中疯玩，不管衣服裤子全湿，大人在身后叫骂，也全然不顾。

我却有点担心，镇子会不会被雨水冲走？

据说很多人都被冲走了，大人们聚在一起，说得神乎其神，说镇子上头的一个村，有一对父子出门，平常的一个浅浅水沟，这场洪水中却变成了一个深不可测的旋涡，儿子被卷进去，父亲去拉，也被旋涡卷走，不知被冲到哪里，过了好几天，在几里外的下游河滩，才找到父子俩的尸体，身体已经泡腐了。

许多人、牲畜在这场洪水中，突然消失，有些找得到尸骨，有些却踪迹全无。人们只是谣传，说在哪里哪里找到了什么，可那也只是嚼舌头，空说无凭，话一散，就像一阵风吹过，没有人再记得他们。

洪水是会死人的，可是下雪不会，它只会把这个镇子掩埋，或用彻骨的寒冷把它冻住。

这个镇子没见识过北方的大雪，每年下雪，多半也是混着雨，和着泥，下得狼狈而又污浊。雪花冰清玉洁地飘下来，却成了人脚底下的污水烂泥。

偶尔也会有下大雪的时候，记忆中似乎就有那么一次。那些天，越来越冷，越来越暗，屋檐上起了冰钩子。先是下了一层薄薄的雪子，似乎要先打一层底，把白白的雪和污浊的地面分开。一粒一粒的雪子，就像漫天飘洒的一层细小豆子，踩上去滑滑的，也不会立刻融化，紧接着，雪来了，朔风飞扬，鹅毛般的大雪几乎下了一天一夜。

第二天，从被子里睁开眼，发觉外面特别亮。一跃而起，看到天与地之间白茫茫的一片，整个镇子被雪掩埋了，冻住了，特别安静，就连平常聒噪的鸦雀也默不作声。

巨大的喜悦转瞬间又被巨大的沮丧冲洗掉，因为还要上学。穿着一双厚厚的棉鞋，深一脚浅一脚穿过茫茫雪地，来到学校，发觉鞋子已经被雪水浸湿，教室里冷得像冰库，只好搓着手，拼命跺脚，根本听不见老师在说什么。

这个镇子，风也吹不散，雨也冲不走，就连雪也掩埋不住，你看，太阳一出来，就露出了它的本来面目，污浊而又混沌……你就知道，它会一直安安静静地待在那里，直到你厌倦得无法忍受，想要掉头而去。

这个镇子和其他镇子本没什么两样，绝大多数的时候，既不发洪水，也不下大雪，只是日复一日，年复一年，说着同样的话，做着同样的事，沉闷、单调，像一条寂然无声的长长的巷道，走不到尽头。

街上走来两个街坊，一个戴着草帽，提着篮子，一个卷着裤管，肩上扛着一把锄头。显然都是要出门，碰见了说："吃饭了么？上街啊。"

另一个漫不经心地回答："吃了哦，您也上街啊。"

那会儿太阳已经升得老高，估摸都已经九、十点了，谁没吃过饭呢？可是大家见面都是这样，吃了么？吃过了。寒暄几句，或不再说什么，各自走开。

第二天在街头再次碰到，问候的还是那句老话：

"吃饭了么？上街啊。"

"吃了哦，您也上街啊。"

每次碰到，似乎都是做着同样的事，说着同样的话。我疑心，如果不说这些，还能说什么？总是那些人，总是那些面孔，太阳底下再无任何新鲜事。

记忆中的天是灰蓝的，地是苍黄的，有些房子是灰白，有些是褚黄色，更多的则是黑色，黑色的瓦，黑色的烟囱，黑色的巷子，黑色的地面，黑色的衣服。街坊老爷爷，总是穿着一身黑袍子，叼着一根黑色的旱烟袋。冬天时两手笼在袖子里，或提着一个烘笼，坐在门根底下晒太阳。

斜阳里，昏黄的长长街道，穿着黑色棉袍瑟缩的背影，那是记忆中最深刻的画面。

镇子上能值得一提的也只有这条街道，这条不知道存在了多少年的老街。

据说，很多年前，河道通航时，这里曾是一片繁华和富庶之地。手工业兴盛，商贾往来频繁，河道上船只穿梭不断，城门码头堆满货物，粮、油、茶业、布料、丝绸、香料、盐……一个偏僻的小镇因为这条河，变得开放而又繁荣。当年这条街上，旗帜招牌林立，布满了各式各样的店铺和商家，四邻八乡的村民，一到双日子就到镇上赶集，把一条老街挤得水泄不通。

可是，没有了，都没有了，没有船，也没有码头，只剩下枯瘦的细细的河水。没有了招牌旗帜，也没有商家店铺，除了仅剩的几个小店，也只剩下这条老街和破败的房子。

当年的坪坝老街，青鹅卵石铺的路，两边的木头房子，都是上下两层，厚重的木门，高高的门槛，雕檐拱斗，檐角高高翘起，屋脊上还有雕龙画凤的图案。房子曲折逶迤，细细长长，从前厅、天井、堂屋一直到后面的厢房、厨房，进深约七八十米长。如今，那些雕龙画凤的图案，早已经模糊不清，屋檐下成了蜘蛛和燕子的巢穴。从虚掩的木门往里看去，是一团幽深的黑，仔细看，能看到前厅的天井，有的上面有几面亮瓦，折射出斑驳的光影，天井后面则是幽暗的巷道，一直延伸到屋后的厨房和院子。有些屋子上面还有阁楼，开着小小的窗，但大部分都已被灰尘掩埋，变得残破不堪。

老街上还有很多手工作坊，打铁铺、榨油坊、裁缝铺……这些手工作坊也都消失不见，只留下一些尘封的记忆。

当年，我是一个喜欢在街上乱窜的野孩子，整天从上街跑到下街，又从下街晃到上街。房子没什么好看的，里面多半都是坐着一个豁牙的老太太，看得让人厌倦，所以一看到铁匠铺，顿时就走不动了。

铁匠铺大部分时候都是冷冷清清的，锁着门，幸运的时候能赶上他们正在生火、打铁。风箱拉得呼呼作响，火苗蹿起像要把人吞噬。两个打铁的汉子，光着膀子，抢起重重的大锤，一人一锤，打得呼呼作响，火星四溅。

这让我想起经常玩的一个拍手歌谣，两个人一边拍，一边念：

> 张打铁，
> 李打铁，
> 打把剪子送姐姐。
> 姐姐留我歇一歇，
> 我不歇，
> 我要回去割大麦。
> 大麦黄，小麦黄，
> 我要回去割高粱，
> ……

熊熊火光中，我看到他们油亮的后背及淌下的汗珠，便觉得这剪子来得着实不易。可很多时候我根本不知道他们在打什么东西，只是这呼呼作响、天摇地动的气势实在很过瘾。

铁匠铺没走两家就是榨油坊，我看见圆圆的厚重的油饼，像一个巨大的磨盘，可我不晓得他们榨的是什么油，是菜籽油还是芝麻油，只是趴在门口，贪婪地闻着油香味。其实不用趴在门口，这香味整条街都能闻得到。

走过榨油坊，穿过一条对街的巷子，我就开始贴着墙根走，因为前面就是我母亲的裁缝铺，裁缝铺里总是听见缝纫机在嗒嗒作响，做棉衣的时候，常有一团一团的棉絮飘出来。

躲过我母亲的眼睛，就可以混到杂货铺看柜台里亮晶晶的糖果，看售货员阿姨怎么称油，怎么包糖，先称好重量，再拿起一张黄纸，把糖放上去，一包一折，包成一个大粽子模样，放在旁边，动作极为麻利。

还有那些剃头、镶牙的，门前有个小小的招牌，里面有个老头，慢慢刮着胡子，动作慢条斯理，看得我很不耐烦，就像听咿咿呀呀的大戏，再听下去就要睡着了。

游荡到面条铺门口，就已经到街尾了。面条铺里面没什么好看的，白白的全是粉尘，但外面那个晾面条的架子好看。一个高高的木头架子，中间穿插着一根一根粗粗的木杆,木杆穿起根根面条,像千万根银练,在阳光下闪闪发光。

我好奇那样长的一根根的面条,竟然是拉不断的,有时候手痒痒,很想去拉一下,又怕做面条的伯伯用筷子敲头,只好悻悻地回家去。

多年以后,看沈从文的传记,才知道这世上也有这么一个人,不好好上学,逃学到街上看杀猪屠狗,看打铁磨刀的小贩,看革命军……看凤凰城街头市井百态的生活。所以他说,他读一本小书的同时又读一本大书,而这本大书带给他人生的丰厚和智慧,远超过课堂。

寻 常 日 子

在这个小镇上老街的房子里我住了很多年,事实上,这种古老的房子,看起来很美,很有历史古韵,住在里面却有诸多不便。也许是因为它过于老旧,屋顶残破,起风一层土,下雨到处漏。也许是因为它太大太深太长,过于潮湿阴暗,一个人在家,总是害怕,怕黑,怕很多有形或者无形的东西。

我曾经在上中学时,为了获得独立的私人空间,一个人睡在木质阁楼上,下面这篇文章《我的空中楼阁》描述了我曾经在阁楼上生活的经历。

你应该没见过我老家的房子吧,是那种又细又长又古老的旧宅。除了天井里有几口亮瓦,其余的房间都是阴暗潮湿的,透着一种腐旧的气息。从一个吱吱呀呀黝黑的木梯上去,你就会看到一个小阁楼,那就是我的空中楼阁。阁楼上有几口亮瓦,也被岁月蒙上了厚厚的尘埃,所以这儿一年四季都是昏暗的,只有一次早晨醒来的时候觉得特别亮,我还以为房梁上给人开了个窗,后来才发觉是下雪了,厚重的雪花压在房梁上,白花花地眩着我的眼,让我兴奋得不敢睁开。

这座房子确实已经很衰破了,天晴的时候会扬起细细密密的灰尘,无声无息地弥漫在房子里的每一个角落,而到下雨的日子就热闹了,外面下大雨,屋子里面也会嘀嘀嗒嗒地跟着下,此时每一个盛水的容器都要派上用场,大桶、小桶、大盆、小盆,躺在床上,听着叮咚叮咚的奏鸣曲,有时音韵还不相同,这里是一声长叹,那里却是一声浅吟,有时候半天没听见响了,猛不丁地又会嘀嗒一声落下来。

阁楼上除了我的一张床,一个桌子,还有母亲陪嫁的几个旧木箱,红色的漆早已辨认不出颜色,上面的"忠"字倒是隐约可见,黑色的铜环也被摸得黝亮,里面都装着一些舍不得扔的旧衣服。每年天气好的时候,母亲总会拿出来晒一晒,打开箱子,一股樟脑丸的味儿迎面扑来,透着一种久远的气息,拿到阳台的竹竿上晾着,阳光下都是细密飞扬着的灰尘,猫儿就在衣服下打着滚,很舒适地蜷起身子打盹。

阁楼上还有母亲舍不得扔的一些旧鞋子,用报纸蒙了一层,房梁上挂着,旁边挂着的还有母亲腌制的一些腊鱼腊肉,也是用报纸蒙了一层颤悠悠地挂着,挂的时间长了,报纸上都蒙上了厚厚的一层灰,我每天都看着它,可母亲却总舍不得吃,只有等到我们提醒的时候才想起来,此时挂的肉因为时间太长都快长霉了,所以阁楼里总是掺杂着一股霉味和腌肉的味儿。

我的书桌就在腊肉的正下方,因为只有这一处和床这一块才有不漏雨的可能。我的简·爱、安娜·卡列尼娜和珍妮姑娘每天都会呼吸着带腌肉味儿的空气。为了节约电,白天是不让开灯的,只有到晚上,我才能沉浸在这些世界名著之中,有时很晚了,母亲起夜看见阁楼上还亮着灯,就会大声喊着我的名字,让我关灯睡觉,我只好打着手电,躲在被窝里偷偷地看。

刚开始一个人睡在这个阁楼上,很是害怕。当初因为不愿和姐姐睡一个房间,毅然决然要搬到楼上来住,既然在他们面前夸下海口,总不能再后悔。床顶上本来糊着一张报纸,因为给烟熏黑了一块,那个黑黑的影子怎么看都像一个狰狞的恶魔,后来给它换了一张美女图,抬眼就能看到她那谄媚的笑容。最害怕的是那个黑洞洞的楼梯口,闭着眼总能感觉到有什么东西吱吱呀呀地从楼梯上来,又恍然来到了自己的身边,一下子就被吓醒了。有时晚上确实也能被东西吓醒,听到"喵"的一声叫,楼梯抖动了一下,醒过来明白是那只该死的猫时,它已经躺在我的被子上打起呼噜来。

不过时间长了,倒也不怎么害怕了,还能体验到住在阁楼上的怡然自乐。早晨醒来的时候,能听到鸟儿的聒噪声,阳光从亮瓦上投下来金色的影子,轻轻地跳跃,一下子就挪到床边了,这时就听见母亲在楼下喊:"都日上三竿了,还不起来!"我就这样睁着眼睛躺在床上,看着阳光像小脚老太太一样挪动着细脚伶仃的步子。母亲喊了几声就要出去了,她是没有时间跑到楼上来掀我的被子的,所以我可以一个人就这样静静地躺在床上,想着心事。

在下雨的夜里,听着房顶上密密匝匝的雨声,想起小时候读过蒋捷的一首词《听雨》:"少年听雨歌楼上,红烛昏罗帐。壮年听雨客舟中,江阔云低、断雁叫西风。而今听雨僧庐下,鬓已星星也。悲欢离合总无情,一任阶前点滴到天明。"小小的年纪,却已感觉到人生悲怆、前程茫茫,心中无端地就会多出许多心事来,在心中暗暗发誓,一定要走下阁楼,走出这个老房子。

现在终于走出来了,外面确实是一片明亮的天,但识尽人间滋味以后,不经意仍会想起许多往事。去年过年回家,知道老屋已经被卖掉了,还是忍不住回老屋再看一眼，屋子已经完全破败了，残垣断壁上长满了野草，从那个陈旧的吱呀的楼梯走上去，蛛网遍布，满面尘灰，我却依旧能看到多年前那个忧郁的装满了心事的孩子。

呵，这就是我的空中楼阁，并不算多美好，却也很难忘。在对以前生活的回忆中、怀念中会不自觉地掺入一些诗意的东西，事实上，生活本来就是一团纠结，有时候残酷，有时候美好，在小镇上的生活也概莫能外。

这个千年古镇，一方面民风淳朴，人情和美，另一方面又闭塞保守，太多的陈规陋习，所以在镇子上的生活，不能简单地说好或者不好。在我小的时候，确实是路不拾遗，夜不闭户，家家户户门上都是不上锁的，可是后来也遇到过窃贼。又因为世世代代住在这里，街坊邻里之间太熟悉，你会发觉，整条街上似乎所有人都认识你，好处当然是有的，可以走到哪家吃到哪家，但也有一个最大的麻烦，就是活在这个封闭的小镇子里，人，几乎没有任何隐私可言。

你在前一天干的糗事，第二天，似乎全镇的人都知道了。一张张熟悉的面孔背后，是飞短流长，流言蜚语，你的那点糗事被母亲传播后，不知道被人嚼舌头嚼了多少遍。

偏偏我不是一个乖巧听话的孩子。父母工作忙，杂事又多，根本无暇顾及我们这些孩子，小时候就是一匹脱缰的野马，除了上学写作业，整日就在外面逛。

镇里的孩子不同于城市里的孩子，稠密的房子、街道、车辆就是他们的大迷宫，也不同于乡下的孩子，天遥地远，可以在田野间不羁地成长。生活在镇里的孩子，有几条街道，有一些市集，可以看，可以逛，同时一转身，走几步路就到了乡下，田间地头河边野地，到处都是玩的好地方。

在我小的时候，这个镇子上，几乎每一个犄角旮旯的地方都被我们逛遍了。

母亲说，隔壁那个破旧的宅子曾经是一个戏院，里面有一个高高的戏台，她曾经在那里听过戏。

据说当时是县楚剧团下乡，到各个乡镇演出，当时演的有一曲《葛麻》《四下河南》，还有什么，母亲说了一下，我没记住名字。但没事的时候，心情好的时候，她自己会哼上几句，有时候还会笑话我，你怎么也像葛麻一样站着睡觉？

这是多久远的事，远到她自己也记不清楚。后来戏院在"文革"中被人拆了，戏台子被人砸了，戏院变得荒芜而又破落，一任院子里荒烟衰草，野蒿丛生。

镇上还有一个很特别的房子，它不同于老街上的青砖黑瓦，也不同于新街上的灰砖水泥，它有着尖尖的屋顶和弧线形的屋檐，高不可及，巍然耸立。

后来听人说，这里曾经是一座教堂，现在才知道，它原来是一座寺庙。教堂是干什么的,那时候我并不知道,也没有人能够告诉我。那些东西对于我来说,都是谜,可是大人们熟视无睹,好像那些东西就在那里,并没有什么奇怪的。

对于他们来说,那些东西并没有任何实质意义,他们看到的,他们忙碌着的,永远都是眼前的事物,吃饱,穿暖,至于那些不相干的房子,和眼前的生活有什么关系呢?

可我经常会去看,并好奇紧闭的大门后面,到底有什么东西?我不知道它会不会变得老朽腐烂,直到有一天轰然倒下,或者像一棵树,永远长在那里。

除了这些奇怪的房子,最好玩的,当然是逛一家一家的店铺、手工作坊,卖东西的、打铁的、剃头的、镶牙的、酿酒的、榨油的、做豆腐的、炸油条的、编竹篮的、糊灯笼的……总是有那么多新奇好玩的东西。老街从繁盛到萧条,那些店铺也一家一家如同水一样,慢慢消散蒸发掉了。

平常家家户户都很忙,或者看起来很忙,因为很多家里,我不知道他们是做什么的,做什么谋生或者买卖,因为总是见不到人影,只有在一个特别的时候,平时看不到的人流,会像水一样慢慢涌出来。

那是在夏夜的傍晚,太阳下山,暑意还未全消。各家各户都开始在自家门前洒上水,搬出凉床或者卸掉门板,从家里搬出长条凳出来,铺上棉絮,搭成一个大通铺。

这就是夏夜晚上的乘凉时光,也是一天中最悠闲的时候。

这个时候,孩子们开始变得兴奋,因为整条街上,变得热闹非凡。伯伯们穿着背心大裤衩,有的还抽着旱烟袋,摇着一把大蒲扇。孩子们兴奋地跑来跑去,追逐打闹,女人们则穿着棉绸汗衫,聚在一起,东家短西家长地聊着。

那样的夜晚,有一种久违的热闹喧嚣,好像不仅仅是乘凉,而是一种特别的仪式,邻里之间,用一种特别的方式聚在一起,彼此之间,心无芥蒂,人与人之间更加亲密放松。

后来,我家后院搭了一个二层的阳台,就不再在大街上乘凉,而是在自家的阳台上,毕竟高一点,也更凉快一些。

那些夏天的夜晚,夜幕低垂,繁星闪烁,母亲一边摇着蒲扇,一边教我辨认着天上的星星,絮絮叨叨地说着一些话,那样的场景,成了一生中最难忘的回忆。自我记起,我和她从来没有这么亲近过,可以像个婴儿一样依偎在她身边,感受着她身体的气息。而只有在晚上,她才能卸下所有的家务和负担,卸掉内心的焦躁和苦闷,重新变回一个温柔慈祥的母亲。

而那时候的星星,又大,又亮,又繁密,似乎伸手都可以摘到。北斗七星自然很容易发现,那个弯弯的倒挂的勺子,排列紧凑,又大又亮。记忆中还能看到璀璨的银河,而两边自然是牛郎星和织女星,她甚至能指认出牛郎挑着的担子和他的两个孩子。

她怎么会知道呢?也是她母亲教她的吗?

　　在这样寂寥的星空下,有时候觉得自己很大,有时候又觉得自己很渺小。如果天上的每一颗星代表着地上的每一个人,星星从哪里来的? 人又从哪里来的? 人以后又会到哪里去?

　　定定地看着天上的星空,这些念头就会不断涌出来,让我忘记了旁边蚊虫的骚扰。这些问题不知道该问谁,只能在心里问自己,却找不到答案。

　　母亲在我旁边,时不时地摇着扇子,也渐渐睡着了,而我想着人生迷惘,不知以后该往何处去。在那些星星的注视下,我也渐渐睡着了。

　　醒来时,已是黎明,天边有一丝绯红的霞光。旁边已经没有人,他们已经起床下楼了。星星隐退到天边,只剩下最大最亮的一颗星,迟迟不肯离去。那是北极星,也是启明星。

　　现在,即使在这个灯火通明的城市,我看到北极星,就会想到那些夏天的晚上,那些漫天繁星的夜晚,有母亲守候在旁边的夜晚。

那 年 我 十 岁

自我记事起,我们家一直不断搬迁,飘忽不定,十岁后我们家才搬到镇上的一户旧宅子里,据说,这栋房子是祖祖辈辈传下来的,腐朽的大门,摇摇欲坠的雕梁木壁,已经看不出昔日的繁盛。

老姑婆说,我们家以前也算是大户人家,贩卖粮油,家里还雇了几个伙计和仆人,娇俏的小姑妈未出阁之前,整日坐在阁楼上,纺车绣花,是不下阁楼的小姐。

老姑婆不知道她的具体年纪,走起路来颤颤巍巍,牙也掉光了,说话的时候,没牙的嘴豁着,一张一合,像翕动的鱼的嘴巴。我只是盯着她的嘴,一愣神,竟然忘了她在说什么,也根本不相信她说的那些话。

我妈也听到了,在我背后轻声嘀咕,"这老太太,总对孩子说这些做什么?"

老姑婆耳背听不到,只是拄着拐杖,又颤颤巍巍地走开。

看着她佝偻着背离去的身影,想起她似乎也是大户人家的小姐,后来,遭了很多难,无儿无女,一个人栖居在一间阴暗的小房子里。母亲有空的时候常去看她。

她们都曾是小姐,母亲却不是,她是农村乡下的孩子,嫁到这大户人家,却不见得讨什么好,反而有更多惨痛的经历。

不过她从来不说,也没有什么好说的。每天睁开眼就是干活,闭上眼就是休息,繁杂的家务无穷无尽,像一匹永远织也织不完的布,没有尽头。

我曾经到阁楼上去翻过,想找找这个曾经的大户、如今的破落户有没有藏着什么宝贝,万一翻出个值钱的古董或金元宝什么的呢?最终让我大失所望,除了一架破旧的纺车和一个印着"忠"字的红木箱子,我一无所获。箱子打开时,刺鼻的樟脑丸味儿,熏得我打了一个大大的喷嚏。

母亲在旁边瞧着,也不说话,待我下楼来,冷冷地说了一句:"这房子缝缝眼眼不知被人翻过多少遍,还轮得着你去翻?"

母亲没有心思去做那些梦,她睁开眼就得干活,屋里屋外从来就没有歇下来的时候,等我和姐姐长大,我们也自然成为她的劳力和帮工。

姐姐比我大两岁,当我十岁的时候,姐姐已满十二岁,可以到隔壁井里去打水,也可以搭着板凳做一家人的饭。

而我，这些我都做不了，只能每天提溜着书包去上学。

学校在镇子最东头的一个丘陵上，一个石头围墙圈起来，靠墙种着稀稀疏疏的几棵杉树，里面有两排白色的平房，一排是学生教室，一排是老师宿舍，中间是操场。以前操场是压实的黄土地，可每到下雨时就出现一个一个的烂泥坑，后来又铺上碎石子，又后来，干脆将操场的一半变成水泥地，在阳光下白得晃眼。

靠近老师宿舍的地方有几间棚屋，里面养着猪，圈着鸡。几只肥硕的大白猪一般都在猪栏里睡觉，饿了会使劲哼哼，而鸡都是散养在鸡棚外面，有时候它们会过界跑到操场上来，拉上一堆鸡屎，如果谁不幸踩到，那可中招了。常看到有男生追着鸡到处跑，也许是因为踩到鸡屎存心报复，也许只是因为无聊，当然，这都是下课才干的事，上课了，铁铃铛叮当敲响后，操场上立刻变得安静，我们坐在闹哄哄的教室里，有时候还能听到那只失心疯的大公鸡打鸣的声音。

操场的一角有个水泥乒乓球台、两个木质双杠和一个绳索秋千。每当放学的时候，孩子们像水一样从各个教室涌出来，抢占了这个角落，大家推推搡搡，挤在这个角落，挤不上前的就在旁边当看客，看着别人玩，而书包自然是扔到一边。

这个角落，我不愿和别人抢。放学后我一般都会在教室里先待着，写一会儿作业，等到作业写完，看到操场上沸腾的潮水渐渐平息，同学们都已经走得差不多了，我才从教室慢慢走出来。

双杠和秋千孤零零地矗立在大树底下，已经没有人理它们了。先在秋千上荡一会儿，越荡越高，直到能看到教室的屋顶，看到烟囱上升起的袅袅炊烟，才感觉到肚子有些饿了，慢慢停下来。

再到双杠上玩一会儿，倒挂在木质双杠上，看头顶的那棵树，你会发觉，一棵树正着看和倒着看是绝对不一样的。正着看，不过只是普通的一棵树，树干笔直朝上，树丫枝条向外扩散，就像戴着一顶硕大的绿色的帽子，而倒过来看，树不是在往天上长，而是在向土里钻，再多看一会儿，树就钻到土里去了，所以不敢再看，只看天上的云，可太阳又晃得人睁不开眼睛。

终于坐起身来，还有些天旋地转，时间长了，鼻血都会流出来，不管它，用袖子随便擦擦，拎起书包准备回家。

一个人拎起书包，拖着步子，夕阳下一个小小的影子。

从学校往西走不到一百米，就是收购粮食的粮站，外面有一大片空空的水泥场。收购粮食的时节，这里堆满了粮食和赶着粮食来的板车、汉子，其他时间，水泥场地上都是空空的。放学后，孩子都喜欢聚在这里玩，直到日暮西斜，黑瓦上炊烟袅袅，听到大人们喊回家吃饭的声音，才依依不舍地离开。

男孩子喜欢滚铁环,女孩儿更喜欢抓石子。谁的书包里没有一把滑溜溜的小石子呢?多半都是从河滩上捡来的小石子,不能太大,也不能太小,大了抓不住,小了玩起来又没感觉。有了这些石子,没事的时候就在地上磨,磨得锃亮光溜,再玩上几把,沾上肌肤的温度,带上人的气息,石子变得更加圆滑水润,甚至还有一些温润的光泽,如果恰好碰上班上的女同学,我会停下来和她们玩儿把,只能玩五个石头子儿的,七个子儿太多,我手太小,根本抓不下。

除了抓石子,有人在水泥地上用粉笔划了很多格子,那是跳房子的最佳场地。玩这个,更有乐趣。一块石头片儿,来回几个人跳,玩到最后还要划田买地,玩着玩着,不觉天已经暗下来,鸟儿一群一群飞过去,在天上聒噪,又飞到对面的几棵大榆树上。

并没有人唤我回家,我却要急急忙忙往家赶。家里没人,自从姐姐上初中后,这个家似乎只剩下了我一个人。门虚掩着,猫儿从墙根下窜出来,在我腿缝里打着转,一声接一声地叫。虽然家里没人,该做的事还得做完,露台上晾晒的衣服要收,鸡要喂食归笼,菜也要先理好洗净,否则,母亲回来要骂的。

什么都准备好,母亲还没有回来。不敢一个人在黑暗暗的屋子里待着,只好站在露台上看云,看最后一片晚霞收起夕阳的余晖,渐渐隐没到黑色的山峦后面。天,慢慢变成灰蓝色,孤独的月牙儿从云层中悄然出现,鸟儿在天上盘旋一阵,终于倦了,栖息在那棵最高的大树上。鱼鳞似的黑瓦片上,家家户户的烟囱白烟袅袅,盘旋着升上天空,可是我们家的,永远是冷冷清清。直到听到门吱吖一声响,母亲挑着桶从菜园里回来,亮起灯,生起火,看到灶膛里熊熊的火苗,才感觉到一颗空落落的心终于安定下来。

一天就这样沉下去,一天又这样亮起来,起床,吃早餐,上学,日复一日,年复一年,日子单调,冗长,没有尽头。

在这种单调冗长的日子里,也会出现一些新鲜事,如街头出现一个租书摊,那个租书摊不知是什么时候开的,一个老头守在那里,全是小人书,摆满了整整一个摊子,把我乐疯了。

一本小人书,一分钱可以租一次,而我又看得极快,一本书通常不到一个小时就看完了,看完后,又马上觊觎着下一本。所以,那段时间我变成了守财奴,给父母买早餐的找零通常被我窃为己有,但这种机会不多,于是,我把家里的旧牙膏、铁皮盒等能换钱的东西都拿去变卖。很多书都租不到全套,只能东看一本,西看一本,《智取威虎山》《岳传》《铁道游击队》《三打白骨精》《三国演义》《烈火金刚》《林海雪原》……我通常上午在和日本鬼子打仗,而下午就在和孙悟空一起降伏妖精,到晚上则变成了梁山好汉,大碗喝酒,大块吃肉,一起去劫法场。

看书的时候,我喜欢找一个清静凉快的地方,有时是在后院的晾台,有时是在厅屋的竹凉床上,有时则占据着父亲的藤椅……如果可以,我宁愿像猫儿一样蜷缩起来,不被人发现。

除了书,新鲜热闹的还有收音机。清晨我还没起床,就听到广播里传来的声音。母亲只关心身边的事,父亲则关心国家大事,每天少不了听新闻,还有天气预报,虽然收音机里,从来没有播报过我们这个小镇的天气。

但我开始听到很多的地名,很多的新闻,听到外面的世界,传来不一样的声音,热闹的,新鲜的,闻所未闻的。就像我突然明白"坐井观天"这个成语的含义,我也不过是井底的一只青蛙,以为头顶只有那么大的一片天,现在突然发现外面还有更广阔的天空,于是,拼命地往上攀,想要看看外面的天空。

有了书,有了收音机,个别家里买了电视机,镇上开始出现第一家露天电影院,甚至到后来出现的录像厅,这个封闭而又保守的小镇,被撕开了一个口子,而我们这些孩子,则最迫切想要从这个口子里往外探看。

母亲说她在乡下是流动电影院,赶十里八里地,就为了看一场电影,没有凳子就自带板凳,正面坐不下,就到银幕的背面看。放电影的那一天变成了节日,十里八乡的人,为了看一场电影要走很远的路。

我没有见过这种场景,却见识到露天电影院的盛况,门口总是挤满了买票的人。而我们小孩子,没钱买票,或者根本就不屑于买票,总是从围墙那边翻过去。

就在这翻墙逃票的日子里,我们看了很多电影,如《地道战》《地雷战》《敌后武工队》《寻找回来的世界》《桥》《巴山夜雨》《牧马人》《庐山恋》,以及放映时盛况空前,挤得水泄不通的《少林寺》。

这些电影,有些看得懂,有些看不懂,有些看得懵懵懂懂。就在这懵懵懂懂中,我看到了一个新鲜热烈的世界,它不同于这个黑白灰的镇子,它是彩色的、美好的,充满悲欢离合的另一个世界。

世界在慢慢改变,虽然你觉得今天的生活和昨天并没有什么两样,明天和今天也不会有太多不同,日子沉默而又缓慢,它在不断的变迁和动荡中,从一个时代跨越到另一个时代,来得既遥远缓慢,又让人猝不及防。

那片开满映山红的山冈

一个小镇,有古老的街道,有城墙的遗址,有一条护城河,河边是大片的农田,再远处,就是黛青色的山。

这个镇最高的山称为香山,海拔 580 米,山上有高大的山寨石墙,也有千年的古刹,称为香山寺,又被称为仙人寺。这座寺庙据说修建于宋朝,明清时香火鼎盛,游客众多,不仅本省本县,就连外省的香客也常来朝拜。

后来,寺庙不再,只剩下一片残垣断壁、乱石山冈。革命战争年代,李先念、陈少敏等老一辈无产阶级革命家曾在这里浴血奋战过,留下了无数可歌可泣的英雄事迹。传说中,香山寺顶峰,曾有数位仙人居住过,留下了石椅、石桌、石床。每逢春季,引得无数游人登山览胜,接受革命传统教育。

不管有没有仙人来过,这里都保持着最良好的自然生态环境,是各种动植物的天堂。据说以前总会有成群结队的野猪浩浩荡荡地蹿下山野到农田刨花生红薯、吃玉米黄豆;而现在这里,依然能看到大量的蛇、野兔、狗獾、松鼠、黄鼠狼、野鸡及各类飞鸟,依然会有迷路的萤火虫在每个夏季的夜晚窜进家门;在这里,不同品种的野生兰花、杜鹃花、百合、金银花、菊花还有其他不知名的野花会在属于它们的季节如期绽放;在这里,你能看到仅存于山泉泉眼处的袖珍小虾;四时变幻,你总能听到不同的鸟叫,丛林中总会有一窜而过的小动物惊扰路过的居民……这里是各种野生动物的乐园,各种野生植物肆意生长的天堂。

香山我没有去爬过,小镇附近的山却经常去,都是一些籍籍无名的山,叫不出名字,却有一种天然的诱惑力。

小的时候,一大帮孩子,每到周末或者节假日,呼朋引伴,总往山上跑。没有齐整规则的路,我们在荆棘丛生的灌木丛中穿行,沿路摘些野果子,喝点山泉水,上到山顶,偶尔能看到一些乱石堆,那是昔日旧山寨的遗址,或者是以前战争年代留下的防御工事,因为还能捡到一些炮弹壳,男生们捡到这些东西总是洋洋得意,或者吓唬我们,石头缝里有一截断胳膊!吓得我们一哄而散。山风阵阵,松树林里如铁马冰河、波涛怒聚,有些瘆得慌。往回走的时候,看到一个很大的坑,应该是以前炮弹炸过的,而从坑底竟然长出一棵树来。这片土地，几十年前应该是硝烟弥漫，血雨腥风，而现在，却成了孩子们探险的乐园。

多年以后，读到李华的那篇《吊古战场文》："黯兮惨悴，风悲日曛。蓬断草枯，凛若霜晨……天地为愁，草木凄悲。吊祭不至，精魂无依。"忍不住就会想到那片阴风怒号的山岭，想到那些残垣断壁，想到黑黢黢的炮弹坑里那一棵向上伸展的树。

这些山后来很少去了，经常去爬的是另一片山岭。我不记得那是什么村，什么冲，又是什么山，只记得要走很远，来回要花大半天的时间。

每年映山红花开的时节，似乎是在春夏之交，乍暖还寒的时节，我们一群孩子，相约着去采摘。那是一条崎岖难行的路，要翻越两个山岭，沿途经常碰到挑着胆子砍柴的老人，有时候是孩子，瘦小的身躯，背着一大捆柴，而我们只是游山玩水的闲人，看到他们，着实有些羞愧。

不知道走了多久，我们又渴又饿，前方的路，却望不到尽头。有人在说，快到了，到了，转过一道弯，抬眼望去，忽然看到前面的山，如被火烧着了，炫着人的眼，又如一片璀璨的云霞，铺满了山冈，一直铺陈到天边，把天都染红了。

那是千朵万朵的花，千朵万朵的映山红，一团团，一簇簇，一树树，竞相开放，层层叠叠，密密匝匝，明媚而灿烂，开满了整座山冈。我们看到，满心的惊诧和欢喜，欢喜得说不出话来，只是欢欣雀跃地跑过去，似乎想把这整座山的花拥抱入怀。

每个人都摘得满抱满怀，实在拿不了，只恨再生出两只手来。回去的路上，再辛苦再累，也舍不得放手，只是偶尔会尝一下花瓣，酸酸的，涩涩的，还有一丝甜意。

记得有一年，我和人相约去摘映山红，而母亲却以天色太晚为由，不让我去。我们在石板桥上洗衣服，看到那些欢欢喜喜满抱着花丛的人，从桥那头的山岭上走下来，我委屈得直哭。母亲看到我难受的样子，于是向每一个怀抱映山红经过的人，讨要了一枝，不一会儿，竟然收集了一大抱。我抱得满怀的映山红，终于收起眼泪，欢天喜地地跑回家去。

我已经快忘了映山红的芳香，却总是会想起这一幕，忍不住提起笔，写下这首词，以作怀念。

江城子·望故乡

经年漂泊梦一场。回望处，是故乡。炊烟袅袅，老屋旧模样。清清河水濯我足，菱角尖，芦苇黄。

母亲河边捶衣裳。映山红，正芬芳。闲来无事，把酒话家常。岁末风雪看爹娘，火盆烫，栗子香。

镇上的女人们

"这是一个普通的小镇,老宅深巷,鹅卵石铺就的路面,古老的护城河,时常有人到水星城门边去浣衣洗菜。

老式房屋,青砖黑瓦,上有木质阁楼。檐壁高高耸起,檐角雕刻古老花纹图案,但在岁月的冲蚀下,依稀模糊,难以辨认。斑驳古旧的墙面,衰败不堪。

推开厚重的木门,是细长的房屋,长长的甬道,老式的天井,光线幽暗。从古旧窄小的木楼梯走上去,是二层阁楼,逼仄局促。房顶上有几片亮瓦,依然是抹不开的一团黑暗,一个个老旧的木质箱子,多年留存的杂物,被包围在这团黑暗中。

只有后面的院子是敞亮的,从层层的黑暗中走来,心一下被打开,生活不再被禁锢在岁月烟尘中,而有了更加鲜活而灵动的色彩。

阳光明亮,院子二楼露台上晾满衣服,有时是用筲箕晾晒的绿豆、花生、糯米汤圆粉……有鸟儿雀跃过来啄食,邻家的瓦壁间蹿出一丛仙人掌。燕子在檐间穿越,留下一粒粒灰白色的粪便,而猫总是慵懒地趴在墙角晒太阳。

院子墙角除了堆放的蜂窝煤和木柴,还有早市拎回来的一把葱、几棵白菜、两根黄瓜……几条鱼养在铁皮桶里,还在扑棱翻转,溅起阵阵水花。一丛丛月季在阳光的照耀下,开得灼灼妖艳,丝瓜藤沿着墙角,已经蹿得老高。

一天的生活从这个小院开始。清晨咿呀作响的收音机,煤炉发出的呛人气味,水池里水声哗哗作响,厨房里开始油烟缭绕……直到晚上,结束一天的辛劳,厨房里收拾利落,关掉昏黄的灯,伴着电视机屏幕,酣然打盹入梦,一天也就这样无声无息地过去了。

离开这个小镇二十多年,总是会想起我们这一家子人,曾经在院子里大声说话、拌嘴,坐在竹质靠背板凳上,看着日影走动,太阳西斜,就这样晒晒太阳,嗑嗑瓜子,喝喝茶……岁月绵长,不过是市井人家,寻常生活。"

这是我在一篇文章中对于小镇生活的描述,看起来美好而又有诗意,事实上,那些如旧报纸一样发黄的日子,因为隔着时间与空间的距离,沓远而又模糊,磨灭了它残酷的真相,只露出温情的一面。

残酷,是因为生活的困顿和艰辛,当时那个年代,也许大部分家庭都是如此,对我母亲尤甚。在我父亲十几岁时,爷爷奶奶相继过世,姑妈嫁了人,只留下他们年幼的兄弟三个相依为命。母亲嫁过来后,既要当长嫂,又要当母亲,所以在生我之前,她甚至一度不打算要我,养不起,也没有精力带,可后来,听了一个赤脚医生的建议,还是生下了我。

多一个孩子多一张嘴,父亲经常不在家,这个家里里外外都要她来操持,那时候生活又不安定,一次一次地迁徙下放,居无定所,她在三个不同的地方,生下了三个孩子,还要干农活,挣工分,做家务,喂孩子,带两个小叔子。

操劳了大半辈子,积累了一身病痛,也就没有什么奇怪的。月子里,寒冬腊月天,到河里破冰去洗衣服,在我们看来,是不可思议的事,可是对于她,不用受饥挨饿,能坚韧地活下来就已经足够,身体上的辛劳和病痛又算什么呢?

后来,好不容易回到镇上,父亲那一点微薄的工资养不活一大家子人,她又到一家缝纫社当了裁缝,她曾自豪地说,那时候她比我父亲挣得还多,但那是她没日没夜做衣服挣来的。三叔说我在几个月的时候喜欢半夜哭,怎么哄都不行,也许是饿了,也许是因为冰冷的床上没有母亲在身边,他只得半夜抱着我,到缝纫社找我母亲喂我。

那时候,生活窘迫而又艰辛,每个人都凭着自己的一双手在努力地生活。虽然一年见不到几片肉星,却可以自己种菜、自己养鸡,可以吃到最新鲜的蔬菜鸡蛋。坛坛罐罐里是自己腌的咸菜,是我母亲的专利,每次吃饭的时候,她总是把新鲜蔬菜让给我们吃,自己吃一点腌菜。自己做衣服,自己纳鞋底,所有吃的穿的用的都在自己一双手上。

在我看来,生活就像一道鞭子,而她就是那个被鞭打的陀螺,一刻不停地转动,可对于她来说,也许并不算什么。那时候,生活的艰辛,对谁家都是一样,对门做豆腐的伯伯,每天凌晨两三点就得起来,开始磨豆子、打豆浆,等到我早上起来,从他们家案板上拿到的豆腐,还是温热的,有时候还能吃到香喷喷的豆腐花。而在乡下、在农村,生活更为艰辛,除了自己种地,还要上交国家提留,其余的一切,全凭一双手在地里刨食。

所以,在她看来,生活固然艰辛,日子也总能过得下去,甚至在粗粝中过出几分精致。

她给我们做的衣服,会贴一道漂亮的花边,甚至在裤子上还会缝一块卡通图案布料,虽然后来遭到我的嫌弃,但看得出来,在生活上,她投入了很多的小心思。她的腌菜,做成一绝,因为她尝试了很多的技巧和方法,在酸辣咸甜之间达到完美的平衡。当一个夏天,顿顿吃茄子吃腻了,她就会尝试别的方法,凉拌或者炸茄盒,变着新鲜花样做给我们吃。园子里的红苋菜老了,炒着不好吃,她就想出一道苋菜羹,吃起来清香爽滑,风味特别。夏天最热的时候,她就和别人学着做细米茶,把西瓜泡在冰凉的井水里,让我们放学回来能吃到冰爽西瓜。

她养了一只猫,在我看来,简直是惯出毛病,不仅每天要从我们嘴里抢食,还每天小锅小灶专门给它煎鱼,待遇比我们还好。

她试着照顾到每一个人,每一条生命,从她十八九岁嫁过来,那个当年在文工团天真烂漫的小姑娘就已经没有了,只有一个含辛茹苦的妇人和一群嗷嗷待哺的孩子。

这个镇子上的女人几乎大多如此,每一个屋檐下面几乎都有一串孩子需要养活,家家都有几个拖着鼻涕的孩子,我们大多记不住名字,都是谁家的老大、老二、老三、老四、老五,甚至老六、老七。为了养活一大家子人,家里的女人们往往都是最辛苦的,虽然男人是一家之主,维持着家里的生计,但女人才是一个家的脊梁,一家人的吃喝拉撒洗洗涮涮全靠女人在勉力操持。

那些婶子大妈伯母们的面孔都已经依稀模糊了。小的时候,很讨厌一群女人在一起,拉着家常,说着闲话,甚至故意逗你,取笑你做过的那些糗事,当你气急败坏扭头想要走开,一转身,她们又塞给你一把豌豆或一把花生,让你爱也不是,恨也不是。

虽然每个女人的个性不同,有的暴烈,有的温婉,但总体说来,都是淳朴善良,而且隐忍。也许自古以来女人的地位就很低,特别是在这个保守落后的小镇上,女人只配称为"屋滴人",这个称呼让我想到她们瘦小的影子和这些青砖黑瓦的房子融在一起,一年四季,永远是围着灶台边打转,在昏暗的灶膛边,熬了这一生。

但每每想起她们,心里就会觉得很温暖,她们的厚道、质朴、勤劳、善良也许是一种传统,也许是一种天性。我小的时候,因为没有老人带,经常会被我妈临时寄养到别处,吃着百家饭长大的。不管是在谁家,即使家里再落魄,也会把最好的拿出来,即使你只是一个孩子,也惟恐怠慢。

更不要说真正有客人来的时候。

记得每年的正月,拜年的、探亲的、访友的,来往不绝,家里每天都是高朋满座。而且这个镇子上还有接春客的传统,街坊邻里、单位同事,互相请客吃饭,男人们每天从东家吃到西家,饭局不断。而当男人们在酒席上胡吃海塞、喝得昏天黑地的时候,是女人们在油烟弥漫的厨房里,一顿一顿一餐一餐地做着。她们根本上不了桌子,要让客人吃好喝好,等到所有人都下桌后,她们只能吃一点客人剩下来的残羹冷炙,又要收拾洗碗,准备着下一餐。

虽然极不情愿,我也是一个被迫帮忙的人,除了偶尔能偷吃点东西,我想不出来,这每天迎来送往吃吃喝喝的生活有什么意义?尤其是对于家庭主妇。我常常看到母亲累得直不起腰来,当然,这一般是在忙完一天的活计准备睡觉的时候,白天再怎么累,也要熬着,坚持着,忍耐着,而一旦放松下来,辛劳和疲倦就会像虫子一样无情地吞噬着她们的身体。

我们常常责怪母亲不懂得休息,不会照顾自己。也许,她不是不会,只是这几十年的辛劳生活,让她只懂得牵挂别人,似乎唯独忘记了自己。

等到生活变得更加安定从容的时候,我们才发觉,她也有那样多的爱好。她爱美,对衣服鞋子头发式样都很讲究;聪慧灵巧,闲时可以自己绣个枕套,编个竹篮;她还喜欢文艺,喜欢看电影,喜欢听歌听戏,喜欢跟着一起哼唱;内心柔软善良,即使看个肥皂剧,动不动也喜欢抹眼泪。

这样的女人放到现在,也是一个有点小情调的文艺女青年,可是生不逢时,这样的小情调小浪漫是不能当饭吃的,而活着,才是第一位的。

所以,我们看到的母亲是永远在忙碌着的母亲,是永远围着灶台边打转的母亲,是生活的艰辛积压在心中、脾气变得暴躁的母亲,是一个失去了自己的名字,被人称为"妈""王妈"或者"王师傅"的母亲。

我小时候虽然顽劣,但也很怕她,因为她打起来绝不手软,但最怕的,不是怕她的怒火,而是怕她的沉默,怕她一个人无声无息地关在房间里,不吃不喝,一个人独自在房间流泪生闷气。

如果回到家喊一声"妈"没有反应,这个家就会有点反常,更反常的就是她这种生闷气的时候,谁叫也不应,谁劝也不理。碰到这种时候,我们三个孩子内心惴惴不安,却什么也做不了。

也许她只是因为和父亲发生口角,那个时候,父亲来劝几句也就好了,但更多时候,是因为一些闲言碎语,一些无根据没来由的话,像刀子一样戳着了她,这个时候谁劝也是劝不好的,而且还会越搅越复杂。

最终她还是会从房间出来,因为我们肚子饿了,要吃饭。她抹一把眼泪,仍像没事人一样,该做什么做什么,照样和父亲拌嘴,对我们责骂,而这时候,再听到这些话,就会觉得很心安,知道生活恢复了秩序和正常,一切都和以前一样。

但我不知道下次发作会在什么时候,这一大团阴影,不知什么时候又会重新笼罩上来,那些流言蜚语,就像刀光剑影,冷不丁会把人戳一下,而受伤的往往都是女人。镇上的女人可以忍受生活的艰辛和磨难,但总会有个别刚烈的女人,因为忍受不了几句争吵，几句闲言碎语，一赌气，赔上了一条命。娘家又会闹上门来，闹哄哄地形成一曲闹剧，最终怎样收场的，我们就不知道了。

这个镇子上，虽然都是关着门过自己的日子，但似乎每家的门都是开着的，任人打听任人窥探，谁家有一点什么事，都能传遍整个小镇，再经一张张嘴的传播，最终说成什么样，是非黑白已经没人知道了。我在这个镇子上溜达，在这条老街上从上走到下，每家每户都能传出自己的声音，孩子的哭声，大人的责骂声和争执声。可是这种闲言碎语是无声的，你很难听到，却在密密地编织成一张网，让所有的人都身居其中，透不过气来。

厌倦了这种闲言碎语、鸡零狗碎的生活，急切地想要走出去，发觉外面的世界确实很大，没有桎梏和牵绊，但同时，也失去了被人关注的温暖，一方面在得到，一方面在失去，生活就是这样尴尬和无情，让你被携裹着，磕磕绊绊一步一步往前走。

颜　色

在我的记忆中,这个镇子,这条街道,这条街上的人,就如同一张张发黄的老照片,昏黄,灰暗,模糊不清。也许是因为隔了很多年,记忆模糊,像是被时光洇染过的照片,也许因为本身的颜色就是这般灰暗。

老房子是黑色的,瓦是黑色的,巷子是黑色的,街上的人,特别是老人,都穿着灰黑色的棉袄,笼着手,缩瑟地走在记忆的隧道里。

大人们也都穿着黑色、灰色或蓝色的衣服,女人的衣服颜色会多一些,但似乎也很黯淡,深色格子外套,白色的确良衬衣,肥大的黑色裤子,只有给女孩子们做的衣服才是最鲜亮的。

慢慢地,从时光隧道中走出来的人越走越近,颜色也越来越鲜亮,就像所有的黑白照片都换成了彩色,有了更加明快鲜艳的色彩。

记得母亲有一件丝绸缎子夹袄,那是什么时候做的呢?都已经不记得了。看惯了她穿灰扑扑的衣服,这件小袄让我特别震撼。这件仿中式的夹袄应是过去三十年代风格,掐腰,立领,盘扣,袖口滚边,紫色缎面上是金色绣花图案,穿上后显得美艳高贵,完全颠覆母亲在我心中那个中年妇女的形象。

也许这个时代真的变化了,虽然都是做的衣服,风格也变得完全不同。

也许是因为布料的变化吧,那时候在杂货店看到卖的面料,长长的一卷卷竖立在那里,放眼望去,都是灰蓝黑的一片,直到后来,颜色才变得越繁杂,越来越鲜亮。

也许是因为式样的变化,以前的衣服,无论男女老幼,几乎都是肥大款,穿在身上,晃晃荡荡,看不出腰身,也看不出人的线条,而且式样也很少,几乎都是制服样式,后来,式样越来越多,越来越繁复变化,不再是一个套子里出来的,有了更加鲜活的色彩和跃动的美感。

母亲以前是缝纫社的裁缝,做衣服的,我从会走路开始,就在缝纫机中间磕磕绊绊地学走路,摔过无数跟头。听着缝纫机踢踢踏踏的声音,看着一块块布料,一件件衣服,一团团絮料飘出来,店里弥漫的到处都是线头和废料。从小到大,母亲不知为别人、为我们全家做了多少衣服,家里也有一台缝纫机,响声经常到后半夜。现在想来，那台老式缝纫机承载了太多的使命，也见证了母亲的辛苦，只是我从小穿着母亲做的衣服，有时候并不领情。

在我初中的时候曾拍过一张照片，是我去县城参加一个文学社联谊会的合影。照片中，所有的孩子几乎都是神情轻松、笑意盈盈，惟独我微蹙双眉、郁郁不展。

参加这样的活动，是很轻松的，因为不是比赛，只是联谊，只是在一起聊一聊，而且去的每一个孩子，显然都是学校文学方面的精英，有一种自豪和荣耀感。我却没有这份自豪和荣耀，只是因为，和那些孩子相比，我觉得自己穿得好土气啊！

说起来也许很可笑，可对于一个正处于青春期的孩子来说，追求美是一种天性，如果觉得自己不美，必然会有一种抬不起头来的自卑感。

我穿着的那一身衣服都是母亲自己做的，从衣服到裤子，甚至到鞋子，在众多时髦的城里孩子面前，感觉自己特别寒酸，特别土气。

（前排右四为本文作者）

现在觉得能穿到妈妈做的衣服是一种幸福，可那个时候却不觉得。因为妈妈是裁缝，一年到头都穿着她做的衣服，没有一点新鲜感。

可在那个年代，谁不是穿的做的衣服呢？那个时候，布料都必须凭票购买，拿着布票到商店去买布料，几尺几寸，剪刀剪开一个口子，只听得嘶嘶的声响，一块布料到了手心。对于许多人家来说，一块布料来之不易，要盘算着怎么做最划算，老人的衣服，大人的衣服，还有孩子的，一年到头，总要穿一身新衣，而一般家里的孩子，只有老大能穿得上新衣，老二老三剩下的一串串只有捡旧的份。

我就是那个经常捡旧的孩子，背着哥哥的黄书包，穿着姐姐的旧衣服，有时候开心，有时候又老大不情愿。旧衣服毕竟是旧衣服，没有新衣服那么光鲜亮丽，而且还有经年累积洗不掉的污渍，虽然小时候都是摸爬滚打的泥猴，可是这样的衣服穿在身上终究不自在。

越长大爱美之心越浓，对衣服也越挑剔。大一点，有了自己专属的衣服，高兴完一阵子后，又开始不满意了。觉得母亲选的布料太艳俗，样子太老气，裤子上面竟然还缝上一块卡通动物的图案，真是太丢人了。

母亲很不解，她说，你看，我给你选的样子都是最时髦的啊，人家都说好看，就你最挑。

我是挑剔得紧，记得有一年做了一件新棉袄。所有的棉袄几乎都是鼓鼓囊囊，里面塞满了棉花，臃肿而又肥大，自然好看不到哪里去，而且那件棉袄外面料子选的是大红带明黄色圆点的一块棉布，看到我就愣了，这颜色真是亮瞎眼，让我怎么穿得出去？母亲还喜滋滋地说，这是你堂姐特别给你选的布料，说很亮丽，穿得喜庆。

记得我当年已经有十三岁，早已经不喜欢那种大红大绿花花绿绿的颜色，更喜欢洁净的、素淡的，而那时候身体也开始发育，就像一棵泡在水里的小豆芽苗，身体在慢慢膨胀，胸部变得胀痛。身体这些细微的变化，带给我极大的不安，变得特别羞涩，走在路上，总是低着头，含着胸，有点抬不起头来。

而这件棉袄的颜色，就像红红燃烧的火焰，亮是亮，可完全不是我喜欢的风格。我和母亲赌气，不想穿，不过最终还是屈服了。小孩子是没有太多的话语权和选择权的，能有穿的就不错的，还挑什么？我就这样穿着这件火焰棉袄整整一个冬季，而且第二年还得穿，因为它做得又大又长又结实，似乎能穿上一生一世，一想到这样的一件棉袄要无穷无尽地穿下去，就觉得人生没有什么指望了。

偶尔也会有几件买的衣服，几乎都是城里的亲戚买给我的。记得有一年，和母亲一起去县城看一位远房姑姑，不知道是因为什么事，也不知道去看望的时候都做了些什么，当时我还小，那些细节在时光的洪流中已经慢慢淹没淡忘了，却有一个细节终身不能忘记。

临走的时候，姑姑带我去商店买了一件裙子，那是一件淡蓝色的素雅的连衣裙，正是我喜欢的忧郁的淡蓝色，样式也很雅致，拿到手的那一刻，按捺不住的欣喜若狂。

然而，我还是高兴得太早了。姑姑给我买的这件裙子太大，也许是贯彻了母亲一贯买大不买小的原则，穿在身上，又大又长，就像一张行走的床单，只好无奈地放到箱子里面。母亲说，你现在又不是没衣服穿，放到明年穿正好。

可这一放就不知道是几年，等我们想起来再翻出那件裙子时，已经完全穿不上了，当时，真有一种欲哭无泪的感觉，觉得老天狠狠地嘲弄了我一下，想要的东西总是这样错过，失之交臂。

那件淡蓝色的裙子就这样在我心底留下一块烙印，我却无法拥有。穿过的很多的衣服都已经忘记了，然而这件从来没穿过的裙子，却一直留在脑海，难以忘怀。

这件淡蓝色的裙子我不能拥有,后来,却拥有了更多买的衣服,当然也不愿再穿母亲自己做的衣服。事实上,她不当裁缝也很久了,后来做了别的工作,只是偶尔才会用缝纫机给自己做一件衣服,如裤头、背心那种样式很简单的,因为她的眼神也不好,有时候连穿针也穿不上。

当我想到求助她时,已是多年以后。我当淘宝的剁手党多年,经常会买到一些不合身的衣服,退换又不划算,于是求助她,让她帮我稍稍改动一下。

她会戴上她的老花镜,我帮她穿好针,似乎遗忘了很久,她的动作有些迟缓,但同时又想起来什么,很麻利地用剪刀剪几下,在缝纫机踢踢踏踏的声音中,一件衣服很快就改好了,穿上后正好合身。

在我的记忆中,穿她做的衣服总是偏大,可好像穿着她做的衣服,又是最舒服的,让我从小可以像个小顽猴一样,在外面奔跑跳闹。以前被我鄙视的她自己做的衣服,现在却无法享受到了,不过能穿到她改制的衣服,也算是一种幸运。虽然老了,她好像也发觉自己的这项才艺,并没有太生疏,于是开始帮我们改衣服,把一件件我准备扔掉的衣服,又重新改好,变得合身,似乎又赋予这些衣服新的生命。

一技在身,终身拥有,我却没有从母亲身上学到这项本事。这个年代,衣服多得扔都来不及,谁还会再去自己做,自己缝缝改改呢?很多东西我们都抛弃到身后,现在想起来,那些被抛弃的东西,也许才是最珍贵的,就像母亲为我们做过的这一身又一身的衣服。

看　戏

　　我家老屋隔壁就有一家戏园子，据说曾经在那里演过大戏，母亲年轻的时候也去看过。后来，不知何故，戏园子变成了一座荒宅，废弃在那里，蒿草离离，破落不堪。再后来，那里变成了一个孤寡老人收养所，一些孤单的老人闲住在里面，寂寥度日。

　　母亲年轻的时候也算是文艺青年，模样俊俏，曾经在文工团唱过样板戏，后来嫁了人，在生活的重压和颠沛流离中，这一爱好如同那些不常穿的衣服，一起被打包压入了箱底。再后来，生活安定了，偶尔，兴致来了也会哼几句，或者和我们说起她喜欢看那些戏，如《四下河南》《葛麻》等。她最喜欢听楚剧，还有荆州花鼓戏，电视中一有放这种戏曲类的节目，眼睛就定住了，脚也挪不开了。

　　对于我们来说，戏曲却并没有多大的魅力，那种咿咿呀呀的唱腔，听得也着实不耐烦。估计等到他们这一代人走远，那些陪伴他们的戏曲唱腔也会逐渐飘散，不再有人记起。

　　坪坝在清朝康熙盛世年代，先后修建了两座大戏台。一座在上街水府庙前面，一座在下街下安寺前面。楼高12米，雕梁画栋，飞檐凌阁，气势宏伟，豪华壮观。台前广场可容观众2 000余人，年年都有戏看。有时从德安府(今安陆市)来，有时从汉口接戏班子。分别有楚剧、汉剧、地方花鼓戏。楚剧在坪坝声望较高，戏班来了一唱就是一两个月。坪坝人看戏都是点连台戏本(连续剧)，如《杨家将》《四下河南》……但开锣戏都是唱《薛平贵回窑》，意思是戏回来了。1940年，新四军文工团在戏楼上演过抗日战争的话剧和滑稽戏。比如滑稽剧《理发》：理发师傅是个哑巴，用裤子倒着围在人颈上当围裙，用杀猪刀剃头，用大勺子挖耳朵，大家看了笑声不止。1949年，解放军文工团在戏楼上唱过《花木兰从军》等戏。还有皮影戏，演的都是《封神榜》《西游记》之类。

　　新中国成立前由于文娱活动贫乏，看戏是最好的娱乐。坪坝每次唱戏都要接京、安、随三县交界处的亲戚朋友来做客看戏，一些青年男女来看戏，都要精心打扮一番,显得精神焕发。唱戏时,街面热闹,市场繁荣。这对于商民来说,是一举两得的好事,戏也看了,钱也赚了。

除此,每年还有安陆来的盲人,在茶馆说书,说的多是《七侠五义》《小八义》《水浒传》,也有唱曲调、唱民歌的。如遇荒年,天门来的灾民,打三棒鼓、玩杂技,唱曲调沿街乞讨,听的人也很多。

20世纪30年代,留声机进入坪坝,凡结婚、生子、做生日等喜庆宴筵,就有人来放留声机,如《玉堂春》《梁祝姻缘》《贵妃醉酒》等唱片。亲朋满座,皆大欢喜。每年还有外地来的耍刀弄棒玩武术的、变戏法玩魔术的、看西洋镜的、玩马戏的。

新中国成立后,坪坝人民组织了剧团,魏法宗任团长,演艺高的演员有丁致春、杨家雄、李莲仙、李贤凤、陈道菊等人。他们演的戏,都是配合宣传党的政策、清匪反霸、土改镇反的革命节目。他们还自制像滚珠大的微型炸弹,如枪毙恶霸的场面,枪一举,后面扳炸弹,响声巨大,"恶霸"应声倒地,像真的一样。他们不但在本地演,还到外地演出。

下面也有一些剧目富丽堂皇,如喻家城以老艺人梅生为首的剧团,晏店以乡长陈光宇、农会主席王东发为领导的剧团。每个团20人左右,配有琴师、打击乐器的。他们多是唱楚剧,如《送友》《访友》《翠花女捡过》《秦香莲》等,也演一些歌舞剧。

各地还组织一批青年人学会扭秧歌、打腰鼓、打莲枪,遇上开大会、节日庆祝,他们就愉快地扭起来、打起来、唱起来,使场内气氛活跃。一些人家结婚,也请他们去接新姑娘,起到移风易俗的作用。

除了这些,平时的娱乐活动也很多:

1. 拖平台。坪坝晏店一带,地方花鼓戏班子,常常在街上和乡村演出。演唱时用几个方桌,上面搁门板,中间隔一块布幔。前半部为出台演戏,后半部为进台化妆。中间坐几个人打锣鼓帮腔。白天唱几折,晚上点"夜壶灯"继续唱。几十人、百把人看都唱。剧目有《酒醉花魁》《吵嫁妆》《何氏嫂劝姑》《何叶宝写状》《张先生讨学钱》,这叫做讨学钱,戏钱由群众自筹。

2. 讲善书。一些比较富裕而且封建道德观念浓厚的人,为了教育自家年轻人,常常请有文化知识而又有说唱能力的先生到家中讲善书。一般是在闲月讲,在门前搭个台,放个长方桌,先生坐在方桌后,看着《善书》有念有唱。念的道白,唱的词句,《善书》上都分别写得很清楚,照本宣科即行。有自家人也有左邻右舍的人来听。善书的名目有《朱氏割肝》《坐血湖池》《十三孝》等,都带有劝人为善的封建迷信色彩。晏店六台村有一个最会讲善书的人叫程中柱。他的声音很洪亮，特别是哭腔，非常感人，一些年轻人听到动情处，也会泪水满面。

3. 拍渔鼓筒。一个人唱，胳膊夹着渔鼓筒，一手拍，另一手打筒板。拍打几下以后开始唱词。词有自己临时编的恭贺词，也唱一些《花鼓戏》。这种活动，一般在宴请宾客的席间进行，拍唱一阵，即在席上搁一个空碗，宾客各自丢钱在碗内，唱渔鼓筒的人，一席一席鞠躬上碗。艺人在没有宴请宾客时，也到街上商家门前拍唱，乞讨要钱。这种娱乐形式，从清朝一直沿袭至今。

这段出自《坪坝史话》的介绍，读起来让我感慨万千。几百年来，这个小镇一直有丰富多彩的娱乐节目，那时候没有电视，没有电影，没有网络，看起来他们却并不寂寞，可以到戏园看戏，可以到茶馆听书，喝一壶茶，听一段曲，看一段杂耍，下一盘棋。而现在，以上所说的那些，只剩下一个打腰鼓还流传在世。只因为打腰鼓可以挣到钱，可以为开业助兴，可以迎娶新人，如果没有商业盈利的目的，估计打腰鼓也没有了。

"舞榭歌台，风流总被雨打风吹去"，时代的变迁，没想到这个小镇变得越来越寂寞，敲锣打鼓、咿咿哑哑的声音都没有了，戏园子也消失了，只剩下电视机的声响和家家户户桌子上传来的搓麻将的声音，是这个小镇唯一能和寂寞对抗的声音。

除此以外，那些孤独的老人，你还能让他们做些什么呢？

酒 的 传 说

电影《赛德克·巴莱》中有一个情节，一个日本人以一种很蔑视的口气说，他们这些野蛮人，只要有酒喝就行了。确实，这些生活在高山丛林之巅的台湾土著人，这些生猛无畏的部落勇士，在日本人的奴役之下，只能得到最微薄的收入，但即便只剩下最后一个铜板，也要拿来换酒喝。

小小的赛德克长大了，长大就意味着可以和部落首领一起并排而坐，喝酒。喝完两杯，他还想喝，被首领制止了。就是那小小的两杯酒，不一会儿，小赛德克却轰然醉倒。

我常常在想，酒，对于一个部落、一个民族究竟意味着什么？

李白说，呼儿将出换美酒，与尔同销万古愁；梁山上的好汉说，撒家一起，大碗喝酒，大口吃肉。酒真是个好东西，那个疯子刘伶，一边喝酒，后面还有一个人找着一把铁锹，如果倒下就直接把他埋了。

酒，代表着血性、义气、尊严，还是愤世嫉俗的一个借口？

坪坝人也是爱喝酒的，《坪坝史话》中曾这样记载：

"坪坝人嗜酒者多，有的人一天喝三次，有的人冬天提个火炉，炉内热酒，一边走，一边喝，一醉方休。也有一天到晚喝而不醉的，冬天喝得头冒汗，脚板流水。最著名的是坪坝街上请春客，互相宴请，轮流喝完。他们的席面丰盛，都兴"烧扣"，八盘二十四碗，出菜就喝，什么"转杯、同乐、回敬、敬一杯，连三杯……"名目繁多。没有八八六十四杯的酒量，不敢端杯。不能喝酒的先挂免战牌。个别人赌兴大，嫌酒杯小，用瓷碗喝，结果有的喝得说胡话，有的当场"下猪娃"（即呕吐），真如唐朝王驾诗云："家家扶得醉人归"。

除了敬酒，即是划拳行酒令，其中还有个拳令歌诀，是三国演义的内容，叫做：一单刀会、二大小乔、三桃园、四将军（赵子龙）、五虎将、六出祁山、七擒孟获、八阵图、九伐中原。

划拳，有的喊数字，有的不喊数字，如：出祁山、擒孟获。谁划输了谁喝酒。

走在这个镇子上，从上街逛到下街，除了炊烟袅袅的清香，就是挥之不去的酒香，那种香味和一般的香味不同，浓郁，醇厚，又有些冲鼻，似乎闻到就会醉了。

这种酒香弥漫在巷子里，老街深处，弥漫在各家各户的餐桌上。从我记事起，这种酒香味就没有消散过，特别是在过年的时候，家里只要来了客人，总少不了好酒好菜招待，还要陪着喝，还要喝好。

什么叫做喝好呢？这个标准无法衡量，有的人两杯酒下肚脸就红了，但大部分坪坝人，不仅酒量大，而且性格豪爽，在酒桌上，闹得一片喧腾，劝酒劝杯，吆五喝六，直到把一个酒桌变成战场，个个醉卧在疆场，才肯罢休。

小的时候我很看不惯这种场面，看不得酒桌上那种喧嚣扰攘、嘈杂争执，经常为了一杯酒，争得面红脖子粗，喝到最后，桌上一片狼藉，不管桌子上有几个菜，菜的味道如何，最终全被酒味淹没。而那些从酒桌上下来的人，个个意兴高涨，面色赤红，就连眼睛都是红的。有的脚步趔趄，走得晃晃悠悠，需有人搀扶，最后歪躺在某处，像猪一样，睡得人事不知，呼噜打得震天响。而有的人则更甚，当场"下猪娃"（呕吐），那种场景真是不忍直视，难闻的味道也挥之不去，最后瘫软如泥，不知道被抬到何处。

我不明白，为什么就不能好好地吃一顿饭呢？非要把酒桌变成战场，喝得酩酊大醉。辛辛苦苦做出来的一桌菜，我这个当帮工的也很不容易，可到最后，这些饭菜也只变成了下酒的辅佐物品，对于他们来说，饭菜是其次，喝够喝好才是第一位的。

直到现在，当我自己也经历过几次微醺的状态后，对于酒有了更深层次的认识。

那种微醺的状态确实会让人感觉到兴奋，有一种脱离地面飘飘然的感觉，酒精变成了一种能量，一种燃烧剂，似乎能让你升腾。人活在这个世上是如此沉重和不易，酒是惟一能让你的身体和灵魂飘浮起来的东西，哪怕这种飘浮的状态只有一瞬，哪怕醉后的感觉如此难受，人也往往会沉迷于其中，乐此不疲。

当然喝酒更代表的是一种餐桌文化，一种血性和豪情。就像电影中那些嗜酒如命的土著部落一样，这种血性是骨子里的，是经过代代相传而来的，尤其是干粗重体力活的穷苦人，有了酒的滋润和燃烧，才能抵得住生活和肩头的重量。

大部分坪坝人都爱喝酒，这种嗜好也许是天生的、与生俱来的，一杯好酒，口感醇厚绵甜，落口爽净舒适，入喉温热微辣，回味悠长深远，谁能拒绝它的诱惑？而坪坝，又正是一个产好酒之地。

坪坝古镇不但有独具特色、淳朴厚重的风土人情，婉转动听的方言坪坝话，更有唐代大诗人李白曾经喝过的"坪坝酒"。

"坪坝酒"以优质高粱、稻谷、小麦、糯米、玉米为原料，取自坪坝镇独有的红岩泉水酿造，口感好，芳香浓郁，入口绵甜，喝过不醉头，有人赞誉坪坝老街酒有茅台之味，五酿之醇、稻花之香和黄鹤之烈。如今坪坝酒传承了古老的秘酿工艺，又凭借现代酿酒技术，开发出具有本地特色的"坪坝老街"酒，被誉为"京山茅台"。

作家莫言曾说："有了好水，未必能酿出好酒，但没有好水，绝对酿不出好酒，这是颠扑不破的真理。"源自大洪山的漳河水静静向东流淌，它先抵古镇坪坝的时候，漳河之水与仙境寨脚下的红石岩（当地人称"红石码潭"）不期相遇，怦然擦出爱情的火花，由之孕育出这特立独行的坪坝酒！正所谓，水乃酒之魂，石乃酒之窖，好一个水石相盟的传统！

赤水河酝酿了"茅台""郎酒"等蜚声中外的美酒，而红石码潭则成就了坪坝酒，不知它们是否与"红色"有着某种特异的关联。酿酒专家说，坪坝古镇四季分明，空气和土壤十分适宜酿酒所需的微生物生长。抗战前，三阳、宋河等地派人到坪坝学酿酒，回到本地酿还是原样。经过研究，主要是水质不同，以致效果也不一样。

现藏中国历史博物馆的青铜酒器曾侯壶，出土于坪坝苏家垅，京山文峰公园置有一放大的复制品。登临文笔峰塔，南闻屈家岭的农谷香，北嗅苏家垅的坪坝醇，真是千古一叹好惬意！有诗吟咏："文峰塔上仰宇宙，古今圣贤几多愁。唯有饮者留青名，至善至美坪坝酒。"

想那西周时期，坪坝的先民即已开槽酿酒，兴许坪坝酒乃是曾国王侯的专供酒，所用的盛酒器正是那著名的"曾侯壶"。时代进入唐朝，坪坝酒又竟然成为"酒隐安陆，蹉跎十年"的李白之最爱，传说诗仙李白隐居安陆白兆山时，经常到相距40华里的坪坝街来打酒喝。

回首再视坪坝酒，恍然已去数千年。如今的坪坝酒，却是百姓的家常酒。坪坝酒从历史的深处走来，正迈着矫健的步伐，一步一步走出京山，走出鄂中。有如汤汤的漳河水，一路向东悠悠，融溳水、汇汉水、入长江，昼夜不息奔大海……

遥远的天际，隐隐传来谁的吟诵："坪坝礼俗千年成，东家劝酒尽殷勤。红石清泉沥佳酿，斟酌陪敬醅煞人。"

"坪坝礼俗千年成"，在坪坝至今还保留着古朴的民风和传统的习俗，那就是每每有客人来坪坝，坪坝人必以坪坝酒盛情款待，而且是沿用过去的"三钱杯"喝酒。

敬一杯，还一杯，三杯同乐。接着，又会继续四四如意、五子登科、六六大顺、七上八下、八仙过海、九九重阳和十全十美……

反正作为客人，就得一杯接着一杯不断地举杯喝酒。如果客人不醉倒，主人会以为是自己没有陪好。喝到最后，真是"家家扶得醉人归"。

这是龙维健老师写的一篇关于坪坝酒的介绍，诗仙李白当年到坪坝来打酒喝，也许只是个传说，但从地底下挖出的西周青铜酒器，可见这个地方自古以来就有盛产美酒的传统。而在一个盛产美酒的地方，怎能少得了喝酒的传统？

喝酒的习俗不会变，但和小时候相比，现在坪坝人喝酒似乎更"文明"了一些，不再像往日那样喝得生猛野蛮，至少，在你不想喝时，不会有人强逼着你喝酒。不再在餐桌上划拳猜数，吆五喝六，喝得更简单了一些。同时，喝酒的品种也更繁多了，不再局限于白酒，还可以喝啤酒、葡萄酒。

但不管什么样的喝法，酒还是要喝的，除了酒，还能有什么更能体现这个小镇好客的传统呢？

坪 坝 味 道

人有五种感官：视觉、听觉、触觉、味觉、嗅觉。前四种感觉功能用得最多，而记忆最长久的，却是嗅觉。气味飘忽不定，却能长久地储存在人的大脑中，过了若干年，走过无数的地方，闻到熟悉的气味，嗅到记忆中的味道，内心就像被人怦然撞击了一下，记忆的闸门瞬间打开，思绪如潮，纷至沓来。

去市场挑选西红柿，别人都是用眼看，用手摸，而我却忍不住拿起一个西红柿放在鼻子前闻一闻，很多时候，闻不出什么气味。看起来圆润红亮饱满的西红柿，因为它的无味，就像一个塑料模型，看起来漂亮，却没有任何生命力，这样的西红柿显然缺乏阳光雨露的滋润，不知是转基因品种还是大棚速培出来的。偶尔有那么几次，闻起来是记忆中那种特有的清香，我就知道，对了，就是它。

回想起记忆中的故乡，盘旋在脑海中最长久的，就是它的味道。坪坝的味道是什么样的呢？是暮色中的炊烟袅袅、各家各户门口飘来的饭菜的香味？还是巷子里有人打酒飘来的酒香？是吸着水烟袋的伯伯咕嘟咕嘟吸着烟、传来呛人的烟味，还是对门豆腐作坊里一阵阵的豆花的清香？是清晨街头炸油条和南瓜粑粑的香味，还是家里开始生火做饭时，煤炉呛人的烟味，混杂着柴火燃烧时释放的黑烟和特别的木头的味道？

家里的味道会更复杂一些，地下放置的坛坛罐罐有各种腌菜的味道，墙上挂的腊鱼、腊肉、灌肠特有的腌制风干的气味，还有炉子上炖着的汤飘来的香味。家里的汤不比广东人的老火靓汤，放很多补品药材和各种奇奇怪怪的东西，家里的汤就那么几样，排骨藕汤、香菇鸡汤、老黄瓜鳝鱼汤、眉豆炖猪蹄或大骨。眉豆，这种被坪坝人称为 poga 的豆子，熬出来绵绵软软，又掺杂了骨头的香味，是我在其他任何地方都吃不到的。

除了汤，最留恋的当然还是家里饭菜的香味。在外 20 多年，从北到南，吃遍了川菜、湘菜、粤菜、徽菜、客家菜、贵州菜、京味海派，但记忆最绵长的，肠胃最妥帖的，最让人怀念的，依旧是家里饭菜的香味。

想起来，坪坝菜并没有什么特别的，甚至叫不出什么名号，可从小吃惯了坪坝菜，还是觉得家里的饭菜香,任何的山珍海味、珍馐美食都比不上。

说起来不过只是一些家常菜,只有在过年时才复杂一点,滑鱼滑肉几碗几扣,还要发菇泡笋,做各种圆子,什么瘦肉圆子、红薯圆子、豆腐圆子、糯米圆子(好像又称为梭衣圆子)。有时候还会做鸡蛋饺、炸藕夹、粉蒸肉,在我看起来各种复杂的菜品。

平时吃饭,哪有那么麻烦,不过都只是一些清蔬小菜。到菜园子里转一圈,就知道当季的各种时令菜。春天,万物生长的时节,各种蔬菜也都在拔节生长,如红菜苔、莴苣。摘一把红菜薹,配上几片腊肉,便是一盘红红绿绿、清香爽嫩的菜薹腊肉。夏天的蔬菜就更多了,黄瓜、苦瓜开着黄色的小花,修长的茄子,枝头开着娇俏的紫花,豇豆、黄瓜、瓠子从棚子上长长地垂下来,还有各种绿叶菜,什么小白菜、空心菜、红苋菜,大片大片,长得蓬蓬勃勃,生机盎然。当然,还少不了葱、蒜和辣椒。夏天有些菜是可以直接生吃的,如黄瓜、西红柿,饿了的时候经常拿起来啃,不管上面有没有泥巴,于是,那种气味长久地储存在记忆里,挥之不去。

秋天是瓜果飘香的季节,而我最喜欢吃的却是两样,一个是地里的南瓜,一个是堰塘里的藕。南瓜,特别是成熟的黄南瓜,是我的最爱,我在小的时候,被称为"南瓜伢",顿顿南瓜拌饭,也不觉得腻,直到现在,仍然喜欢这种甜甜软软的黄南瓜。而藕,对于到处都是湖泊堰塘的坪坝人来说,藕也是一宝。荷叶可以蒸饭,藕尖炒辣椒也是一道美味,而在泥巴地里蓄积了一季的老藕,更适合炖汤,那种粉嫩香甘,似乎也有多年没有吃到了。

母亲生病之前,父亲很少做饭,但每次做饭,必有惊艳之作。多年以后,我一直怀念他做的醋熘藕片,好像也没有什么特别的,不过只是放了一点糖,放了一点醋,可是自己做起来,却怎么也做不出那种味道,也许,那是属于记忆中特有的味道。

至于冬天,枯容萧瑟的时节,除了萝卜白菜和一点秋菠菜,好像没什么新鲜蔬菜,但就是这萝卜白菜,也百吃不腻。深秋霜打过的萝卜,尤其是那种小红萝卜,咬起来脆脆甜甜,没有一丝萝卜特有的生辣气味。萝卜切成丝可以熬鲫鱼汤,切成片可以炒着吃,切成块可以炖骨头汤,而将一整个红萝卜放到大缸里,就是过年时最爽口的泡萝卜。

冬天日短夜长,黑暗寒冷,上学的上学,上班的上班,回到家的时间参差不齐,为了保证每个人回家都能吃到热热的饭菜,炉子上经常炖着一锅大杂烩,白菜、萝卜、粉丝、千张、豆腐,放几片五花肉,一锅乱炖。现在想起来,也没有什么特别的,可每次从寒夜中进门,闻到炉子上咕嘟咕嘟飘来的香味,看到炉火上的那点微光,让人觉得一种特别的温暖。有时候这锅菜放在火盆旁边,冬夜里一边烤火,一边吃着这一锅乱炖,全身开始慢慢暖和起来,而那种香味,也长久地储存在记忆中,也许,那就是一种特有的家的味道。

除了时令蔬菜，在家吃到最多的，就是鱼。小时候，肉是稀罕之物，平常很难吃得到，而鱼，坪坝有河有水，鱼就比较常见。从小小的泥鳅、叼子鱼到胖胖的黑鱼、家鱼，吃过的鱼不少。有时候是炖，多数时候都是煎，煎得两面焦黄以后，再放点水稍稍煮一下，就变成了美味的鱼汤。我吃鱼的时候怕刺，喜欢用鱼汤拌饭，有时候冬天放一晚上，第二天就变成了特别的鱼冻。冬天的时候开始腌鱼，整条长长的鱼剁成块，抹上调料挂起来风干，有时候只腌儿天，放在坛子里，过些天拿出来煎，就变成了好吃的糍粑鱼。偶尔还会裹上面粉炸小鱼，当然很香，但也要注意。哥哥就是有一次放学回家，饿极了偷吃了碗柜里的冷炸鱼，也许是吃得太多，伤着了，后来再也不吃鱼。不吃也好啊，正好留给我吃，何况不吃鱼也并不影响他钓鱼的兴趣。

我也有一次偷吃的经历。一次放学回家，什么吃的也没有，只好把柜里的鱼偷吃了几块。后来母亲骂我，柜里的鱼是留给猫儿吃的，你吃完了猫儿吃什么？难怪吃起来没什么味道，我还倍感委屈，难道我在家里的地位比不上一只猫？养这只猫，母亲费了不少心思。记得每天中午吃完饭后，母亲在炉子上用小火慢慢地煎鱼，记得都是寸把长的小鱼，她在慢慢地煎，猫咪闻着炉子打转转，喵呜喵呜地乱叫，一副馋极的样。闻到那香味，其实我也想吃，可是猫吃的鱼，不放盐，不放任何调料，闻起来香，吃起来还是很难吃的。

吃鱼在坪坝还有一个传统，就是过年的时候一定要做一盘全鱼，但谁都不能动，寓意年年有余。有次和姐姐到别人家吃年饭，嘴馋的我忍不住动了一下，姐姐在旁边拼命拿筷子戳我，尴尬的主人只好笑着说，来来来、吃鱼。

我们家常年混杂着一种特别的味道，那是腌菜的味道。母亲是"腌菜大王"，常年喜欢做各种腌菜，直到现在，明白了多吃腌菜的害处，依然不肯改变。坛坛罐罐里腌萝卜丝、苦瓜丝、霉豆腐、豆瓣酱、zha辣椒、韭菜、豇豆、白花菜……白花菜据说最有名的是产自京山和安陆交界的仁和地区，漳水旁边，但我们家菜园子里也会种一点，开白色的小花，有一种特别的辛香。就像紫苏，都有特别的香味，但紫苏的气味会更冲鼻，而白花菜的香味，却是绵软的，气郁芬芳。一盘白花菜炒肉丝，对于我来说，胜过人间无数美味。

当然，这是香的，还有臭的东西，譬如那个豆腐乳。豆腐刚开始发霉时候，呃，那种难闻的味道，常年飘荡在家里，隔得近了，需掩鼻而过。后来，可能是"久居鲍肆，不觉其臭"，也慢慢习惯了。当然，闻起来臭，吃起来还是很香的。

除了坛坛罐罐，我们家还有一个大缸，冬天的时候会泡上很多的萝卜白菜，上面再用一块大青石压着。想吃的时候，就从大缸里捞一点出来，虽然冻得龇牙咧嘴。但过年吃多了大鱼大肉，腻得很，再吃一点这种清爽泡菜，酸酸甜甜咸咸，清凉爽口。

因为要做腌菜、做泡菜，我们家阳台上常年晾着各种东西，大簸箕、小簸箕上晾晒着各种豆子、花生、糯米粉、豇豆、萝卜条、苦瓜丝、红辣椒……到了快过年时候，阳台上更是晒满了各种腊货，还要时不时提防着，怕被雀子啄了，被猫儿偷吃。

坪坝人好客，待客的时候桌子上总是满满的一桌子菜，有时候放不下了，还得架起来。酒酣菜饱，吃到快结束的时候，女主人会从厨房出来，深表歉意地说，吃好喝好，冒得么菜，您们莫见怪。我就觉得奇怪，这一大桌子不是菜是什么？

有客人的时候，有时候还会做一锅饺子，有时候是煎，有时候是蒸。饺子的好最主要是馅儿要调得好，皮薄不薄、擀得圆不圆，那都是次之。馅儿调得好，饺子还没熟，香味儿就先飘出来了。有时候是韭菜馅儿，有时候是白菜，还有萝卜、菠菜馅儿，不管是什么馅儿，飘出来的，都是同样的香味儿。有时候馅儿不够了，还会做几个三角形的糖饺子，捏出荷叶花边，是小孩子的最爱。

坪坝人擅长的是用蒸笼格子蒸的饺子，母亲在这方面也很拿手，蒸笼刚揭开时，一片蒸汽氤氲迷雾中，那种香味，勾起肚子里千万条馋虫。还好，有客人的时候，菜不敢偷吃，饺子却可以光明正大地吃几个，也算是给我在旁边帮忙捉火的奖励。

做饺子母亲最拿手，不管什么馅儿，都能调出特别的美味，而做包子，则是父亲的专利。坪坝人并不擅长做面食，尤其是包子，而父亲因为爷爷去世得早，13岁就接班到供销社食堂当了一名小工，学会了做面食的技巧。记得有无数个清晨，我刚睁开眼，就闻到包子的香味，特别是在清冷的寒冬，那香味儿就像一道无形的绳索，勾着你，馋虫终于战胜了瞌睡虫，困意全无，只好一骨碌爬起来，去吃刚出锅的热包子，脸都来不及洗，先咬一口再说，果然热气腾腾，美味无比。父亲为了让我们一早起来就能吃到刚出笼的热包子，凌晨三点钟就起来开始和面调馅上蒸笼，而我们却奢侈地享受着这一份难得的早餐。

以前觉得，为了家里这几张嘴，他们日日辛苦劳累，极尽繁复琐碎之事，真没有必要。如为了做一份zha辣椒，要把辣椒切得细细的，不仅会辣到手，还会辣到眼睛，还要用泡过的米磨成粉，要切细细的藕丁，要磨，要切，要拌，要腌，吃的时候还要煎，要炒，真是无比麻烦。

后来离家在外漂泊，经常为了填饱肚子胡乱吃一点，或者在各个餐馆门前逡巡徘徊，却不知道吃什么。有时候只是想喝一碗米汤，想吃一碗柴火灶煮的锅巴粥，还有一股淡淡的煳锅巴味道，或者只是一盘清淡的苋菜羹，或者是那份香辣的zha辣椒，却不由得怅然所失，离开家，就再也吃不到了。这是属于特别的坪坝的味道，属于家的味道，外面再好，却永远吃不到记忆中的那份味道，只能写上这一篇，谨供怀念。

节　令

在我的记忆中,日子总是这么混混沌沌,在时光漫道中跌跌撞撞地往前走,像不停息的河流,向前奔涌,分不清昨天、今天还是明天,可在这一天天中,总有一些日子刻上了特别的烙印,也许是因为发生了什么事,也许是因为,这是一个特别的节令。

现在的节日对于我们来说,就意味着放假,把两头咔嚓剪断,剩一段空白,看你用什么去填塞,是一段外出游玩的经历,还是在家慵懒无聊地闲度几日。不管是劳动节、国庆节,还是清明节、端午节、中秋节,任何的节日,莫非如此,唯一不同的是,时间长短有所区别,外在的形式稍有不同,譬如中秋节吃月饼,当然,吃不吃已经没有多大的差别,不过只是外在形式和意思而已。

因为没有体验,没有内涵,所有的节日都变成了一种外在形式,一段空白无聊的时光。

以前的节日自然隆重得多,不仅仅是节日,还包括一些特别的节气,一年中二十四节气,我们现在知道的已经不多,一个整日被关闭在钢筋水泥中的人,都已经快忘记了春花秋月,更何况所谓的立春惊蛰谷雨芒种,是个什么鬼?

我家后院的窗台上有一本挂历,纸张很薄,印制粗糙,但每一页的内容却很详细,公历农历节气,还包括每日风水宜忌饮食等。父亲每日早起的第一件事就是将它撕去一页,再看看新一页的内容。对他们来说,要记住的日子很多,不仅仅有节日,还包括亲戚朋友的生日,要提早准备礼物。

我有时候也会看看上面的内容,有些看得懂,有些却很不明白。

明明是风寒料峭的寒冬,为何称立春?

惊蛰是什么,天空打雷,虫子被惊动?到外面捉蜈蚣算不算惊蛰?

谷雨是什么,就是下雨吗?那每年三、四月暗无天日的雨季算不算谷雨?

芒种是什么,是开始种地还是插秧?在秧苗浓长深郁的季节,我倒是听到一种鸟在不停地叫唤"割麦插禾"。

……

有太多不明白的问题,我也懒得去想,日子就这么一天天过吧,日历上说是什么就是什么,只要有好吃好玩的就行。

当然,几乎所有的节日都有好吃的,春节自然不说,就连清明节这种寄托哀思的节日也少不了吃吃喝喝。

《坪坝史话》上是这样记载清明节的。

> 每年清明节(阳历4月4日或5日),坪坝各个姓氏,一个房头的人,都要纪念已故先人,上坟扫墓。由一个熟悉坟园地方、知识较多的长辈带队,逐坟化纸、放鞭、叩头跪拜。对毁坏的坟墓都要挖土培好。坟上要插"飘子",有的很讲究,用一个竹棍系着彩球、外面是网子,上面有顶子,四角是飘带,五颜六色,插在坟头。有的很平常,用一根竹棍缠上半剪开的白纸条,或在棍头上黏一个三角形小旗亦可。
>
> 扫完墓后,回去时,妇女们已经准备好了酒席,一个房头的男女老少都去吃"清明会",八至十人一席。由年轻媳妇端菜,一一端上桌,有鸡鸭鱼肉,能喝酒的开怀畅饮,吃喝一阵再端蒸笼格子的蒸肉、饺子(有咸有甜)。这些酒肉开支,都是清明会开销。

看来清明并不是一个让人感到悲伤的节日,至少在我的印象中,并非悲悲切切,每一次祭扫,更像是在游玩。

清明节一般都是会下雨的。"清明时节雨纷纷",这句话多少年都被印证过了,一般都是细雨蒙蒙,大人拿着东西,如鞭炮、纸钱、飘子等,带着我们这群孩子去上坟。

坟头一般都在山上,平常从不曾去过的那些山上,正是春和景明、杂花生树、群莺乱飞的好天气,山上一条条、一丛丛黄色鲜亮的迎春花竞相开放,还有其他一些不知名的花朵,但只有这些迎春花开得最为热烈,好像在欣喜地迎接春天。

放鞭、跪拜、叩头、插上飘子,这些不过都是形式,但因为一样样亲身体验过,感受自然不同。风和泥土的气息,雨的味道,野花的芬芳,混合着放鞭时浓重的烟味,那种气味在记忆中经久不散。

除了清明,还有一个拜祭祖先和鬼神的节日,那就是七月半。

这是一个祭鬼的日子。每年阴历七月十五,家家都要祭祖、烧"包袱"(内装钱纸、冥钞),写"包袱"很讲究,如对内,是高、曾、祖、考(妣)……家家都准备很多钱纸和冥钞,晚饭后就用篓子提着,去大路、田野、河边到处焚烧,口内喊着"淹死的、吊死的、烧死的、杀死的、冻死的、饿死的、冤死的孤魂野鬼都来捡钱用!"一边烧纸,一边重复喊着,一篓纸烧完了才停止。当晚到处是喊声起伏,火光闪动。有的人还做纸船、荷花灯往河内放,让其顺水流走。有的还做孔明灯,也叫天灯,用篾做成圆形,用纸糊成,上面封顶,底下做支架搁油灯,放时,油灯点燃,用烧烟充于灯内浮起上升到空中,油尽灯熄,才往下落,也说是"超度亡灵"。

这世上是否真有鬼神,我不知道,但我知道,古代人必然是敬畏鬼神的,他们相信,除了我们生活的这个现实世界,应该还有另外一个世界,那里有我们的先人祖宗,还有地下死去的亡灵,因此,既要祭拜祖先,又要告慰亡灵。

还有一个节日,也是祭拜先人,但这个人并非祖先,而是一个值得敬仰的人物,他叫屈原,这个节日正是端午节。

对于有吃有玩的节日,我的记忆都会比较深刻,鬼节我没多大兴趣,端午节却很喜欢,毕竟有粽子可吃啊。

在坪坝,包粽子的传统和其他地方并无二致,都是粽叶包裹的糯米、豆沙、花生之类的,并没有很特别的材料,但自己做的,吃起来当然更香一些。

关于端午节,《坪坝史话》上有这样的介绍:

> 阴历五月初五,家家门前插艾蒿,有钱人家的小孩,穿新衣,戴项圈和其他银器,在门外"摆端阳",还将小孩的脖子、耳朵、胳肢窝、臂弯、腿弯处洒上雄黄,说是避毒虫。中午,大家都吃粽子,喝雄黄酒,还把雄黄酒洒到屋内各个旮旯里,以防蚊虫蚂蚁毒蛇。

> 抗战胜利后,坪坝漳河举办了一次龙舟比赛。组织者白金安,是云梦人,船民。龙船用木头雕的龙头,绑在船头上。两条龙船,一条龙船系红绸,一条龙船系黄绸,赛程从水星城门至红石码潭。往返三次决定胜负。竞赛时,两条船各坐同等数量的小伙子,手中操着桨,光着上身,系上红带或黄带。一声号令,两只船同时启动,随着船头锣鼓声音的节奏,并排划行,锣鼓声紧,龙船飞速前进。两岸看热闹的人很多,特别是船民们,心情更是紧张,不时发出呐喊的声音。最后一船获胜,岸上观众欢声雷动,鼓掌叫好,结束时,分优次给两条船参赛人员分发奖品。

自从修了水库以后,昔日的大河变成了一条羸弱的小河,不可能再有划龙船的习俗,但其他方面的习俗却还保留了下来,包括"送端阳"的传统。这个"送端阳"怎么个送法,到底送些什么东西,我不太清楚,但几乎所有的节日都是在联络亲人之间的感情,甚至包括天上和地下的亲人,当节日慢慢地变淡了,这份感情也在慢慢地疏远,淡化成为表面上的一个形式。

过　年

年　味

人到中年，越来越不知道年是什么味，或者说是有百般况味，涌上心头，却说不出来。

几乎每年过年都是大包小包，长途跋涉往家赶，偶尔在异地过年，离乡千里，羁旅飘零，年味越发清淡，就像冲泡了几遍的茶水，虽然还是有茶的味，茶的形，茶的色，但寡而淡，稀而薄，有其名却已无其实。

年味是什么呢？在我小时候的印象中，年味是红红的灯笼，是噼啪作响的鞭炮，是大蒸笼里热气氤氲的鸡鸭鱼肉，是期待已久的红包，是焕然一新的衣服鞋子，是南来北往的客人，是一屋子的喧闹和鼎沸的人声，是吃不完的糖果和零食……这样想来，年只属于孩子们，只有他们才能深刻感受到过年的那份喧嚣和热闹，至于年背后的操劳和艰辛，那是大人们的事，与孩子无关。

也不是完全体会不到，那个年代，大家庭的孩子，多多少少都要参与一些家务劳动，擦擦洗洗、扫扫涮涮……过年前的那几天，正是家里最繁忙的时候，扫尘、清洗，准备过年的年货，一家人忙得团团转。而我们这些孩子，不可避免地，也要被摊派一些活儿，放了一年蒙尘的碗、被油烟熏黑的壶、油迹斑斑的锅……全都堆在院子里，要清洗干净，还要擦得洁净锃亮。

年，明明就在眼前，触手可及，可偏偏这些琐碎的家务事，让年来得漫长，急不可待。

等待总是漫长的，到来总是幸福的。整整一个正月，都弥漫在一种特别的气味中，这就是所谓的年味儿吧，也许是烟花爆竹燃放后，残留的呛人的烟味，也许是从家家户户饭桌上飘来的酒香和饭菜的香味，也许是衣服口袋里麻糖的甜味，豌豆、瓜子、花生的香味，这些东西，走到哪家都会揣上一大把，所以口袋里总是鼓鼓囊囊的，这对于一个孩子来说，那份感觉，俨然就像是一个富豪……

年　货

关于年货，《坪坝史话》里是这样介绍的：

> 每年农历冬至，人们就开始办年货，腌肉、腌鱼、腌鸡、腌鸭蛋、灌香肠、炒米泡、炒瓜子花生。农村还要打豆腐、熬麻糖、切麻叶子、捏麻糖果。有的杀年猪、打糯米糍粑。此外，还要买黄花、木耳、笋子以及茶、烟、酒、糕点、香烛、纸、炮（竹），做新衣服，买新帽子。有些富裕人家和商户铺家，很是讲究，更为铺张。

> 到了腊月二十四日过小年，就吃起年饭来了。这天晚上敬灶神都是供麻糖，说是好黏着司命菩萨的嘴，到天上不要说人间坏话，希望天神降吉祛灾。

在我看来，每年还未到冬至，就已经开始准备年货了。鸡鸭鱼肉买回来，洗、切、腌，一段一段，一块一块，用绳子穿上，钩子钩上，挂在阳台上，开始风干。那时候不要出大太阳，更不要下雨，就是那种阴阴的天，风不紧不慢地吹着，那一截截的鱼肉香肠吊干了水分，渐渐从圆润饱满变得干枯，从鲜亮慢慢吹得失了颜色，却变成了精华，吊在廊檐下，可以吃上几个月。晾在阳台上的时候，还要小心看好，不要让猫儿叼走，也不能让雀子啄了。

过年准备年货，腌是一道工序，炒又是另外一道工序，腌是腌制肉类，而炒是炒制干货，瓜子、花生、板栗、豌豆……炒是一门技术活，要有力气，还要掌握好火候，千万不能炒糊。我只能在旁边干看着，听着锅里面噼啪作响。

除了炒，还有泡，还有发，特别是泡笋子。如何把一大块硬邦邦泛黄的竹笋，泡得雪白如玉鲜嫩爽滑，这也是一门技术活，母亲的方法很简单也很取巧，就是用米汤来泡，至于中间要泡多久，换几次水，我却没有注意过。这些对于大人来说，都是年复一年，几十年的经验累积起来的，虽然劳神费力，需要悉心准备，却不会有太多偏差。

对　联

对联当然都是亲手用毛笔写的，不像现在的对联，越来越多地变成了印刷品。当过年成为一种形式，对联自然也沦落成为一种摆设。

我们家没有写对联的人，一般都是请人来写，请邻里街坊单位同事，一手毛笔字漂亮的。父亲满心欢喜地请人写了拿回来，一般都有好几幅，正大门要一幅，堂屋要一幅，中屋要一幅，厨房也要贴，每个屋子门前似乎都要贴上一幅，才显得吉利喜庆。

等到我长大一点，就能拿着对联摇头晃脑地念了，再大一点，我就能和父亲一起识别哪一副是上联，哪一副是下联，其实很简单，上联的最后一个字肯定是仄音，而下联的最后一个字当然是平音，说起来很简单，却显得自己很有知识学问。

贴对联一般都在年三十的下午，母亲先熬上一大锅米浆，我们兄妹几个，先把去年的对联撕下来，然后搬着板凳，和父亲一起刷米浆，贴春贴。

那种时刻总是欢天喜地，一方面春节即将到来，有一种按捺不住的欢喜，另一方面，也是因为这些事情虽然琐碎繁杂，却又觉得内心喜悦，有一种神圣的仪式感，这种仪式感会在你的心底刻上清晰的烙印，把每一个平淡的日子，把每一个平淡的年，显得神圣不平凡。

对联上面一般都会写些什么呢？《坪坝史话》上有这样的记载：

> 腊月三十，各家大门口都贴上红对联。街上商家是：生意兴隆通四海，财源茂盛达三江。文化人家是：文章西汉两司马，经济南阳一卧龙。农村人家是：风调雨顺，国泰民安；天增岁月人增寿，春满乾坤福满门。如有老人去世，就用黄纸或白纸写：静观天下皆春色，惟有吾门独素风。屋内墙壁上还贴红签字，商家写"生意兴隆""一本万利"，农村写"六畜兴旺""五谷丰登"，还有"老者安之""少者怀之""百无禁忌""童言无忌"。窗棂上是"太公在此"。据传，姜子牙斩将封神，最后自己没有位置了，就坐在窗子上，神鬼见了都要回避。水缸上写"水星镇宅"，猪栏鸡栏上写"槽头顺遂""鸡鸭成群"，牛屋门上贴："又肥又胖又会走，一公一母一大群。"

以前去外婆家，看到猪栏、鸡栏上都贴上红纸，煞有其事地写上几个字，觉得很可笑。现在想起来，这些牲畜动物是农民一生中最好的伙伴，从某种意义上来说，与人是平等的，所以到了过年，人和牲畜都应该是天下同乐，得到同样的祝福。

贴上红纸对联，除了有祝福之意，更是一种对天地神灵的敬畏，不仅表现在对联上，还表现在众多的仪式上。

> 堂屋有神柜，用大红纸在中间写"天地国亲师"，顶上横披"祭如在，祭神如神在（孔子语）"。两边对联："宝鼎呈祥香结彩，银台报喜烛生花"。两旁一边是"九天司命"，另一边是"历代宗祖"。有的还供上"财神""关公""观世音"。还有香炉、烛台、铜、铁磬、梓油灯。还有很多家挂中堂、对联。中堂有的画"松鹤延年""梅桩"，有的写一个大"寿"字……下面摆的条台、方桌、供品。

从我记事起,这种过年的仪式已经越来越简单,但不管怎么简单,基本的仪式还是在的,如贴对联,晚上点灯守岁拜年,可当我到了外地,这种仪式趋近于零时,那么年也就不称其为年了。

让我们回顾一下当年坪坝隆重的过年习俗。

除夕夜,门前挂对大灯笼,内燃蜡烛;屋内点红烛,烧长香,屋外屋内,灯火通明,香烟缭绕,一片欢乐、肃穆的景象。神柜上一般摆有供品,有雪枣、麻丝饼之类。穷户没这么讲究,但也要尽可能点缀一下,以表敬神之意。小朋友们也穿上新衣、帽,打着小灯笼,燃放鞭炮,欢天喜地。传说三十夜是"诸神下界",人们要沐浴更衣,一夜上五遍香,每遍插三炷香,作揖叩头,高磬放鞭,到第二遍香后,就用钱纸交叉封门,人不外出,全家人守岁,围着火盆喝茶、嗑瓜子、吃糖果、讲吉利话。烧至第五遍香(大约凌晨4~5点),开始出天方。首先由大德观的道士二人上街由西向东,挨家挨户,用木棒撞门,口里喊叫:"大德观叩节!"屋内听到叩门响声,全家人齐聚到门口,小孩提灯笼,开门出方,端出一对点燃的大红蜡烛(粗约4~5厘米,高约80厘米),红烛上贴有"出方大利"四个金字。红烛插在泥座或木架上,点燃时,烛光闪闪,光芒四射。出方还要摆供品,行跪拜礼,观察天气,燃放长鞭。通常一家挨着一家地放,有的迟了会放到天亮。俗语把打仗时的总攻,比作三十晚上出天方,响声齐作,震天动地,热闹非凡。出了天方,即进到屋内,在神柜前向老人叩头拜年,呼出称谓、祝福词语。家中子女拜毕,然后亲房人等你来我往,从小到大,互相呼拜。

初二日,是街上邻里拜跑年,一拜即走,挨户拜完为止。拜年时,对老人的敬词是:"越老越先进!""福如东海,寿比南山!"对生意供应商:"恭喜发财!""一本万利!"对农民是:"风调雨顺!""五谷丰登!"

过年还要给小孩发"压岁钱",有的除夕时发,有的除夕后发。

过年也称年关,当时有这样一句话叫"富人过年,穷人过关"。因为穷人到了年关,不仅要尽力办点年货,吃几天饱饭,更是难躲"阎王债"。有些穷人无钱偿债,就东藏西躲,等到除夕,才偷偷溜回家内,其凄惨之状,触目惊心!

看来杨白劳过年的故事到哪里都有,穷人难过年,在旧社会如此,在这个时代亦如是。

赏　灯

　　比起腊月三十，正月十五才算是过大年。俗语"三十的火，十五的灯"，记忆中正月十五的灯火更喜庆更热闹。小心翼翼地提着一盏灯笼，灯笼是用细竹篾编的，外面糊上一层薄如蝉翼的白纸，有时候还会印上一个大大的"福"字。灯笼里面有一个木质底座，上面插上�烛，红红的烛光映着小脸，说不尽的快乐和欣喜。

　　提着灯笼，一边游街，一边看街上各种的热闹。

　　正月十五闹元宵，是在春节后又一娱乐高潮。当晚街上灯火辉煌，人山人海。玩龙灯开始，锣鼓、鞭炮齐鸣，三眼铳响声如雷，散捧火（一种易燃粉末）如焰火一般，照亮天空。由四个人擎着一个高十几米，牌坊式、飞檐凌阁的龙门，在前面时走时停，龙灯跟着翻腾起舞。还有一些小孩举着各式鱼灯，骑着竹马，跟在后面。有的门前还挂着走马灯，图像是《西游记》的故事。龙灯玩到哪家门口，这家就要烧香、放鞭、敬茶、奉烟。有求子的，龙灯还要进到堂屋，主人对着龙头，烧香叩头。

　　龙灯走后，蚌壳精就来了。蚌壳精内有一个小伙子抹胭脂，画眉毛，穿着女人花衣，扮成一个体态妖娆的美女，两手挽着蚌壳，一张一合，在内面扭动逗笑外面的渔翁（丑角），这渔翁撒网扑不着蚌壳精，反而被蚌壳精夹住了头挣不脱。蚌壳一开，渔翁就翻个跟头挣脱跑了。看得人哈哈大笑。

　　拉犟驴子。有一人扮成驴子，几个人牵着绳子拉，这是由会"踩高跷"的小伙子们扮演的。有蹦、跳、滚、翻等难度较大的一套动作。演到精彩处也很逗人发笑。

　　划采莲船。用竹篾扎一个船形，中有彩楼，依形贴上五彩花纸。由一个小伙子扮成美女插着花，穿着长裙，坐在楼中，两手提起船舷，小步快速行走，外面一个船夫拿着竹竿玩着划船的动作，后面还跟着手摇破扇的老太婆，配合一套打锣鼓的人，大家合作，演出一幕幕闹剧，走到广场或大户门前还要"跑花"（转圈），停下来以后，唱着"过年吉祥"词，或花鼓戏，主人就会给钱给物。

　　元宵节除了以上文娱活动，还有玩狮子、演"大头和尚"（用纸做成大头，套在人的脑壳上）、演"俞老四推车"、演"陈瞎子闹店"等，都是引人取乐发笑。元宵节户户请客，邀约亲朋到街上观灯，也有四乡农民自动来看热闹的。

雪 年

过年之前最好能飘几场雪,可是在这个小镇,不同于北方,雪经常下着下着就没影了,只剩下脚下的一片污泥。这种雪来时多呈怯弱之态,在空中零乱纷飞,让你分不清到底是雨还是雪。说是雨,黑瓦边沿分明白了一星点,说是雪,在地上却看不到雪的影子,除了枯草丛中一丝丝雪的痕迹,踩在脚下的只有泥和水……碰到这样的雪天,父亲会忍不住叹口气说,又要过一个邋遢年。

最好的雪天,当然要来得郑重庄严。下雪之前,寒意凛凛,天色阴沉,朔风一阵紧似一阵,彤云密布,先在气势上把你镇住。到了傍晚,天已经全黑,寒冷的夜色,昏黄的灯光,听到房顶上有沙沙沙的声响,就像是一把小豆子,噼里啪啦蹦撒开来,下雪籽啦,那是大雪到来之前的先兆,先要打一层底,地上先铺一层这种冰冰凉凉滑滑的小雪粒……

雪不知道是什么时候下的,也许是在后半夜,在所有人的梦乡里,悄无声息地落下来,等到早晨给你一个惊喜。而那确实是一个大大的惊喜,一觉醒来时,发觉天色特别明亮,屋顶的亮瓦上已经积了厚厚的一层雪。

等到走出户外,看到外面一片白茫茫、冰清玉洁、银装素裹的世界,让你忍不住屏住了呼吸,又兴奋地想要叫出声来。

有了雪的映衬,一切都不一样了,这个小镇显出另外一种冰肌玉骨的风韵。黑色的层层叠叠的瓦,肃穆的城墙砖石,枯瘦的河流,落光了叶子萧瑟的千树万树,远处黛色的山峦,因为有了雪,突然呈现出另外一番意态,古人山水画中那种空灵素雅的境界和意态。

下过雪的这个小镇变得安静肃穆,有一种不真实的幻觉感,但同时,这场雪让这个镇子变得更加喜庆热闹。

在黑白两色肃穆的天地中，开始增加了跃动的红色，天地萧然、万物裹素之时，才显得对联的红艳艳，鞭炮的红彤彤，孩子小脸蛋的红扑扑。火盆生起来，灶膛里的火光几乎从早亮到晚，拜年络绎往来穿梭不断的人，高朋满座觥筹交错的酒桌，欢声笑语，热闹沸腾。孩子们在户外堆着雪人，放着鞭炮，冷不丁冒一个响，到处都是放鞭炮过后红色的纸屑，映衬在白色雪面上，更显得过年的喜气。

但这样的雪年毕竟是少数，记忆中偶尔才能碰到，更多的是一个平淡无奇的年，既无风，也无雪，甚至还有暖洋洋的大太阳照着，不像是在过年，倒像只是参加一个盛会，人们聚在一起，吃吃饭，说说话，在太阳下面打打麻将，日影西斜，一个年就这么散去了。

送　礼

一

蜿蜒曲折的老街,分为上街、中街和下街,中街里曾经有一个日杂门市部,算是供销社在老街设的一个点,来买东西的主要是老街的乡邻和上街赶集的人。

门市部的门面不算很大,光线也很幽暗,但里面的东西却很多,很杂,不管是针头线脑、油盐酱醋,还是布匹粮油,似乎什么都能买得到。

很多东西都是散卖零售的,如糖和盐,要多少,可以帮你称,称完重以后再用黄纸或报纸利落地包起来。

散卖零售的东西似乎不少,可以打酱油,也可以打酒,用一个漏斗慢慢倒出来,然后你就能闻到四溢的酒香。

那时候因为东西稀少,人与物的关系变得很亲密,物尽其用,没有什么是多余和浪费的。送的礼也都是别人恰好需要的东西,如一包糖、一壶酒,奢侈一点的,还会送一瓶橘子罐头。这些东西几乎都是从这个门市部里买回来,再细心地包好,用篮子提着,或用布包袱裹着,拎上,送到亲戚家去。

一些亲戚就住在街上,而大部分都住在几里之外的乡下,通常都是走去。拎着东西,走在乡间的小路上,也并不觉得有多累,对于孩子们来说,却像是放风,可以一路走,一路玩耍。

送礼总是有原因的,有时候是别人家里做事,有时候只是生病探望,大人们的礼节我不懂,也嫌烦冗啰嗦,但那些东西他们都会郑重地收好,表示万般的感激,然后拿出家里最好的东西来招待我们。

以前有很多送礼的习俗和规矩,我都模糊淡忘了,能想起来的,都是些不太正式的礼品,如乡下亲戚送来的一篮子鸡蛋,一袋子红薯,几条鱼,还是活蹦乱跳的,自己做的糯米糍粑……趁着上街赶集的时候一大早拎过来,走了几里路,脚底有泥,头上还带着露水,风尘仆仆,饭也不吃,茶也不多喝一口,说是家里忙,趁着赶集买点东西,还要赶着回去。

而母亲，想方设法，总是要回送一些东西，不能让人家空手回去。

在这种来来往往中，在这种物与物之间的互赠交换中，人与人之间有了更多的牵连和情感，那些泛黄的日子也变得有了温度和气息。

二

在我的记忆中，多年以前送的那些礼，是一种习俗礼仪，也是亲友之间纯粹的情感交流，后来，这种礼的涵义变得越来越复杂，再也没有当初那样简单和纯粹。

80年代以后，这个世界好像由一部静默的黑白片，慢慢变成了一部更加丰富生动的彩色电影。丰富，一是因为物质的极大丰富，二是因为社会的巨大变动。

我们这个小镇，贫穷而又偏僻，但在镇子里，也会有一些城乡贫富之间的差距。如街上人比乡下人总会多一些优越感，吃商品粮的比农村户口的会多一些优越感，而吃商品粮并且有好单位的比没有好单位的也会多一些优越感。

那个时候什么是好单位呢？供销社、粮站这些后来都不复存在的单位，在当时好像还是很吃香的。

我家当时就在供销社，父亲还是主任，但我却并没有太多的优越感，反倒因为父母工作忙，节假日也没有休息，觉得自己像是没人关心没人疼的野孩子。

虽然懵懂无知，但也发觉送礼的频率越来越高，有时候是别人拿着东西到我家，有时候是父母买了东西，甚至是一些名贵的好烟好酒，要提到别人家去。

那种气氛很怪异，大人之间会说一些我听不太懂的话，或者干脆不让我们小孩子在场。有时候送礼是在晚上，他们大人嘀嘀咕咕商量半天，终于提着一袋子东西出了门。

而且，为送什么东西，送给谁，父母之间经常会有争吵，收到别人的东西，也会有争吵。

我觉得送这些东西很无聊，很没有意义，不像以前拿东西到别人家，不管是收东西的还是送东西的，都是欢天喜地的。而现在，这些东西送来送去，一点都不欢喜，只会惹出事端。

后来，等我长大一点，开始渐渐懂得这些礼为何而来，又为何而去，因为听到他们提得最多的，就是工作、待业这些字眼。当时，供销社算是一个好单位，很多都都想进来，三亲六戚，父母要为他们张罗着，还有哥哥姐姐，上不了大学，似乎也只有待业这一条出路。

那时候，送礼已经没有那么简单和纯粹，而我，只觉得大人的世界太复杂，宁愿自己置身世外，什么都不管。

当然，如果父母要是为了我，提着东西，低三下四地去求别人，我绝对不会同意，好在我长这么大，也并没有让父母为难、求别人的地方。

三

后来，供销社变成了商场，再后来商场也没有了，那些挤进单位的人，又得自谋出路。这是时代的命运，个人不过是在这个时代里，没头没脑乱撞的小鱼，有时候是凭能力，游得更快一点，能多找到一点吃的，更多的时候不过只是碰运气。

家里也不再有复杂的送礼，反倒更清静自在。失去了单位的人，只好各自在这个社会寻找安身立命之所，父母也渐渐老了，他们下岗了，退休了。

市场经济汹涌而来，这个小镇上的人开始被携裹到其中，大家各自挣命，在外混得好的，开了公司，当了老板，回来后得意风光。混得不好的，只能窘迫地活着，眉眼之间，满是生活的艰辛和悲哀。

市场经济中，城乡单位之间的差别，已经变得很小，最大的差别，变成了金钱上的差距。

送礼开始变成了一种爱面子、讲排场的事。

送的礼物不再是以别人需要为准，而是讲究阔绰、高端、大气、上档次，否则，只会被人瞧不起。

再后来，礼物逐渐变成了赤裸裸的钞票，送什么比得上直接送钱实惠呢？

于是，那种靠礼品来维系的情感逐渐淡化，人情，更像是一场金钱的游戏，礼来我往，钱进钱去，互相攀比，逐步升级，最终，玩得起的有钱人成了赢家，获得了关系和利益，获得别人的仰慕，而玩不起的穷人，只能黯然出局。

这种金钱维系的关系，就像一把利刃，撕开了以前靠礼品来连接的传统的道义和情感，只剩下金钱，很直接，却又很残忍。

奇　怪　的　大　人

从小在我的记忆中,这个镇子就是一个矛盾的综合体,让我无法看清,就像电影胶片在缓慢地回放时,那些黑白的影像画面,时而清晰,时而模糊,时而浓重,时而淡漠,时而残酷凌厉,时而温柔婉约。

你无法分辨哪一个才是最真实的影像,或者只是臆想出来的画面,就像在梦里,你觉得一切都是真实的,甚至连哭泣的声音都很真切,可是等你醒过来,才发觉那不过只是一场梦,可梦难道不也是真实的吗?

有时候我觉得这个镇子很大,那是我们家在外面漂泊辗转了很多年后,刚回到这个镇上,虽然我们家祖祖辈辈都住在这里,可对于我来说,它还是一个陌生之地。

在外面漂泊的那些年,我们曾住过乡下,因为父亲工作调动,也曾在一个乡镇住过几年,虽然那也是一个乡镇,但和我祖辈住的这个镇子比起来,确实不值一提,只有稀稀疏疏的几排房屋,一转身,就是乡下和田野。

而这个镇子,显然要大很多,就是这条弯弯长长的老街,也要走很久。初到这里,我觉得它很大,那些老房子显得神秘莫测,对这里的一切都充满了新鲜和好奇。

当我用脚步每日丈量它,逛遍了这里的每一条街道,探访了这里的每一栋房屋,看清了每一栋屋子里面的人,它在我眼里渐渐变得越来越小,越来越小,直到缩成记忆中的一个圆点,被我抛到身后,直到若干年以后,我又重新想起,把它慢慢打开,像一本书一样,重新回过头来,细细地看一遍,发现它又慢慢地变大了,变得深远而又辽阔,甚至变得有些陌生,远非我记忆中的那几帧画面。

到底是我变了,还是它变了?

我也无法给它一个完整的定义,好或者不好,事实上,从我记事起,那种情感就是含混不清,或者是爱恨交织。

当你还是一个孩子的时候,他爱你,喜欢你,当然,也经常会逗你。

逗你的人一般都是伯伯,穿着黑色棉衣,胡子很粗,说话嗓门很大,吐痰的声音也很大,嘴里有时候还叼着一根旱烟袋。

他看到你,很喜欢你,然后狠狠地捏了一下你的脸蛋,可是,你痛得差点想要哭出来。

可是，你知道，你不能哭，如果哭出来，他们只会笑得更厉害。

他们说，你妈走了，不要你了，以后把你留到我们家当丫头。

你瞪着他们，倔强地站在那里，一言不发。

他们接着说，本来你就不是你妈生的，从牛粪堆里扒出来的，你妈一直想要把你送人，以后你就到我们家，跟伯伯一起住，好不好？每天给你做好吃的。

你知道他们在胡说，可还是忍不住大哭起来。

他们看到你哭，哄堂大笑起来，终于心满意足地散去，只留下你一个人抽抽噎噎站在那里，满心委屈。

第二天再见到那个伯伯，你刚想跑开，可他叫住你，你满怀戒心地看着他，他却只是慈爱地递给你一把豌豆或几个糖果。

你本不想理他，可食物的诱惑力还是占了上风，你拿了吃的就跑，并且在想这个人真是奇怪得很。

大人们说的话总是最奇怪的，千万不能相信。

他们经常在笑容可掬地送完客人后。转身，回过头来，关上门，就开始说那些人的不是。一边在收拾，一边是闲言碎语，数落和嘲讽与打扫的灰尘一样漫天跃起，又渐渐飘散。

下一次，再见到那些客人，依旧是同样热情的笑容，依旧是同样客气的话语，你怀疑那天晚上听到的只是你的幻觉，或者你根本就听错了。

在大人的世界里，你常常无法分辨到底是一团和气，还是亲疏有别，甚至刀光剑影。

这种刀光剑影不仅仅针对外人，更多的时候，是自己的亲人。

对于自己的亲人，常常无法分清爱与恨的界限，含混成一团。

在我小的时候，"满招损，谦受益"几乎是每个家庭的教育准则，挖苦、讽刺、辱骂，不遗余力地贬低、笑话自己的孩子，几乎成了一种风气，我们家当然也不例外。

我小时候性格叛逆、倔强，自尊心强，被收拾得也最多。

我常常听见母亲和一群婶子们在说笑，当然是说我的笑话，她说："我家的幺姑娘，早上生炉子，划了一包火柴，也没生燃……"她喜欢把我做的一些蠢事，当成笑话讲给别人听，可当我每每听到，却是无地自容，只想找个地洞钻进去，躲起来。

每次我在外面和别人惹事，打架，她总认为别人家的孩子是对的，我是错的，不分青红皂白，先臭骂一顿再说。

长此以往，有什么事我也不愿意和母亲说，而我在这种贬低声中，也觉得自己一无是处，特别没用。

　　这也许就是自卑心的起源，当周围亲近的人都觉得你不好的时候，你凭什么觉得自己好？

　　与伯母家比起来，我家还算是好的，至少母亲骂起来还没那么狠，不像伯母，脾气烈，骂起自己的女儿，真是不遗余力。

　　伯母家有个女儿生得美，在我心里，她几乎是我们街上最好看的姑娘，肤如凝脂，俊眼修眉，顾盼生辉。当年读《红楼梦》的时候，觉得她和探春长得很像。有一次我去伯母家玩，她穿着白色的工作服，正在洗衣服，一缕阳光照在她脸上，简直有一种圣洁的光芒，我都看呆了。

　　就是这么一个圣女一般的姑娘，却找了一个渣男，婚前吃喝嫖赌，婚后又染上毒瘾，败得倾家荡产，听说她后来没法在老家待下去，一个人悄悄去了外地打工。

　　她当初找这么一个男人，伯母当然是坚决反对，可一向温顺的她，在这件事上却是一意孤行，非那个男人不嫁，甚至以死相逼。

　　也许会有人笑话她说，她这是活该，可只有我知道，一个在家里无法得到温暖的人，很容易就会被别人的一点点温暖所迷惑，哪怕这是一个渣男。

　　每个人都有心理伤痕，而对于她来说，这种代价未免付出得太大了一些。

　　万事有因有果，现在能和那些奇怪的大人们对峙吗？你看，当初都是因为你们……不，我们只会说，您保重身体。

　　时光如潮水，冲刷掉一切痕迹，我们曾经的悲哀、喜悦、伤痛，写在沙滩上，却最终都是要被带走的，无爱也无恨，无喜也无忧，只剩下白茫茫的一片大海，真干净。

蝴 蝶 的 翅 膀

这个镇子存活了有多久，上百年，还是千年，我不知道，它是那样久远，也许换了容颜，改了面貌，可历经岁月风雨的变换，它一直在那里，而且似乎还会一直存活下去。

与这个镇子比起来，生活在镇上的人，就像是一群朝生暮死的蝴蝶，经常转眼之间就不见了，他们去了哪里，没有人告诉我。

在这个镇子上，我见过很多老人的丧事，被称为白喜事，这几个字之间，既含着悲，又藏着喜，悲喜交杂，热闹非凡。一边是吹吹打打，锣鼓喧天，一边是孝子贤孙，哭得悲悲切切，而我们这些孩子，都是凑在外面看热闹的，看一眼那个黑漆漆的棺材，有些瘆人，听着屋子里吹吹打打断断续续的哭声，又觉得很好玩。

这种往生之路，是意料之中的，走得光彩、体面、热闹，可很多时候，有些人猝然离去，还没有来得及告别就不见了，你不知道他们去了哪里，也很少有人提及，仿佛那是讳莫如深的丑事，大人们都自觉闭口不谈。

从小到大，我见过很多种人自绝于人世，他们用很多不同的方式。最常见的，在乡下的卫生院，用板车拖来一个口吐白沫的女人，面色发紫，不省人事，被急匆匆地送进来灌肠。后面的我就看不到了，但我想，那种感觉，一定会很难受，哪里是难受，简直是痛苦。

这些都是喝农药的人，比较常见的农药就是敌敌畏或其他毒性剧烈的，喝上一瓶就能一命呜呼。哥哥有一段时间是卖农药的，我曾仔细研究过这种农药，且不说那上面标着明显的骷髅头，就说那种味道，闻起来也让人作呕，如何喝得下去？

还有一种比较常见的，就是自缢，因为取材方便简单，不过一根绳子，一根大梁，方便快捷地就结束了自己的生命。

自缢的很多都是女人，农村女人，多半是因为吵架拌嘴想不开。我曾见过镇上的一个婶子，也是因为吵架上吊，死的时候，孩子还没多大。就因为这事，两家亲戚自此结了仇恨，互相怨恨咒骂，子子孙孙恨不得誓死不再往来。

那时候对我比较震撼的，还有三毛的自缢。看报道介绍，她是在医院的一个卫生间,用一只长筒丝袜结束了自己的生命。

一个在全世界游历的传奇女人,一个写出令我如痴如醉作品的女人,却最终选择在一个局促的卫生间里,结束了自己颇为传奇的一生,何等的刚烈决绝。那时候我还没见过长筒丝袜,实在想不出来,一只袜子是如何置人于死地。

她不是说自己是一只不死鸟吗?为何还是要走上绝路?

还有一种比较温和的方式是吞服安眠药,但这要保证安眠药的数量足够多,否则,随时会被救醒,而且据称,服安眠药的时候虽然没痛苦,但如果被救醒,会非常非常痛苦。

谁这样告诉过我的呢?我不知道。

但我见过我的一个初中同学临死前的最后一面,在宿舍的烛光中,我恍然还看到她脸上的笑容,但那种笑容,现在想起来似乎总有些诡异。她选择自杀的方式是温和的,但却干出了最暴烈的事,那天晚上她手持利刃,窜到上铺,准备杀死她的一个女同学。还好,那个女同学被人救了,不过,她在服了整整一瓶安眠药后,却没人能救得了她。

我记得那一瓶药的数量,整整50粒,就能置人于死地。

同学之间为何有这样大的仇恨,要以两条命作代价,听说,只是因为妒忌,妒忌那个女同学成绩好,还长得好。

从小到大,我见过太多的人,以决绝的方式离开人间。死得惨烈,却又无声无息,卑微如草芥,当时可能轰动一时,成为传闻,但过后,两三年后便再也无人提起。这样的事,是丑闻,谁也不愿意多说,然后,大家都忘了。

这世间,该怎样生活还是怎样生活,并不会为个别人的消逝有所改变,就像奔流的河水,泥沙沉积在水底,成为最不堪最阴暗的记忆,但河水依然要挣扎着,打着旋儿,急急忙忙地往前奔去。

在我们从小所受的教育中,没有人会和我们谈到死亡这个话题,即使是圣人孔子,对这个话题也是讳莫如深,他说:"未知生,焉知死?"是啊,活着都还没弄明白,又何必去管死的事?记得在一篇课本里有这样几句话:"亲戚或余悲,他人亦已歌,死去何所道,托体同山阿。"这几句话的观点和老庄哲学有些相似,将生与死看得更通透明白。

从小到大,我都是看着别人相继离开,有悲痛,却无切肤之痛,而真正有切肤之痛的,却是受到的一次惊吓。

那次惊吓,来源于一次惨烈的车祸,虽然那次只是受到一些惊吓,但它带给我的影响,却是一生的。

那是一个下着暴雨的夜晚,抑或是暴雪,我已经记不清了,只记得那天晚上,母亲一夜未归，按照常规，她当天进货是应该当天赶回来的。

她当时是供销社的一名营业员，和她一起去进货的，还有好些同事，带她们去进货的车辆也没回。

那天晚上，我们几个孩子睡得都不踏实，隐隐约约感觉父亲半夜出了门，去了哪里，我们却不知道。

第二天就听到传闻，那辆进货车在一个最凶险的路段发生车祸，死了个人，还有几个人受了重伤。

可是没有人告诉我，到底死了谁，母亲没有回来，父亲也一直都不在。

那天上午，我一个人坐在家里过道的竹凉床上，心揪成一团，担心和恐惧压得我喘不过气来。

仿佛在玩点兵点将的游戏，点到谁就是谁，而被上天点到的这个人，不仅仅是出局，而是老天完完全全把他收走了。

后来，是姐姐告诉我确切的消息，母亲没事，一点事都没有。因为昨天晚上她根本没赶上进货的车，只好在县城住了一夜，准备第二天搭班车回来。因为没赶上车，她还很懊丧，根本不知道发生了车祸。

而那些幸运赶上车的人，却很不幸受到了死神的眷顾，其中一个，是我好朋友的母亲。

一进供销社的大院子，我就感觉到浓重的死亡阴影，一块木板，一块白布，连遗像都还没来得及照，我的好朋友和她的妹妹以及她的父亲，在遗体前哭得伤心欲绝。

我怔怔地站在旁边，不知道该说什么，也不知道该怎么做，甚至都没有眼泪，一切都来得太突然了，根本就不真实。

她母亲和我父母是同一个单位的，两家人自我们小时候就熟识，我和她也是从小一起长大的好伙伴。

事后，我常常在想，如果我和她交换一下，不幸降临到我的头上，我会怎么样？

可生活没有如果，还得继续下去。

她母亲的遇难在她同时也在我身上，投下了无法抹去的阴影。那时候我还小，根本不知道该怎样去安慰一个人，我只是陪着她，她让我做什么我就做什么。

那时候她成绩不算太好，我们上了不同的初中，听说，她上的那所普通中学，校风不是很好，而她，自从她母亲走后，变得更加放任不羁。

某个晚上，她让我陪她去等人，也许是她心仪的一个男生，我断断续续听到她讲起和许多男生交往的事，我却插不上话，因为我那时正陷入每天的书山题海中，自顾不暇，对全校的男生都不会多瞟一眼。她说的这些让我很震撼，忽然觉得，我们已经开始生活在两个不同的世界里。

可是,我愿意陪着她,去等一个从未见过的男生。我们站在田边,天很黑,月亮也没有出来,却能闻到稻子即将成熟时散发的清香。

我没有去想为什么要在这里等一个男生,而且等了很久,也一直没有等到,最终我们还是回去了。

后来我没再问她和那个男生怎么样了,那天晚上为什么没有来。我们曾经是两条平行线,但现在已经慢慢开始走向不同的方向,而且,越来越远。

母亲曾有意无意提醒我,让我和她保持距离,但我不允许任何人说她的坏话,甚至是母亲,越是大人阻止,我越是要和她来往。

她父亲后来又续弦娶了妻,事实上,在她母亲生前,父母的关系也不好,我有几次看到她父母在暴烈地争吵,甚至拿刀相逼,而她们姐妹就在旁边哭。

现在她又有了继母,我去她家,和她在房间里疯、闹,她似乎是故意的,故意在吵另外那个房间的女人,而她继母向我诉苦,说她在学校花钱如流水,大肆挥霍。

我依旧和她一起玩,可我很少再去她家,我心里曾想着愿意陪她做任何事,可我做不到。

渐渐地我们越走越远,即使见了面,也不知道该说什么,事实上,我们已经没有太多的共同话题。

有时候我会想,如果当初老天眷顾的不是我,而是她,我会不会变成她,她会不会变成我?失去亲人之痛,只能由你独自去承担,没有人能够帮你从黑暗的吞噬中走出来,我想要帮她,靠近她,给她安慰,可是我终究没有做到。

对不起,我曾经的好伙伴,希望你现在能过得好。

终有一天,我也会面临失去亲人的痛苦,也要独自去面对这份创痛,没有人可以帮我承担,一想到这份即将来临的黑暗,更让我们懂得人该怎样活,才不至于会有更多的遗憾和悔恨,而这份懂得,却是在看到无数的死亡中换来的。

渐 行 渐 远

在我们那个年代,人束缚在脚下的这片土地上,就像一株长了根的植物,你很难抽身而出,特别是对于农家子女,想要走出去大概只有两条路,一是考学,二是参军。

这两者成功的几率都很小,特别是后者,不仅仅受自身条件的限制,还牵涉到许多错综复杂的关系,所以,最平顺也是几乎唯一的路,那就是考学。

考学不仅仅是走出去,还意味着身份的改变,那种改变几乎是脱胎换骨的,让你从农村户口转成商品粮户口,意味着你从此成了城里人,而且还能有一份国家体制内的工作。

这就意味着你从此跳出农门,擦干脚上的泥,告别面朝黄土背朝天的生活,能享受城里人的保障、清闲和优越感。

中国没有像印度那样有阶层鲜明的种姓制度,但在我生活的那个年代,城乡之间的差距,依旧是一道难以逾越的鸿沟。

熊培云在《一个村庄里的中国》引用他的语文老师说过的一段话,描述了一个农村人的心路历程。

> 记得有次去了城里,看着城里人的白皮肤与城市里的阴凉,城里的繁华与悠闲,我觉得这辈子真是没意思,农民过的根本就不是人的日子。从那时起,我便在想,就是讨饭也要"把孩子奔出去",不能让我的孩子和泥巴打交道了。

这是一个普通农民的期望,也代表着绝大多数农民的期望,孩子自然也能感受到家长的这番苦心,感受到在打骂管教的背后,隐藏着父母对于命运不公的反抗,而这份反抗自己已经无能为力,只能寄予到下一代。

我不知道我当时的同学读书是抱着什么心态,我在上小学初中时,上学还处于一种混沌的状态,并没有多大的决心和目标,而很多同学,特别是家在农村家境又不好的,似乎都已经下定了孤注一掷的决心,下定了鲤鱼跳农门的决心,他们读书也格外勤奋刻苦。

　　那时候只要初中考入中专，就能够转户口，还能分配到一份稳定的工作，因此中专的分数线往往比重点中学的还要高。很多农村孩子都走上了这条路，而且大部分都读了师范院校，因为读师范院校不仅能得到一些国家补贴，而且毕业后，就能当一名老师，这是一份有保障而又有体面的工作，对于许多农村家庭来说，这是他们梦寐以求的。

　　我的那些读师范院校的同学，大部分都成为基层一线老师，成为农村教育战线上的骨干力量，但在他们内心深处，不知道会不会残留着一份遗憾，一份不能上大学的遗憾。为了家庭，不得不放弃自己的梦想，这也是一份无奈的选择。

　　如果当年的环境能像现在这样，从农村跨越到城市，有多种途径，考学和参军不再是唯一的路，城乡之间的户口差异也越变越小，那么当年的学习是不是会更轻松一些，可能在学习上也会变得懈怠、偷懒，就像现在的孩子一样，对于他们来说，读书考学不再有那一层神圣的光环，因而学习远远没有当年的我们刻苦勤奋。

　　是的，人都是被逼的，你不知道哪种更好或更坏。

　　我上初中的时候，开始接触到很多课外书，沉迷到书中的另一个世界。

　　我的那些同学，大部分都是农村的孩子，他们已经开始在学校住读，没有我那般不切实际的空想，他们早已经下定了读书考学的决心，并在艰苦的环境中不断锤炼自己。

　　初中其实已经成为一道分水岭，成绩好的，可以上中专，也可以上重点高中，次一些的，只能读普通高中，这些普通高中考上大学的几率非常小，而更差一些的，可能普通高中都考不上，只能回家务农，或自谋生路。

　　现在想想，现实其实很残酷，从初中开始，几分的差距就已经拉开了人的命运。我上初中的时候，还是稀里糊涂，而那些农村的孩子，却已经清醒地意识到这一点。

　　他们的勤奋刻苦常常让我自叹不如，我常常会偷懒，或者躲在课桌下面读闲书，他们却几乎不会，每天从早自习到晚自习，披星戴月，而回到宿舍，他们还会点着蜡烛看书。

　　与勤奋刻苦相对应的，则是生活环境的艰苦，没有自来水，还好学校旁边有一条河，那时候河水还算清澈，不管是洗脸还是洗碗都得依赖于它。学校经常停电，蜡烛是常备之物，点一个晚上，鼻孔里都是黑的。

　　也许那时候大家都是那样，也不以为苦。农村的孩子周末回去，通常带一两瓶咸菜，背一点米，那就是一周的伙食。

　　每到中午吃饭的时候，我常常看到他们去打饭，大锅里是一个个的小铝盆，里面蒸的白米饭，软烂如泥巴，经常掺着砂子或麸皮，四个人或六个人分一个铝盆，因为分不均匀,经常会吵起来。正是长身体的年龄,却总是吃不饱,分得的一口饭只能用咸菜拌着下肚。

母亲常常数落我,你看看人家乡下孩子多艰苦,每天只能吃点腌菜,你每天回来有现成的热菜热饭,还挑三拣四,尽是抱怨。

即使我家在街上,当走读生,比起他们,家庭条件可能更优越一些,可我也宁愿住宿舍,挤大通铺,过艰苦却又自由的生活。

也许从那时候开始,就已经进入到我的叛逆期,而且读书越多,就会越发觉这个镇子的封闭保守,迫不及待想要从家里走出去,从这个镇子走出去。

自上初中以后,这个小镇就与我若即若离,我向往着外面的世界,向往着三毛书中那个瑰丽而神奇的世界,这个小镇在我眼里越来越破落,越来越凋敝,一年,两年,甚至很多年,我从初中上了高中,又从高中上了大学,后来,我甚至不愿意回来,除了看看家里的亲人。这个小镇,街道还是那条街道,人还是那些人,这么多年,似乎从未感觉到它的变化,只觉得越来越凋敝,越来越破落,越来越无聊,它被我,以及和我同样心理的孩子,无情地厌弃,并被远远地抛在了脑后。

外面的世界很精彩,我们根本不曾去想它,有时候,甚至连给家里的父母打电话也成了例行公事,问候一声也就算了。

佛教中提出参禅的三种境界:参禅之初,看山是山,看水是水;禅有悟时,看山不是山,看水不是水;禅中彻悟,看山仍然是山,看水仍然是水。

这参禅的三种境界事实上也代表了人生的三重境界:儿时,成年以后,以及洞察世事后的返璞归真,重新用一种单纯的眼光去打量这个世界。

故乡的山,也依旧是那山,水,也依旧是那水,山水未变,变的其实只是我们的内心。

从上高中开始,就算离开了这个小镇,那时候,大概每个月的月假才会回去一次,其他时间都是在学校。

县城离小镇百里之遥,对于刚出门的我来说,却是另外一个陌生而遥远的世界,那里有着不同的口音,不同的人,不同的生活习惯和表达方式,你要做的,就是必须尽快融入这种环境之中。

而且,到这所重点中学来读书的孩子,几乎都很优秀,你所自持的那一点骄傲,很快就被浇灭。以前不过只是井底的那一只青蛙,现在来到了大河,看到外面的世界,才发现自己的渺小,而以后还会到大江、到大海,那时候你更会变成沧海中的一粟,是那样微不足道。

上高中时除了语文,其他科目几乎全线崩溃,我第一次开始有了一种危机感,从混混沌沌的那个孩子,突然变得忧心忡忡起来。

当时，高校还未扩招，我们这所全县最好的高中，大学录取率可能也不到十分之一，而文科，录取率更低。我这个成绩，上大学的可能性其实很微小。

有一年，大概是高二，老师组织全班同学春游，我没有心思去，请了假回家。

我记得那是一个四月，淅淅沥沥还下着春雨，我第一次用一种特殊的眼光去打量这个小镇。

它依然在那里，这么多年都没有太多变化，还是那条街道，还是那几栋房子，灰白色的路面，稀疏的行人，在雨棚下百无聊赖打着哈欠的小摊贩。老街也还是那条老街，只是人更少，看起来更破落，很多房子已经常年没有住人，大门紧闭。街坊邻居用同样的腔调和我打着同样的招呼，而家依然在那里，里面是一个永远在忙碌着的母亲。

我想不出来，如果万一考不上大学，我能回来做什么呢？

这话在心里问了自己千万遍，却从来没有和父母提起过，哥哥姐姐相继待业，我是他们惟一能看着走出去的希望。

我却在心里慎重地考虑过回来的可能性，要么就是像哥哥姐姐一样，回家待业，当一名营业员，每天守在门市部，百无聊赖地打发日子。另外想到的是，这个镇子上没有书店，自己能否开一家小书店，每天守着一屋子书过日子，其实也很好。后来忽然想到，这个镇上除了我自己，哪有人看书啊，开一个书店，几乎就是开给自己看的，呵，这生意怎么做呀。想到这里，不禁哑然失笑。

想来想去，都是不可能再回去的，我自己把这条路堵死了。

不管能不能考得上大学，总是要出去的。

县城其实也不算很大，但比起小镇，显然要丰富得多，你能找到一个更广阔的世界。

在离学校几百米远的地方，有一家小小的旧书店。走入这家只有十几个平方的旧书店，像阿里巴巴发现了藏宝的山洞，这里面的书我竟然从来没看过。我自以为看书很多，到了这里，才发现以前看过的书几乎都不算书。

一本本现当代名著，一本本外国名著，一本本外国诗歌选集，摆满了一排又一排的书架，我逡巡在其中，流连忘返。

这是一家二手书店，自然比新书要便宜得多，但对于我们这些穷学生来说，还是买不起，每个月的生活费，除了吃饭，几乎没有什么剩余。

我开始像葛朗台一样精心算计着每一个铜板，从生活费里省一点出来，到了周日的中午，不吃或者只吃一包干脆面，用每周省下来的钱，买一本书。而每次拿到新买回来的书，如获至宝，为了这顿精神食粮，省一点饭钱也是值得的。

高中几年的时间，就这样一点一点积累，竟然买了不少书，在这些书中找到了一个更深沉而又广阔的世界。

对于前程依然忧心忡忡，但这些精神食粮，让我的内心有了更多的自信和勇气，让我看到人生会有无数条出口，只要你沿着自己的内心去行走，总能找到出口和方向。

我不再天天抱着那几本课本，而把更多的时间花在读这些闲书上，读得多了，也忍不住自己提笔去写一点东西，有时候也能挣得一点稿费，但写这些东西有什么用呢，我从来没有去想过。能提高作文水平吗？未必，事实上因为经常不按套路写作文，我的作文常常会写偏题，得分自然也不高。

这种毫无目标的写作对于我来说，只是一种天性，一种表达的欲望，内心释放的一个窗口。

高三的时候，成绩依然起伏不定，没有太大希望，也不至于让人心生绝望，但那些书，却给了我内心足够的光芒，让我在最灰暗的时刻，依然不会放弃希望。

高考过去很多年，我依然还会在噩梦中醒来，梦见自己什么都不会做，脑子一片空白，或者梦见自己还没有答完试卷，就已经要收卷了……每次从大汗淋漓中醒来，当我意识到这只是一场梦，大学都已经毕业了，可还是感觉到自己的心仍在怦怦直跳。

也许是三天的高考太让人难忘，在那酷热的三天里，我们在考场上挥汗如雨，我感觉到自己的胳膊黏在试卷上，每个人都像蚕吃桑叶，专注地答题，只听到一片沙沙的声响。考完出来，内心一片茫然，不知道好还是坏，感觉生死都已经交给了老天，就等待着命运的安排。

命运安排我注定在求学的道路上走得更远，而离家也越来越远，从高中时一个月回去一次，到几个月回去一次，到上大学后，半年或者一年才回去一次，这个小镇离我越来越远，变得越来越模糊，只有一团影子还留在心里。

上了高中，上了大学，工作，上班，我们被命运驱赶着，不断地往前走，不断地看到眼前的目标和方向，却从未想过回头去看一眼。在异地十几年，工作，成家，早已把他乡当成了故乡，家乡话都已经生疏了，也似乎忘记了，故乡更成为一个记忆中的坐标。

我以为就会这样一辈子，就像开弓的箭，射出去了就不可能再回来，却没料到，人生最终会是一个圆，无论走得多远，半径划得多大，也许只有从起点回到终点，这一生才叫圆满。

外 面 的 世 界

一个人从出生到长大，就像漫天荒野里落下的一粒草籽，落在哪里，就长在哪里，随意、偶然，却又纵情恣意。

但无论如何野蛮地生长，你都很难逃脱脚下的那方土地，它拉扯着你，牵绊着你，除非你有很大的能耐，能从这方土地中抽身而出，并把它甩到身后。

小时候，父母教育我们，常用的例子就是，谁谁谁在外面混得怎样怎样，你们要不好好读书，以后就只能穿一辈子草鞋，好好读书，就能穿上皮鞋。

这个草鞋和皮鞋的比喻，据说来自我们镇上一个很有身份的人，他当时为了鼓励他的兄弟好好读书，用这个作为比方，似乎也很有成效。

而父母对我们说这一番话，却是苦口婆心，对牛弹琴，至少在我看来是这样。因为说这话时，我既没穿过草鞋，更没穿过皮鞋，也许他们认为草鞋低等下贱，皮鞋高等富贵，但对于我们这种没有切身体会的孩子来说，这些话就像一阵风，在耳根子前飘一阵，就吹走了。

大人们教育孩子，还会说的一句话就是，要做人上人。

人上人，现在想想这三个字，依然能感觉到其中的深意。在他们看来，整个社会就是一个弱肉强食的社会，按照丛林法则，要想在这个社会出头，就必须爬到食物链的顶端，踩着人上去，做人上之人。

这句话现在听起来，都让我觉得不寒而栗。当然，它并非不对，也是一种处世哲学，只是对我们小毛孩子说这些话，寓意未免太深了些，也太残酷了一些。

不管是什么样的说法，中心思想大概只有一个，就是一定要走出去，滚得越远越好，在外面出人头地，大富大贵，到时候衣锦还乡，光耀门楣。

只可惜，到现在，大人们的希望都落空了。

只能说声抱歉。

外面的世界是什么样的，小时候没有电视，也没有书籍报纸，只有一个小收音机，经常播着一些缥缈空洞的新闻，对于外面的世界根本就不了解，甚至谈不上什么印象。

那时候每天就是疯玩，没心没肺、放纵不羁地玩。

直到有一次父母带我到城里去走亲戚。

长这么大，那是我第一次进县城，自然是激动而又新鲜的吧。

可是第一次进城的经历，却在记忆中模糊了，我忘了城里的街道，忘了那些火柴盒似的密密的房子，忘了极具诱惑的商店，忘了那些操着不同口音的城里人。

我惟独记得，我站在街的一边，父母在另一边，我看得到他们的身影，却喊不应，中间相隔的那条街道，街道上来往穿梭的车辆，就像一条汹涌澎湃的河流，横亘在中间，难以逾越。

那就像是一个梦，却没有醒来的时候。

父母亲后来发现我没有跟上来，又转头回去寻我，看见我在马路的另一边，惊惶失措，见到父母的那一瞬间，差点哭出声来。

他们后来常拿这件事情取笑我，你不是胆大包天吗？怎么连一条马路都不敢过？

在这个镇子上，我是野性不羁的主人，我熟悉这里的每一条街道，每一栋房屋，熟悉这里河水的气息，每一片山川，每一株草木，而一旦走出这里，我就会变得惶惶不安。

因为在这个镇子上，人是万物的主宰，万物生灵又是人的栖息之地，人与天地之间是依赖共生的，城市却不一样，人是城市的附属品，建筑物、车辆才是城市的主宰，它们极具侵略性，霸道而又野蛮，人就像是一只寄居蟹，不过只是寄居在其中。

所以你会看到，马路中间的车辆，会摆出凌厉的姿势，根本不愿、也不屑把人放在眼里，它们呼啸而过，像河水一样，中间没有任何的空隙，而人就像河里的一株浮游生物，需小心翼翼穿行而过。

这是我第一次意识到，在外面的世界，在城里，人才是最渺小的，尤其是我们这些不懂城市法则的异乡人。

对于我来说，了解世界的另外一扇窗口就是书。

在我十几岁之前，我还是一个调皮顽劣、混沌无知的孩子，每日就是纵情玩耍，偶尔受点打骂和皮肉之苦，也不以为意。

不知什么时候，我突然变得安静、幽闭，整日把自己关在家里，大门不出，二门不迈。

我并非突然从野丫头变成了深闺中的小姐，而是有一样东西把自己迷住了，那就是书。

记得有一个暑假，天高日长，绿阴蝉鸣，如果在以前，我早就跑到河里去了，穿着背心短裤，在河里摸鱼、捡石头，或者什么也不干，只是泡在清凉的水里，想象成自己是一尾鱼，在河水的柔波里荡漾。

　　然而，那个暑假我拒绝了一拨又一拨小伙伴的邀请，把自己关在家里。记得当时就坐在堂屋的凉床上，光线幽暗，巷子幽深，但因为前后屋中间有那个巷子，至少有一些过堂风。

　　因为我们家进深很长，连着新街和老街，经常会有一些婶子伯伯，从我们家穿过，有时候挑着桶，有时候提着篮子。我通常不知道他们是什么时候进来的，家里的前后门都不会锁，只是在和我打招呼的时候，我才猛然发觉。

　　一个婶子提着篮子从我家过，和我寒暄了几句，我只是嗯嗯了几声，眼睛却并未看她。

　　后来，她又进来了，不知道过了多久，也许只是到园子里扯了一把菜，她见到我依旧坐在凉床上，头也不抬，眼睛直盯盯地看着书本。

　　她说，光线这么暗，眼睛要看瞎了呀。

　　瞎就瞎吧，又有什么关系。

　　他们只知道我像一个呆子一样坐在那里，却不曾知道，书像一扇窗户照进的光，让我的心驰骋到另外一个世界。

　　我每日坐在竹凉床上看书，看得累了困了，就在凉床上一躺，睡一觉，醒来又接着看。

　　不知饥渴，也忘了时间。

　　可终于有人来干涉我了，那是母亲，也许那个婶子在背后说了我什么，母亲不让我整日这般没头没脑地看，她开始打发我出门，或者派一些家务活给我干。

　　她倒不是怕我的眼睛看瞎，她是怕我看书看傻了。

　　以前那个整日不落屋的野丫头，突然变成这副样子，也许她心里有点惴惴不安。

　　最让父母担心的，不是你调皮成什么样，而且他们根本不知道你心里在想什么。

　　这个镇子虽然上千年来，经历了朝代更迭，经历了风雨变迁，可是你会发觉，似乎有一种什么东西是难以改变的。

　　那就是规矩和习惯。

　　并非是前人和后人不同的规矩和习惯，事实上，经历了不同的时代，规矩和习惯也在慢慢演化，但不管演化成什么样，你我的规矩和习惯必须保持一致。

　　虽然每家每户情况各异，习惯和爱好也不同，但是无论走到哪家，是的，你大可以长驱直入，因为那时候，家家户户几乎都是不上锁的，你会发觉，大家吃的也差不多，穿的也差不多，说话的内容也差不多，就连教训孩子的口气都是一样的。

　　有时稍有不同，如有一次我因为天热，外面的外套没有扣好，掩着，马上招来一些同学的讥讽和嘲笑，他们觉得你是故意的，在彰显个性。

　　而个性是这个保守封闭的小镇子上，最不能容忍的东西。

　　大家都吃一样的饭,穿一样的衣服,说一样的话,做一样的事,但总有几个离经叛道的,于是,这些人立马成为大家关注的焦点,即使当面没人说你,背后也要被无数唾沫星子淹死。

　　即使是现在,在一个小镇上生活的人,你也很难不被周围的环境左右,即使不情愿,也没有办法,最常说的一句话是,大家都这样,没办法。

　　这句话是事实,也是托词,到最后就会变成麻痹自己的借口,除非从这个镇子里走出来,你不再成为众人中的一员,而完完全全变成了自己。

　　走到外面的世界,不会再有人像家乡的人一样关注你,关注你的一言一行,关注你的私生活,你获得了彻底的解放,同时,你又会感觉到疏离和冷漠,除非你在精神和物质上完全独立,内心足够强大。

　　那时候父母带我进城,使我在空间距离上第一次感受到外面的世界,而书本,则让我从心理上窥视到另外一个世界,另外一个不同的世界。

　　从小,能看的书不多,带字的纸片都很少,除非是墙上糊的旧报纸。到我会认字的时候,能看到的读物不过只有《毛泽东选集》,或者是《作文书》,哦,还有《青春之歌》《雷锋日记》之类的革命读物。

　　这些书,看了也就看了,并未在心里引起太大的波澜,只是有时候会引发一些革命英雄主义情怀,如主动打扫公厕,到敬老院去看望老人,回头还能写一篇激昂慷慨的作文。

　　直到上初中时,开明的老师帮我订了两本杂志《童话大王》和《少年文艺》,这两本杂志,特别是《童话大王》,几乎颠覆了我的整个世界观,让我看到另外一个荒诞却又真实的世界。

　　在这个想象中的童话世界里,孩子才是世界的主宰,而大人、老师往往是被嘲笑和讽刺的对象。

　　如果大人和老师知道我看的书是这样的内容,会不会早就没收了呢?可是他们谁会看呢?又有谁知道呢?

　　从小,在大人们的眼里,孩子并非是具有独立精神世界的个体,而是像小猫小狗之类的小动物,只需要一些食物,就能成活,至于管教,要么就是不管,要么就是打骂,没有什么道理可讲的。

　　他们觉得,孩子知道什么呢,什么也不懂,就应该在家听父母的,在学校听老师的,如果不听,就要好好管教,打和骂自然是少不了的。

　　我常常听到从谁家传来鬼哭狼嚎的声音,那是当爹的在打孩子,也许是喝醉了酒,也许只是因为不听话。大家都见惯不怪,打孩子,谁家不是呢?家家都有一个棒槌立着,有一个搓衣板候着。

　　老师也打,常常在上课的时候,讲台前站了一排那些最调皮捣蛋的学生,老师开始一个个愤怒地骂,扇耳光,用脚踹,甚至揪着两个孩子的头,使劲撞。

　　我不是被挨打的那个,可是坐在台下,依然冷汗涔涔。

　　疼吗? 当然是疼的吧,可是看他们脸上的表情,却是满不在乎的样子。

　　对于他们来说,打得多了,自然就变得皮实了,可是心里的恨,那些累积起来的恨,总要找一个宣泄的通道。

　　那就互相打,斗殴,打群架,欺负女生,每个人的脸上都是一幅暴戾的表情。

　　如今这些被打的孩子,都变成了面容模糊、大腹便便的中年人,少年暴戾的表情一扫而空,变得温和敦厚,提起过去的那些经历,只当是在说笑,甚至还会感谢老师当年的管教,说,不打不成才啊。

　　我们这一代人就是这样经历长大的,等到我们有了下一代,巴掌自然而然又伸向了他们,因为不打不成才。

　　没有人告诉我们,这是错的。

　　在《童话大王》这本杂志中,却用一个个夸张和极具讽刺性的故事告诉孩子们,虽然老师和父母是天,但他们不一定是对的,他们也会很虚伪,很愚蠢。

　　这是外面的世界射进来的一束光,让我知道,在我生活的那个狭窄封闭的世界里,有许多不合理的东西,我有经历,却意识不到,因为在书本还未开启智慧之前,我们都是混混沌沌的一群人。

　　而《少年文艺》则让我看到另外一个真实的世界,和以前读过的那些革命读物相比,这本小小的杂志没有那么高尚的情怀,却是每一个孩子内心真实的反应,原来所有的喜乐哀伤,内心潜伏的那些微妙的小心思,都可以是真实的,也并不可耻。

　　内心无人可以倾诉的话语,却在这里找到了共鸣。

　　有了这一束光,我又开始拼命去寻找第二束光,第三束光,寻找那些最贴近人性最真实的文字,这些来自外面的文字让我看到了外面一个更广阔的世界,在那个世界里,真是最真实的,善是最良善的,美也是最美好的。

　　于是我暗自下定决心,一定要走出去,走到外面那个更广阔的世界去。

第三章　回乡偶记

葬我于高山兮，望我家乡。

老街往事（回乡偶记之一）

我的故乡在湖北省京山县坪坝镇。

一个封闭落后的小镇。

百度地图上一个微不足道的小点。

可是，它之于我，就如同生命里的纽带，挥之不去，无法割舍。它不仅仅只是一个行政地理位置，只是一条河，一带山，一缕炊烟，一抹黑瓦残阳，一片残垣断壁，一声浓重乡音，更是生命中无数的日日夜夜、点点滴滴，是那些熟识的面孔，残缺的记忆，是你想要逃却又备受羁绊的亲情，是你曾坚决离开，却又总在午夜梦回的故乡。

2016年春节，我又回来了。

几年不见，它变了，我也变了。我变老了，而它也变得更加破败凋零。

依然是那几条街道，主街灰白色的水泥路面坑坑洼洼，一阵风，一层灰，一层泥。靠近路边的两排房屋，虽然外表看起来光鲜亮丽，但因为只有老人孩子相守，显得特别冷清，空空荡荡。

从新街穿过去，就是老街。这条引以为特色的老街，相传建于清朝光绪年间，如今，昔日的风貌几乎荡然无存，而我，曾住在那里十几年，一天天见证了它从昔日的繁盛到如今的没落。

没落的不仅仅是这条老街，还有老城墙、护城河、河边浣衣的水晶城门、老礼堂、露天电影院……就像一阵风，时间把这些全部带走，只剩下荒烟衰草，断壁残垣，垃圾遍野，白色的塑料袋在风中翻飞。

城墙边上的这条河叫做"漳河"，无法想象我现在看到的这条羸弱的、几乎被水草覆盖的河流，百年前，它曾经浩浩荡荡、气势磅礴，通汉江，到长江，河面上，商船穿梭往来，运来各地的货物和商品。

这个地处京山、安陆、随州交界的小镇，交通不便，却曾被称为"小汉口"，就因为这条河。

所有文明的起源都来自河流，坪坝镇也不例外，因为有了这条河，才有了昔日的繁盛和荣光。

想象一下，当年河道通航时，这里曾是一片繁华和富庶之地。手工业兴盛，商贾往来频繁，河道上船只穿梭不断，城门码头堆满货物，粮、油、茶业、布料、香料、盐……一个偏僻的小镇因为这条河，变得开放而又繁荣。当年的老街上，招牌林立，布满了各式各样的店铺和商家，四邻八乡的村民，一到双日子就到镇上赶集，把一条老街挤得水泄不通。

我家当年也是贩卖粮油的商人，爷爷在世时，家里还雇了几个伙计，老姑妈当年是闺房里的小姐，坐在阁楼上幽幽想着心事。只是岁月无情，风流总被雨打风吹去。

上游兴修了水库后，漳河从此不再通航，昔日的"小汉口"也从此消失。没有航运商贸往来，只能依赖新修的公路，偏偏它又处于三县交界三不管地带，大山阻隔，交通不便，于是，一步一步开始变得萧条没落。

当年的坪坝老街，青鹅卵石铺的路，两边的木头房子，都是上下两层，厚重的木门，高高的门槛，雕檐拱斗，檐角高高翘起，屋脊上还有雕龙画凤的图案。房子曲折逶迤，细细长长，从前厅、天井、堂屋一直到后面的厢房、厨房，进深约七八十米长。如今，那些雕龙画凤的图案，早已经模糊不清，屋檐下成了蜘蛛和燕子的巢穴。从虚掩的木门往里看去，是一团幽深的黑，仔细看，能看到前厅的天井，有的上面有几面亮瓦，折射出斑驳的光影，天井后面则是幽暗的巷道，一直延伸到屋后的厨房和院子。有些屋子上面还有阁楼，开着小小的窗，但大部分都已被灰尘掩埋，变得残破不堪。

老街上还有很多手工作坊，打铁铺、榨油坊、裁缝铺……这些手工作坊也都消失不见，只留下一些尘封的记忆。

那些房子都已经变得垂垂老朽，残破不堪，或成危房，不能住人，或是推倒旧屋，在原址上重建新房，当然，建出来的都是明晃晃亮堂堂的二层小楼，住得也比以前舒适很多，但总有一种突兀之感。

记得以前住在老房子里，除了有几片亮瓦透出一点光，光线终日幽深昏暗，起风一层土，下雨到处漏，后来搬到明亮宽敞的新楼房后，欢欣雀跃。可是我依旧怀念住在老房子的时光，怀念躺在阁楼上闻着腊肉的气味，守着一豆光看书，静听瓦片上的雨声。那样的日子谈不上多么美好，但住在那样的房子里，你能闻到历史厚重的气息，能感受到岁月的传承，因为那是你祖祖辈辈生活过的地方。

我想，如果没有人为的修缮和保护，这些几百年的老房子最终都会一座一座地消失。当这些房子失去自住功能，最终也只能变成凭吊历史的遗址。

河流的秘密（回乡偶记之二）

房子在慢慢消失，河水却依旧静静流淌，默默见证着这一切。

漳河自从不再通航以后，渐渐失去了往日的荣光，但流经之处，依旧润泽着沿岸的土地。"河水清兮，可以濯我缨，河水浊兮，可以濯我足。"这一条河，流淌了不知有多少年，如玉带般贯穿着整个坪坝镇，带来了历史的文明，让居住在这里的人，世世代代繁衍生息，也带给我们儿时多少快乐的回忆。

我们生在河边，长在河边，每天在河边洗衣洗菜，嬉戏玩耍。

河流静默不语，但是它有气息，有情感，你细细啼听，就能听到它在欢笑，抑或是在哭泣。苏童在《河流的秘密》这本书中说："从记事起，我从后窗看见的就是一条压抑的河流，一条被玷污了的河流，一条患了思乡病的河流。一个孩子如何判断一条河是否快乐并不难，他听它的声音，看它的流水，但是我从未听见河水奔流的波涛声，河水大多时候是静默的。"

在我小的时候，河水是欢快而又奔畅的，因为它的岸边有河边浣衣人的大声喧哗，河里有孩子们摸鱼游泳，河床的沙地上有孩子们在奔跑，在戏水，在捡石头，在打水漂，在挖渗水池，在修筑工地和城堡。

当你躺在河边的草地上，静听风声，你又发觉它变得温柔而又沉默，直到夕阳在它身上镀上一层金色的光芒。

有时候它又会变得调皮而又奔放，肆无忌惮，越过堤岸，越过漫水桥，把整个镇子变成一个湿淋淋、水汪汪、水天相接的世界，虽然大人们觉得麻烦，孩子们却玩疯了，脚底下都能踩到鱼，一个多么欢乐的世界。

慢慢的，它也开始变得压抑和不安起来，和中国很多的河流一样，逐渐面临着悲惨的境地。

上中学以后，学校就在河边，这条河天然地护卫着我们，每天在河里刷牙洗脸，洗衣洗碗，虽然河水依旧清澈，但已经开始感受到一种不安的气息。

工业化时代的来临，意味着我们生存的环境，我们的土地、河流开始慢慢被工业的毒素浸染。那时候就在学校上游兴建了一所麻纺厂，河水开始泛起浑浊黄色的泡沫，并能闻到一种甜腻腻的怪异的味道。

上了高中以后，渐渐离开了家，不知道这条河流又承载着多少屈辱和心酸。

这个小镇土地贫瘠，光靠几亩薄田，不足以改变贫穷的生活。所以许多人想到发展工业，建各种各样的工厂，但资金的不足和设施的不完善，或者根本没有环保的意识，很多直接把工业废水排到河里。

这二十几年里，河流见证了许多工厂的兴衰起伏。但不管工厂怎样起起落落，河流往往却是最大的受害者。

现在河流边仅存下来的一个最大的企业可能就是坪坝酒厂。坪坝老街酒一度美名传扬，甚至把它和茅台相媲美，但现在美誉度似乎降低了许多。好酒来自于好山好水，当赖以生存的自然环境慢慢恶化时，酒还能香得起来吗？

"空心"乡村(回乡偶记之三)

从萧瑟的山上下来,来到热闹的集市。

临近年关,大街上熙来攘往,人头攒动,买年货的,赶集的,将整个街道挤得水泄不通,但我知道,那并非盛世的繁华,那只是一时的虚幻和假象。

因为这几天,年轻人回来了,在外打工的年轻人回来了。他们像一群群候鸟,从四面八方迁徙回来,带着包裹,背着行李,开着小车,撒着钞票,手头阔绰,气宇轩昂。他们的归来,让整个镇子蒙上了一层别样的色彩。老人们等了一年,或者几年,就为了团聚的这几天,他们把年货准备得满满当当,喜气洋洋,准备用丰盛的食物将孩子们的胃撑满,希望他们能变成骆驼,储存上充足的食物和水,以后在外就不会忍饥挨饿。

几天或十几天以后,这片光芒就会慢慢消失,而那一幢幢高耸挺立的房子,又变成了只有老幼守候的空巢,变成了空空荡荡孤零零的空巢。

半个世纪以前,城里的青年学生纷纷到农村上山下乡,接受革命再教育,而半个世纪以后,历史却发生了惊天的逆转,农村里的青年纷纷进城。光怪陆离的城市,就像一个巨大的黑洞,吞噬着这个小镇,以及整个农村的精英。

读书考学的人,考出去了。

读书考不上学的人,打工出去了。

各行各业的精英,医生、教师、技术工人……凡是有一技之长可以在城市安身立命的,都出去了。

不仅仅只是为了挣钱,城市里几乎集中了所有的资源,在这里,可以得到你想要的机会、运气,以及难以安顿的梦想和灵魂。

有些人成功了,成为富豪,有些人找到好工作,过上体面的生活,完成从翠花到Mary的人生巨变,而更多人则是寄居在城市的边缘,蜷缩在城市的一隅,既不能真正融入城市,又无法退回到故乡,只能在这种夹缝中存活。

如果有一部无声的纪录片,向你展示中国的版图,你会发现这样一个惊人的对比,一边是巨大的畸形的城市,车如潮,人如蚁,每个人都如蝼蚁一般,在这个巨大的石头森林里寻找自己的栖身之地,另一边是荒凉凋敝的农村,被抛弃的土地,空荡荡的楼房,只有老人和孩子相守的萎靡的村庄。

从网上得到下列一组数据:

2014 年,全国农民工数量约为 2.74 亿人。

保守估计,中国农民每年向城市做出大约 2 万亿元的贡献。

2005 年,世界经合组织的一份报告显示:中国政府补贴给本国农民的钱只占本国农业总产值的 6%,而欧盟诸国平均是 34%,美国是 20%,日本是 58%,韩国是 64%。

至于中国城乡之间,不用提农副产品的价格剪刀差,几乎在收入、社会保障、医疗、教育、经济权利、就业等方面都存在巨大的差距,那些冷冰冰的数字,无需一一列举,也能想象得出来。

"人往高处走,水往低处流",人都是趋利避害的生物,如果不是迫不得已,实在找不到更好的生计,没有谁愿意背井离乡,告别爹娘,抛妻弃子,到一个陌生的城市去漂泊流浪。

"在经历新中国几十年的城乡分治之后,如果将乡村和城市比作两个国家,那么从农村走向城市的农民工,更像是从一个政治与经济破产的国家逃向另一个国家的难民。农民对城市的情感是既爱又恨,藏于他们内心的痛苦往往是,进城既是为了重新寻找安身之所,同时又在客观上构成了对故乡的抛弃。"

虽然我不是打工出去的,是考学出去的,但事实上,我也是抛弃了它,它哺育了我,但我并没能为它做些什么,我所写的这些文字,又能代表什么呢?因为我转身已把它抛弃。

记得 20 多年前,那时候我还是一名学生,父亲曾语重心长地对我说了一句话,当然,那句话是别人说的,他只是转述,他郑重地对我说:"考得上就穿皮鞋,考不上只能穿草鞋。"

我那时候还是十几岁的孩子,从来没穿过皮鞋,但也知道这句话的涵义。那时候,对于身处社会最底层的农村孩子来说,考学是跨出农门的惟一出路。否则,世世代代,都将委身于这片土地,面朝黄土背朝天。

20 多年后,户籍制度的松动,以及打工的便利,让考学不再是跨出农门的惟一方式。事实上,很多早早辍学的同学,在社会上摸爬滚打很多年,反而更能开创出自己的一片天地。

既然打工就能改变自己的命运,就能变成城里人,就能享受城市的繁华和便利,为什么不出去呢?

当大量的农民工涌向城市,为城市不断造血,而他们身后的农村却因为供血不足,迅速变得凋零枯萎。

我的父母有三个孩子,但长期以来,只有他们老两口住在一栋空荡荡的三层小楼里,房子太大,太孤单,太冷清,平时他们几乎都不怎么上楼,只是空置着,每到过年,三个孩子从天南海北回来了,家里才会有点人气,过完年,子女们纷纷如鸟兽散,房子重新又变得空荡荡的,他们的心也变得空落落的。

我们也曾接他们到城里住,可是住上一段时间后,他们总会嚷嚷着要回去,嫌城市太逼仄,没人说话,住不习惯。

当然,我们也只能随他们。若干年以后,当他们离去,谁还会再回去住呢? 房子就彻彻底底成了空房,老家也成了回不去的家。

在我们这个小镇上,在乡村,许多房子就这样渐渐成了空房,或被转卖,或被弃置,人越来越少,从乡村到城镇,从城镇到县城,从县城到省城,大家一级级往上跳着,农村从此成了"雾都孤儿",被人遗忘在视线之外。

人都不在了,还能剩下什么呢?

田地被荒置,因为无人耕种,请人又成本太高。

农田水利,修路铺桥,很多因为缺乏劳动力,暂时搁下了。

医院还在,好一点的医生都不在了。

学校还在,好一点的老师也都不在了。

……

这样一个没有人气,缺乏良好的资源环境,由于流通成本的问题,导致物价奇高、假货泛滥的农村,谁还会再回去呢? 越是没有人,农村越是变得萎靡凋敝。

这是一个很难走出的恶性循环。

乡村的"空心化",不仅会导致农村经济的凋敝,同时还会导致农村秩序的失守,乡村文化的凋零。

什么是乡村文化? 学者赵霞在她的一篇论文中指出:"乡村文化不是帝王将相们的生活记录,而是民间百姓的生活智慧。乡村文化是乡村共同体内的一个'精神家园',它的最大特质是自然、淳朴的文化品格,它所蕴含的静谧是历代人们的精神原点。在乡村文化中,既有'天人合一'的自然主义情结,也有'趋福避祸'的民间信仰;既有'乌鸦反哺,羔羊跪乳'的慈孝道德观,也有'出入相友,守望相助,疾病相扶'的良善交往原则;既有平和

淡然的生活态度,也有充满希望的未来期冀。乡村文化与土地的质朴和生命力紧密相关,构建着人们的精神家园。"

　　然而,工业化的冲击,城市化进程的加快,乡村文化价值体系的解体,利益的驱动几乎淹没了一切传统乡村社会文化价值,而成为乡村社会的最高主宰。农民们沉溺于对物质与利益的追逐,精神逐渐无处可依。在整个乡土大地,充斥着商业价值、功利主义、物欲主义、消费主义和享乐主义,生活在乡土社区的人们更多地追逐物欲和经济利益,更加关注眼前的物质生活以及如何抓住随时出现的机遇。

　　这不能简单地说是乡村文化的"礼崩乐坏",只是现在许多人的心中,除了钱,除了挣钱,别的似乎变成一片空白。一切都亟须价值重建,但在这样一个"空心化"的农村,如何重建?

救救孩子（回乡偶记之四）

农村劳动力纷纷涌向城市，除了留下空荡荡的房子，心里空落落的爹娘，留下的还有孤苦无依的孩子。

他们被称为"留守儿童"。

再来看一组冷冰冰的数字。

据全国妇联最新调查显示，全国约有农村留守儿童 6102.55 万，占全国儿童总数的 21.88%。大约有 34% 的留守儿童有自杀倾向。另外有 70% 以上的留守儿童有程度不同的心理问题。

《中国留守儿童心灵状况白皮书(2015)》，通过数据汇总，有 15.1% 的留守儿童，即有近 1000 万的孩子，一年到头根本见不到父母，260 万的孩子一年接不到父母一个电话。而根据调查显示，如果保证不了每三个月见一次父母，孩子对现在生活状况的焦虑，即"烦乱度"会陡然提升。

最高人民法院研究室曾公布一组数据：我国各级人民法院判决生效的未成年人犯罪平均每年上升 13% 左右，其中留守儿童犯罪率约占未成年人犯罪的 70%，而且还有逐年上升的趋势。

看到前几天的一条新闻，一个留守儿童在和母亲分离时哭嚷，你们不能这样对我！

一个孩子的哭嚷变成了新闻，而这样的新闻每年都是不会缺的。

幼小的孩子会哭诉，你们不能这样对我，而对大一点的孩子来说，他们已经不会哭诉，和父母的分离会成为一种暗伤，藏于心，变成一生也难以走出的阴霾。

在这世上所有的动物中，也许只有人，是最舍得将自己的子女交给别人来抚养的动物。

儿童教育专家尹建莉说："母亲是孩子早期生活中不可或缺的角色。生命最初的几年，是人生的黄金期，几乎奠定了孩子一生发展的基础。"

"儿童和世界的第一个联结通道是由母亲建立的。母乳喂养、肌肤相亲、一言一语、一歌一笑等等，都是在打通和拓宽这个通道。亲密的母子关系是亲密的父子关系的前提，孩子与父母间亲子关系的质量，又决定了孩子未来和整个世界的相处质量。"

如果说孩子早期与父母的相处质量，决定了孩子未来和整个世界的相处质量。那么孩子与父母长期的分离，他们能与自己，能与这个世界相处得好吗？

上面的数据也表明，这些与父母长期分离的留守儿童，70%患有不同程度的心理问题，自我封闭、性格孤僻、情绪失控、容易冲动、认知偏差、内心迷茫……

我常常在想，那些在外打工的父母，他们在外面辛苦打拼，无非也是为了家庭，为了自己的后代，可以多挣点钱，以后可以过上更好的生活。据公益组织"上学路上"介绍，现在很多的留守儿童在经济上并没有太多困难，他们缺少的不是金钱，而是爱和陪伴，而这才是最珍贵的。

上面的数据还显示，260万个孩子一年接不到父母一个电话，这些父母真的把他们的孩子遗忘了吗？或者认为打不打电话都无所谓，只要孩子有人带，不缺吃不缺穿就行了，还不是一样长大？

忍不住想起鲁迅先生说的那四个字："救救孩子"。

如果一切都还来得及，都还可以补救，只有孩子的心是很难弥补的。无数的心理案例表明，儿时心理的伤害，会影响人的一生，而且与父母分离得越早，伤害越大。很多父母都认为，孩子还小，什么都不懂，但正是人生的头几年，是最关键的时期，那些无意识的记忆会决定生命的质量和内心的安全及幸福感。

那些出生几个月就把孩子留在家里的母亲，如果知道这一点，还能忍心出去吗？

我的两个侄子都算是留守儿童，庆幸的是，他们的父母直到他们上学后，才出去打工做生意，尽管如此，因为长期的分离，他们和父母之间仍然有着无法化解的隔阂和距离。

我有个侄子在一段时间内疯狂迷上网吧，也许在虚拟的聊天和虚幻的游戏中，能忘记内心的不安全感和脆弱感，而事实上，迷恋网吧的不只是他一个，更多的留守儿童都愿意到那个虚拟世界中去寻找内心的一份安慰。

除了网吧，陪伴孩子们的还有电视。在我们小的时候，家里几乎没有任何电器，大自然是天然的游乐场，每天在外摸爬滚打，而现在老家的孩子，却似乎更愿意待在家里看电视。

相比起城里孩子来说，他们最大的优势就是——拥有一个广阔的大自然，这里有清新的空气，有山有水有泥巴，是城里孩子难以享受到的。英国有一个普遍说法就是，喜欢亲近大自然的孩子，再坏也坏不到哪里去。而著名心理学家李子勋则呼吁："上100堂早教课不如带孩子亲近大自然。"李子勋在其新书《早教的秘密》中解释说：

"孩子的心智具有一种发展序列,首先是触觉,然后是嗅觉、味觉、听觉、视觉……皮肤是生命最具灵性的部分,除了母亲的抚触,让孩子的皮肤可以尽早亲近大自然的阳光、风、草石、溪水等是必需的。自然蕴含的信息是丰富且生动的,人类建造的环境单调且呆板,儿童的知觉需要足够的刺激,只有自然的声、光、色、味、形、体,才能满足儿童知觉发展的需要。"

然而,这些本应该在大自然里尽情玩耍的孩子,却总是守在电视机前。对于这些留守儿童来说,也许因为没有人陪伴,电视不知不觉成了他们的陪伴者和安慰者。但电视对孩子的伤害却是巨大的,它一览无余地向农村孩子展示了一个成人的世界,让他们时刻沉醉于一个断章取义的世界,一种远离真实与自然的生活。

所以有传播学者担心,电视像光照一样孵化孩子,像快餐店的鸡肉一样催熟了儿童,让乡村逐渐成为城市的延伸与附庸。

尽管看电视有太多的负面影响,却也是没有办法。在家的老人能够照顾他们的生活起居,已经相当不易,又怎能顾得上他们的内心世界?当城里的孩子似乎被教育过度时,他们却像是被抛弃的田边的野草,内心一片空白。

我们回到初中母校,昔日的同窗已经成为学校的老师,他带领我们参观母校。除了以前的一棵樟树依旧华冠如盖,校舍完全变了样。相比于以前破破烂烂的校园,现在的条件真是优越多了,气派的教学大楼,漂亮的塑胶跑道,幽静的小花园,还有配备热水和淋浴间的宿舍大楼。我们注意到这栋宿舍大楼完全用铁栏杆封闭起来,这位同窗苦笑了一下说:"你们不知道,这些孩子能从楼上用床单爬下来,溜到外面去上网。为了安全起见,只能这样了。"而学校通往外面河流的一扇后门也封上了,当然,也是以安全为由。

不忍心责怪现在的孩子条件这样优越,却不好好读书。我们那个年代读书生活清苦,每天咸菜拌饭,点着蜡烛看书,却不以为苦,因为在那个年代,还有一种叫做"理想"的东西,还有父母在身边,还有大自然的天然陪伴,还有书籍作为粮食,可他们生活的年代,父母不在身边,老人和电视接管了他们的生活,一方面是无奈的现实,一方面是电视中虚构的影像,而当整个社会变得功利浮躁时,孩子的心里怎么放得下一张平静的书桌?

老无所依,时代之痛(回乡偶记之五)

2004 年,湖北省监利县棋盘乡党委书记李昌平,给时任国务院总理朱镕基写信反映"三农"问题,在信中他说:"农民真苦,农村真穷,农业真危险!"

而中国最苦最穷最危险的,却是农村的老人。

父亲不是农村老人,但他这一生却几乎浓缩了新中国成立以来整个时代的缩影。这个与新中国同龄的老人,爹娘早早过世,被抄过家,啃过树皮,下放过三次,颠沛流离,尝尽世间疾苦。后来有了一个好单位,却因为体制转型,几乎是被迫下岗。好在晚年还有一点退休工资,可以勉强够自己的生活。

农村老人和他一样,也都经历过这样艰辛的岁月,好不容易实行家庭联产承包责任制,有了自己的田地,后来国家又逐步取消农业税,日子慢慢好过了,但没想到等待他们的却是更加不堪的凄凉的晚景。

2008 年,武汉大学社会学系讲师、国家社科基金项目《农村老年人自杀的社会学研究》主持刘燕舞和他的团队,在湖北省京山县进行田野调查,在历经 6 年的调查中,发现农村老人的自杀现象"已经严重到触目惊心的地步"。

最艰苦的日子都熬过来了,为何在经济条件好转时,却活不下去?

华中科技大学中国乡村治理研究中心主任贺雪峰,将这种已然形成的"自杀秩序"归因为"代际剥削":自杀的老人们年轻时"死奔"(干活干到死),给孩子盖房、娶媳妇、看孩子,一旦完成"人生任务",丧失劳动能力,无论是物质还是情感上,得到的反馈却都少得可怜。

"被榨干所有价值后,老人就变得好像一无是处,只能等死。"贺雪峰说。

大年初一,我到京山县的另一个村子去给爱人家的亲戚拜年。因为是婆家的亲戚,我们又常年在外,很少来往,和这些亲戚多少都有些疏离,惟有的是住在惠亭水库边的幺妈,她以她特有的亲和力、善良、淳朴,让我对她一见如故。

但这次去她家,却见不到真人,只能见到她在一张遗像后面向我微笑。

她也是在完成了人生的三部曲"给孩子盖房,娶媳妇,看孩子"后,得知自己患上了癌症,还没来得及动手术,就在医院里自绝于人世。

她说,孩子在外挣钱辛苦,她不想成为家庭的拖累。

什么时候,这个社会分成了两种人,能挣钱的和不能挣钱的,不能挣钱的,就该自绝于人世吗?

幺妈去世后,孙女被带到城里上学,幺叔一个人住在这空荡荡的大房子里。

以前我最喜欢在幺妈家吃饭,因为能吃到水库里最新鲜的鱼,但今天,一样的菜,看着幺妈的笑脸,却是举箸不前,难以下咽。

我不知道坪坝镇有没有这样的情况,没有做过实地调查,但我想,同一个县,民风习俗相似,老人的境况也很难好到哪里去。

本该安享天年的他们,还要守着几亩薄田,在田里干着重体力活,否则,这些田谁来种呢?只能抛荒。同时,他们还要当爹当娘,照顾留守的孩子。因为乡村小学的"撤校并点",有时候他们还要送孩子到几里外的学校去上学。

生活辛苦、琐碎、繁重。在地里刨食,自然挣不了多少钱,而社保,对于他们也是杯水车薪,一些低保户甚至还会被村干部层层盘剥。就是这从石头缝里挤出来的几个钱,还要面临日益高涨的生活开支,农用物资开支,孩子的生活及教育开支,如蝗虫过境一般的人情红包,以及寄生子女的伸手索要。

即使这样,很多子女对待老人仍弃之于敝屣。

很多老人,即使有子女,却无人赡养,他们帮儿子盖了房子,娶了媳妇,看了孩子之后,被榨取完最后的剩余价值,被赶到楼房旁边一间破旧的小屋里,一个人孤零零地住着,从此自生自灭,如果有任何的病痛或患上不治之症,只有面临着等死的命运。

中国有"老有所养"之类的优良传统,但事实上,商品社会后,这些优良传统已经被割裂殆尽。在几十年前,"老"这个字还意味着尊贵、尊重,老人为一家之尊,老人坐席要在上位,早晚要给老人请安,吃饭要给老人先盛,老人说话不能顶嘴……什么时候,"老"却成了贫、病、衰弱的代名词?

一位学者曾说:"当追求富裕成为乡村人压倒一切的生活目标,经济成为乡村生活中的强势话语,乡村社会由玛格丽特·米德所言的以年长者为主导的前喻文化迅速向以年轻人为主导的后喻文化过渡,年长者在乡村文化秩序中迅速被边缘化。"老人也从以往的一个宗族或一家之尊,变成了家族中的弱势群体。

政府当然也想了一些办法,如新农保和新农合政策的实施,对老人在经济上有了一定保障,建一些老年人协会,丰富老人的文化生活,但如果没有家庭和亲情的维系,没有子女真正的赡养和关爱,他们的心依旧会处于荒漠的边缘,看不到希望。

我觉得唯一解决的出路是重建农村文化,从一个单一的"经济价值论",到一个多元化的富庶文明的乡村,重新找回已经丢失的传统习俗和朴素的道德观,真正尊重老人,以老为尊,才能将老人从现有的困境中拉出来,真正给他们温暖和希望。

记忆中的年味（回乡偶记之六）

正月拜年的这几天，我看到大部分的年轻人几乎都转战在两个桌子之间。

一个是饭桌、酒桌，一个是麻将桌，在饭桌上推杯换盏、觥筹交错，又到麻将桌上吆五喝六、推来倒去。

这么多年来，每次回老家，多多少少都会有些改变，惟有这两个桌子的阵地却从来没有失守过。变化的，也许只是打牌的花样变了，注水的金额越来越高了。

看到一则新闻，说许多在外打工的年轻人，一年挣得的一点钱，在麻将桌上全都输光了，连回去的车费都得向家里人要。

写这则新闻的记者未免太小题大做，这也称得上是新闻么？我身边那些亲友团，一晚上下来，输赢动辄就是成千上万，当然，只是还没到无钱买票的境地。

如果说老祖宗留下来什么东西没有被丢弃的话，麻将可以算得上是其中一种，不仅没有被丢弃，还发扬光大，打得光明正大，打得盛世堂堂，打得惊天地、泣鬼神，让我等不会打的人简直无容身之地。

如果麻将仅仅只是作为一种桌面游戏，绝不可能这样盛世长兴，最重要的是，它的"注水"功能，大风起兮钱飞扬，今日入东家，明日入西家，得之我运，不得我命。

在一个赤裸裸的金钱社会里，凡是和钱相关的游戏，都被人玩得不亦乐乎。如微信红包，支付宝"咻一咻"，直接忽悠了中国几亿的老百姓。

熊培云在《乡村的拉斯维加斯》这一章中说："作为一种赌博游戏，对乡下人来说麻将更像是一把双刃剑：一方面，它让村民们日夜沉迷其中，显得无事可做；与此同时，它也在潜移默化中训练了村民们对公共规则的认同与遵守。"

对于无所事事的乡民来说，过年又不能像城里人那样去旅游、逛庙会、逛公园，有多姿多彩的活动，还是到牌桌上去玩一把吧。

确实，在乡村，年味一年比一年越发淡了，直接幻化成一场吃喝和赌博的游戏，就像冲泡了几遍的茶水，虽然还是有茶的味，茶的形，茶的色，但寡而淡，稀而薄，有其名却已无其实。

年味是什么呢？在我小时候的印象中，年味是红红的灯笼，是噼啪作响的鞭炮，是大蒸笼里热气氤氲的鸡鸭鱼肉，是期待已久的红包，是焕然一新的衣服鞋子，是南来北往的客人，是一屋子的喧闹和鼎沸的人声，是吃不完的糖果零食……这样想来，年只属于孩子们，只有他们才能深刻感受到过年的那份喧嚣和热闹，至于年背后的操劳和艰辛，那是大人们的事，与孩子无关。

记忆中的年会盼上整整一年，终于盼到过年。但越是腊月的最后几天，越是痛苦难熬，打不完的扬尘灰土，擦不完的桌椅板凳，洗不完的锅碗瓢盆，快到年三十，终于解放了，可以到集市上去买自己喜欢的年画，搬个板凳和父亲一起贴春联，春联上的几个字，自己还要装模作样读一遍。大街上张灯结彩，喜气洋洋，屋里点起灯，门口挂上红灯笼，热热闹闹，亮亮堂堂。等着吃年夜饭，祭祖，放鞭炮，当然，最重要的是等着发红包，虽然只是在手头上过了一下，第二天又要被没收去。

三十晚上还要看春晚，要吃各种零食，还要围着火盆守岁，在火盆上烤板栗或荸荠，香气诱人，吃得满嘴灰黑。那时候看电视就是看电视，不会因为抢红包而忘了看电视节目，那时候说话就是说话，聊天就是聊天，不会你我就在对面，却互相拿着手机似乎看不见。

过了十二点，迎来新的一年，忙了一天的大人们睡去了，我却执意要守岁，坐在火盆边，拿出小本子写下自己的新年梦想。那时候总是有很多的梦想和希望，以为明天会更好，未来会熠熠发光。

春节那几天，除了吃喝玩乐，最重要的任务当然就是拜年，走家串户，经常要走很远的路去乡下。那时候交通工具不便，拜年都是要用脚走的，但对于孩子来说，一路走，一路玩，给拜年途中增加多少乐趣。

更期待的是街上的龙灯舞起来，高跷踩起来，鞭炮放起来，我们跟着队伍，捂着耳朵，却因为兴奋和喜悦涨红了脸。如果谁在踩高跷时不小心摔一跤，那就更好玩了。

正月十五还要提着灯笼，在大街上溜达。那时候的灯笼，是用篾条做的框，上面糊上一层薄薄的白纸，有时候上面还会印个"福"字，我们插一个蜡烛点在里面，提着它到处溜达，照得小脸红彤彤的。

正月十五一过完，年也就基本结束了，对于我们这些孩子来说，赶紧看看寒假作业写完没有，收收心，就要准备上学了。

记忆中的年远比现在的年更加美好，也许只是因为那时候还是小孩子，可以尽享吃喝玩乐，如果是大人，想起来的年，也许只有辛苦和劳累。但不管记忆中的那份美好是真是幻，那时候的年确实有更丰富多彩的内容，才显得年味十足。

那时候物质上很贫瘠，但精神上是满足的，因为有热闹的一家人，有厚道的街坊邻里，有淳朴的亲戚，有温暖而绵长的日子，火膛里的亮光，猪油渣的香味，还有麻糖刚熬出来的甜香……呵呵，对于一个孩子来说，记忆中全是吃的味道。

因为有传统，有习俗，大家都会认认真真地过年，并想出一些热闹的花样，当这些传统和习俗日渐走远、日渐丧失以后，年也就成了一种过场和形式，徒有其名罢了。

告别"一次性"（回乡偶记之七）

从几年前开始，过年坐在饭桌上，就发现了一个特别的现象，除了盛菜的盘子外，几乎所有的东西都是一次性的。一次性的桌布，一次性的碗，一次性的筷子，一次性的酒杯……放眼望去，白色的桌布飘飘起伏，白色的塑料碗杯高低成群，就像一个白色的荒原。

任何的美食和美酒，盛在这样的餐具里，吃起来都变了味道，有些人家里，使用的是那种劣质的塑料碗杯，拿起来只能闻到塑料的味道，哪能尝得出来什么美食的香味？

更恐怖的还有筷子，有些劣质的一次性筷子，一掰就断，有的掰开后木头上全是毛刺，那种感觉，就像拿着一根树枝在吃饭。

不能否认这些亲友待客的热情，他们准备了好酒好菜，就是想让客人吃得满意尽兴。但不知从什么时代开始，这些一次性的餐具变得约定俗成，仿佛只有用上这些餐具才显得礼貌卫生。

若干年前，当一次性餐具还不盛行的时候，每年过年之前，母亲都要从柜子里搬出一筒筒的粗瓷碗碟，这些都是她精心挑选的，就等着过年的时候给客人用。瓷器也许不是特别精致，但花纹、图案、颜色她都特别讲究和挑剔。

过年前这些餐具都会洗好、沥干，直待宴席开启。她是一个运筹帷幄的大厨，什么样的食物配什么样的盘子，她都了然于心。食物盛好，端在红木餐盘上，那些盛着红肉的盘子里，她还会淋一点鸡汤，正中间洒一些绿色葱花，味道更鲜，颜色也让人看起来更加赏心悦目。

她是一个没有多高文化的人，对于生活，却有一种自然朴素的美，这种美，无关金钱，需要的只是一些小的心思和对生活的用心。

我曾看见她用几天的时间绣一个枕头套，和现在的十字绣不同，上面的图案是她自己画的，又一针一针地绣出来，然后我就有了这个枕头套，上面有两条栩栩如生的小金鱼和一些花草图案，当然，这个枕头套跟了我十几年，到现在也依旧保存着。

说到母亲这个例子，只是想说明，即使在物质最简朴的年代，依然可以多花一些心思,让生活变得更加精巧有致。认真对待每一件物品,让它成为生活的一部分,而不是可以随意丢弃的垃圾。

很难想象中国这样一个瓷器大国,现在从餐馆到家庭,却在用着这种一次性塑料餐具。也许它更省事,方便,又不用洗碗,似乎也更卫生,但事实上,购买这种一次性用品,不仅花销更大,也不见得更卫生,而且那些劣质塑料制品,甚至是有毒的。

当然,它有一个最大的坏处,就是制造了无数的垃圾。这些不可降解的塑料制品,在自然界中,要数百年才能分解,而且不管采用填埋或焚烧哪种方式处理,都会对环境产生危害。

还有那些一次性筷子,每年使用的一次性筷子,不知要毁坏多少树木森林。多少年前都开始批判,而现在却依然在餐桌上大行其道,甚至有愈演愈烈之势。

我不知道过年这些天,每家从餐桌上撤下的塑料餐具垃圾都扔到了哪里,连同那些花花绿绿的食品包装袋,我们正在以惊人的速度,制造着百年都难以分解的垃圾,而农村的垃圾回收,相比于城市更随意、更盲目,所以我们能看到河边触目惊心的垃圾堆,它们的毒素渗透到河里,又流向远方。

我们努力地生活,只是为了让生活变得更美好,没想到却变得更加粗陋,更加不管不顾。就像熊培云在书中所说的那样:"这个时代,仿佛一切意义都被掏空,人们只顾眼前,没有过去的理想,没有未来的责任,没有长远的幸福,也没有恒久的痛苦。一代人生产,一代人消费,一代人狂欢,一代人哭泣,一代人创造一切又终结一切。"

痛定思痛，继续前行（回乡偶记之八）

　　"回乡偶记"写到第八章，到了该结尾的时候。

　　写了这么多，我很想给它安一个光明的尾巴，让无力者有力，让有力者前行，在痛定思痛中，有继续前行的勇气和力量。

　　不知道这么多人看后，内心得到触动的同时，是否能够在行动中有所改变？

　　"'谁能不顾自己的家园，抛开记忆中的童年，谁能忍心看那昨日的忧愁，带走我们的笑容……'我时常怀想 80 年代，怀想那个理性与心灵的花朵并蒂绽放的时代，以及那个时代里有爱也有家园的歌谣。没有谁愿意抛舍自己童年时的田园与记忆，没有谁愿意故作忧伤，尽管我所谈论的村庄原来也一无所有，尽管它现在也在生长希望，然而，当我看到近年来故乡沦陷的各种，并且为此伤感时，我总是同样忍不住去想——笼罩在普通中国人身上的最真实的黑暗与无奈，不是遥远非洲的某场屠杀，不是地中海东海的冤冤相报，甚至也不是外国势力对本土势力的觊觎，而是这片土地上的势如破竹的弱肉强食，沦陷了一个个村庄。"

　　这是学者熊培云发出的一声嗟叹，也是我在写完这么多文字后，内心的悲伤和沮丧。

　　谁的故乡不沦陷？在看到种种无奈现状的同时，我们总得做点什么吧。

　　中国台湾慈济会的证严法师一生都在见证这样一个信念：既然人都是观世音，如果能让有爱心的人一起来做事，那么人人都是千手观音。

　　与其坐而论道，不如起而行之，只有行动，才能看得到改变的希望。

　　20 世纪 60 年代，法国著名实践派社会学家孟德拉斯出版了一本书，叫做《农民的终结》，写这本书时，他以为农业时代即将终结，乡村即将凋亡。20 年后再版时，孟德拉斯给书加了一个跋，追补了其后乡村的改变。

　　十年来，一切似乎都改变了，村庄都现代化了，人又多起来。在某些季节，城市人大量涌到乡下来，如果城市离得相当近的话，他们有时甚至会在乡下定居。退休的人又返回来了……这样乡村重新变成了一个生活的场所,就像它同样是一个农业生产的场所……今天的乡下人享有城市生活的一切舒适:统计数据表明,在巴黎人、城市人、郊区人、小城市居民和乡下人之间,已经不像20年前那样具有系统的区别。所有的家庭都配备有浴室、现代化厨房、洗衣机、电冰箱、电视机和小汽车……乡镇在经过一个让人以为已死去的休克时期之后,重新获得了社会的、文化的和政治的生命力。

历史不会简单重复,却有着惊人的相似。许多国家都经历过商品化经济浪潮对农村的冲击,但在经历一段时间的阵痛以后,乡村会慢慢回归,这段时间对于法国来说,是二十年,但对于中国,时间只会更长久。

因为法国早在几百年前就经历过文艺复兴,经历过大革命,经历过自由和人权的启蒙,而中国的农村则直接脱胎于漫长的封建社会,又经历过百年的革命和动荡,经历过各种运动和不断变化的方针、政策、路线,现在依旧是在摸索着跌跌撞撞往前走。

还好迎来了互联网时代。一个新的乡村的崛起,来源于互联网的兴盛,来源于人的思想观念的改变,更来源于政府在这个时代向民主和自由一步步迈进。

坪坝镇虽然偏僻落后,但因其历史渊源、文化背景,百年的老街、古庙,苏家垄文化遗址,槐树香山仙人寺的秀美风光、革命遗址、历史传说,可大力发展生态旅游业、生态农业,既能发展经济,又能保护生态,何乐而不为?

每个人都有追求美好生活的权利,一旦家乡变得更文明、富庶,相信很多在外打工的人也会纷纷回流,毕竟他乡不是故乡,他们的归来不仅会带来财富、技术、资源,同时也会带来更开放的观念和思想。

“葬我于高山兮,望我家乡”,每一个在外漂泊的游子的内心,都安放着一个故乡,那是灵魂的栖息之所。我相信中国也会像英国、美国、法国等其他许多完成转型的国家一样,乡村并不会随着现代化的进程而隐退。乡村依旧广阔,像大地一样安放着城市,让城市里的人们不因为走得太快而丢掉灵魂,不因走得太远而忘记因何出发。

第四章 "坪坝人"微信公众号

我手写我心，我手写我家乡。

我与"坪坝人"微信公众号

一

2016年春节过后,我在天涯论坛上发表了一篇《回乡偶记》的文章,当时,引起了极大的争议和反响,就像一粒石子扔进水里,溅起阵阵涟漪,最终,一切归于平静。

这是最好的结果,我的使命似乎也该结束了,我能做的也只有这些。当时,我们的邻镇,湖北省京山县罗店镇马岭村,有几个企业家联合回乡创业,发展现代乡村农业,把一个偏僻落后的小山村变成全村共同拥有的股份制企业,取得了良好的经济和社会效益。这是一个很好的范例,但对于我们这个小镇来说,却无法效仿,最主要的是,没有人,没有几个有眼光有胆识的人回乡创业,对于我来说,也不可能做到。

只能在千里之外遥祝故乡安好。

后来,在微信群里,我结识了坪坝镇的党委书记,一番交谈后,改变了我对地方基层官员的印象,至少在我看来,这位刚刚上任的书记还是很有魄力和作为的,眼光也很有前瞻性。而他上任后的主要目标是将坪坝打造成为一个历史文化名镇,我的想法几乎与他不谋而合。

在和他的聊天中,我忽然有了一个想法,想为坪坝镇政府做一个微信公众号。

这个微信公众号将不同于那种官样文章,它的素材几乎都是原创,由本地人所写,既是为了联系乡情,将在家和在外的游子通过这个平台联系起来,同时也是为了宣传发展,介绍坪坝的历史文化,让外地人知道坪坝,让坪坝人更了解坪坝。

那么,就开始做起来吧。虽然当时面临着很大的问题,主要是素材和稿源,一周两期,这些源源不断的文章从哪里来?而且我们尽量坚持原创的原则,本地有那么多的写手和作者吗?做一段时间,稿源枯竭了怎么办?

对于我来说,一周两期的发稿量也是一个艰巨的任务,毕竟我只能抽时间做这个事情。

不管面临着怎样的困难,先做起来再说吧。

二

终于,"坪坝人"微信公众号第一期出刊了,在出刊辞上我这样写道:

"今年春节过后,我在天涯论坛上发了一篇《回乡偶记》的文章,传遍了整个坪坝镇,辐射到整个京山县城,网上也有16万的阅读量,500多条回复,一时间热议不断,坪坝的现状也成为整个农村的现实缩影版。

我写这篇文章并非想要揭露什么,只是想直面现状,然后有所改变,我不想一时的议论过后,坪坝还是那个坪坝,没有带来任何的改变,我不想成为那个发了几句牢骚后就拍拍屁股走人的矫情的看客,我想成为坪坝变革与发展的亲历者与见证者,你也一样。

相信以后会有更多人看到坪坝的发展,'坪坝'这个名词不再成为农村衰败的缩影,而成为农村发展的代名词。

如何变革? 如何发展? 坪坝和全国大部分小镇一样,正处在时代发展的交叉路口,从传统的农耕时代,到大部分劳动力都外出的打工经济,而现在,在这个时代的巨变浪潮中,需要重新审视这个小镇,找到一条属于它自己的发展之路。

从历史的纵向来看,坪坝有过自己的繁盛和荣光,但那种传统的手工业经济和商贸往来已经成为过去,尽管如此,遗留下来的历史、传承、文化,依旧是一笔巨大的财富,包括苏家垄出土的西周的青铜器,以及下安寺的建寺时间,最新发现,可追溯到明朝。

这种历史文化渊远,成为整个坪坝人的根,同时,也是新坪坝发展的一张名片。

从发展的横向来看,走到时代交叉路口的坪坝,既不能沿袭传统农业的老路,也不能涸泽而渔,发展高排放重污染的工业经济,而是应该走出一条新路,因地制宜,发展旅游观光、生态农业,变成一个环境优美、文明富庶、和乐安康的小镇。

这是我的理想,相信也是你的理想。

建立'坪坝人'这个微信公众号,一是为了联系乡情,在家或者在外的游子都可以通过这个公众号联系起来,二是为了宣传和发展,让外地人看到坪坝,让坪坝人更了解坪坝,既了解它的过去,也能看到它的未来,同时献计献策,共同关注、见证、亲历它的发展。"

本以为自己的使命已经完成了,没想到,依旧任重而道远,我不再只是一个匆匆过客,我已经成为和这片土地息息相连的主人,哪怕我远在千里之外。

三

公众号就这样做起来,一期一期,介绍坪坝当地的历史、文化、风俗、习惯、传统,写这片土地上的人和事。刚开始并没有多少人知道这个公众号,随着网络宣传的扩大,慢慢地有越来越多的人订阅了这个公众号,并主动投稿,写自己心中的故乡。

随着写稿的人增多,留言评论的人也越来越多,逐渐把这里当成是寄托乡情、抒发自己情怀的平台,毕竟很多人和我一样,在外待了那么久,对故乡日渐疏远和隔离,这些文章,又让自己重新找回儿时的记忆,找回那些已经模糊和淡忘的岁月。

除了寄托乡情,还有一个目的就是探讨农民最关注的一些热门话题,如关于土地流转、大病救助、环境污染、发展模式等等,通过这些文章的引导,慢慢地,一点一点地,改变固有的传统的思维模式,接受新的观念和思想。

单靠几篇文章就能改变人的思维,这并不太现实,但时代是在不断向前发展,观念的更新也是春风化雨、潜移默化的,草色遥看近却无,也许一时看不到多大的变化,但从长远来看,依旧会有一个大的改观。

我在《回乡偶记》中提到的那些问题,关于空心村、关于养老、留守儿童、赌博风气……当时只是意气用事,提出了那么多的问题,只看到表象,却没有实质性的分析,而在这个微信公众号上,却对每一个问题都进行了仔细地分析和探讨,我相信,当越来越多的人开始关注这些问题时,总会有一些突破和改变。

看到有许多分析农村现状的文章,我觉得盲目悲观或乐观都没有太大的意义,它不会变得更好或者更坏,这个小镇的发展必将随着时代的发展而向前流转,根据现有的发展目标来看,坪坝已经被携裹到时代的快车道上,希望它能够借着这个机会,有着质的飞跃和发展,沉寂了这么多年,坪坝终不可能永久地沉落下去,成为一个只有乡愁而没有前途的地方。

走 出 山 坳

文/龙跃洲

一

一连数日的头痛和失眠,不得不告别宋河高中的校园,从宋河的鲍河桥头,顺着天子一直往坪坝方向,不知走了多久,艰难翻过圈子岭,就是坪坝的沙庙村了。其时正是农忙收晚稻的季节,害怕看到熟悉的村民,一路躲躲闪闪总算熬到了龙家湾。当我疲惫不堪、耷拉着脑袋昏昏然走进家门时,父母和四姐正在院子里用风车车着谷,母亲在上谷,四姐在摇,父亲在把装好谷的麻袋往屋子里扛。我有气无力地倚靠着大门门框,大概是饿了太久吧,头有些晕眩,呆呆怔了片刻,颓然放下书包,恹恹喊声:"妈,我回来了。"

四姐和父亲似乎在专注干活,母亲的耳朵永远是那么的尖(坪坝语中形容耳朵好使称为"尖"),放下刚举起的簸箕,一下子就看到了我。我分明看到她的惊诧、愤怒继而心疼的表情,我低着头,准备迎接她劈头盖脸的痛骂。聪明的母亲似乎刹那间明白了是怎么回事,我看到她转头擦去了噙满双眼的泪水,直奔我过来,我顺势歪倒在她汗水浸透的衣衫还弥漫着稻子清香的怀里,不争气的眼泪夺眶而出……

一碗热腾腾的鸡蛋面,一盆温度适合的洗澡水,躺进虽有补丁但干净的被褥里,我度过了一个安稳舒服的夜晚,睡意蒙眬间,只是隐隐感到母亲一夜都坐在床头。

1988年秋天的某一天,我结束了12年的学校生活,回到左边有座马鞍山,右边有座仙境寨,后面有个煤塘沟和大寨田的坪坝镇杉庙村龙家大湾。

二

一脚踏入社会,准确地说是踏入杉庙二队,我才发现"农村是一个广阔的天地"与现实有点不一样。

堂屋右边的一间正房收拾一下算是我的房间了,记得二哥在这间房里结的婚,分家出去后,又成了三哥的婚房。三哥结婚分家搬到左边的房间,自立门户了。只是堂屋还是公用。房间很暗,只有一扇小小的木窗(那时还没有玻璃窗),墙上糊过一层又一层的报纸,大多已被老鼠撕碎或剥落。白色的蚊帐被灰尘染成浅黄色,冰凉的秋风里蚊子还顽强挣扎着觅食,地面凹凸不平,扫把刚落下就灰尘飞扬,母亲慌忙洒了些水才压住粉尘。我躺在散发着阵阵霉味的床上,抬头满眼是堆满的杂物和黑漆漆的瓦片,一张蜘蛛网霸道地占据了亮瓦旁的整个角落。母亲出去后,我把窗关上,中午外面艳阳高照,房间却漆黑一片,只有屋顶被树叶没覆盖完的两片亮瓦,隐隐透过一些微弱的光线……

母亲每天带我四处求医,辗转于赤脚医生、偏方郎中和大小医院之间。生活的调理和药物的配合让我吃饭睡觉明显好转起来,偶尔抢着帮家里干农活搭把手,开始母亲还不让,后来就半推半就,再后来就干脆分工派活了。

深秋的黄昏,干完农活后,我喜欢坐在水库堤坝上,看残阳慢慢消失在西边的马鞍山坳,人们在田里各自忙碌慢慢收工,无边的黑暗一下笼罩了整个山村,几十盏昏暗的灯依次亮起,袅袅的炊烟缓缓升起,月亮出来后,除了偶尔几声狗吠,湾子便陷入死一般的沉寂。

三

分田到户的杉庙二队,每人只有七分地。后面的山除了石头就是那些似乎永远都长不大的柏树和杂木。听父亲说当年后山上也长着遮天蔽日的大树,最后因为大办钢铁砍伐一空。那时打工还没兴起,全村的男女老少都窝在家里。二队里扳指头算起来,最有钱的除了夫妻俩都是教师的丁家,就是下湾的国四家吧。国四的父亲是村里有头脑的前辈,分田到户后就开了一家榨房,加工香油和菜油。国四和他三哥国海每天把湾里都整得香喷喷的,村民在羡慕嫉妒恨中眼巴巴地看着他们干完活后,换上街上刚流行的花 T 恤,手里捧着个茶杯,悠然自得的从下湾走到上湾,吆喝着人打牌。特别是那天买回一台录音机,很多人跑去看,彩灯旋转处费翔扯起嗓子喊着"冬天里的一把火"。有些不服的村民,愤愤不平地嘀咕,有几个小钱就发抛(显摆和嘚瑟之意)。

日出而作、日落而息的日子才真正让我体会到度日如年的滋味。

贫贱夫妻百事哀,我的病休,给本来就刚给三哥结完婚的家又蒙上一层阴影。最怕看到的是没钱赶人情时父亲抽着闷烟双眉紧锁的样子,母亲总会不停地唠叨,有时还吵得鸡飞狗跳。但吵归吵,如果赶上家里青黄不接确实变不出钱来时,母亲会去找亲戚借。记得有次借钱回来后就把父亲一顿臭骂:"我一岁没娘,四岁爹走了,没半个姊妹,十六岁嫁给你,哪里享过一天福? 八个小孩我一泡屎一泡尿的把他们养大容易吗? 年轻时你当书记到处开会,小孩不管,只管自己吃喝逍遥,哪管我们死活啊,现在把他们一个个养大了,我得了一身月子病,这样的日子熬到么时才完……常话说:末罢儿子中状元,想结个秋葫芦,哪知道:指望葫芦一天大,一结结个纠疙瘩。你看看跃洲,书不读,农活不想干,郎不郎秀不秀的,对面的德州和他同年的,人家现在去城里做生意呢,我怎么就这么造业的命啊……"唠叨快要变成声泪俱下时,在父亲的示意下,母亲一回头,突然看到在后面默默无语的我,她慌忙用袖子把眼泪一擦,默不作声低头忙着做事去了。

四

时间永在流逝,乡村依旧太平。几天的农忙结束后,大家除了放牛,就是比着砍柴。逢大雨天,好热闹的男人们就会聚集在我邻居三婶家,下象棋,偶尔打扑克拖拉机。有点钱的三打一赌香烟,没有钱的打输的贴纸条,打着打着就会争得面红耳赤。有人作弊,有人放炸糊,大伙在吵闹中乐得前仰后翻哈哈大笑,给死寂的山村平添了无穷的欢乐。等到谁的媳妇或老妈扯着嗓子喊着小名催回家吃饭时,大家才意犹未尽,依依不舍的散了。

砍柴大概是当时村民最主要的大事吧,每家门前有个柴垛,谁家勤快能干会持家,谁家懒汉娶了懒婆娘。柴垛的大小高低一目了然。能看到现票子的时候是扒蜈蚣的季节,初春的几声惊雷后,村里的男女老少齐上阵,开始了扒蜈蚣的抢夺战。像找金子般把后山和田埂翻个遍,缺德的人连别人的祖坟也不放过。我也很是卖力,一季下来,至少可以卖几十元添些喜欢的新衣。被蜈蚣咬了是件苦不堪言的事,听到谁谁被咬疼得哇哇大叫喊爹喊娘的嚎哭时,心里暗笑真娇气,可有一次自己被咬,手指肿得像条肥肥的胡萝卜。我硬是忍着没叫,母亲安慰我,等鸡叫头遍时就不疼了,可是鸡一直把天都叫亮,彻骨的疼痛也没停下。

总之,扒蜈蚣的季节是全村男女老少最惬意的一段快乐时光。至于婆媳交恶,弟兄妯娌之间因为屋地基的界限或一棵树苗的归属,或是一些鸡毛蒜皮阿狗阿猫的小事大吵大闹甚至大打出手的时候,每每都会让湾里着实沸腾一把,好长时间成了好事者茶余饭后津津乐道的话题,倒也给死寂的乡村平添许多生机。

五

无言无助的日子,残忍地教会我必须面对所有的一切,屋旁的桃花梨花开了又谢,谢了又开,牵着的老牛愈发老弱不堪。一些外面的消息间或传来:某位同学考上了师范，还有几个还在复读不跳农门不罢休，谁谁接了老爸的班，端上铁饭碗了……我没事就坐在水库堤坝上发呆，不由得想起读书时的点点滴滴。可一回头，突兀在眼前的却分明总是马鞍山和仙境寨那两座光秃秃的大山，不知是谁给他们起了如此诗意的名字，在我看来简直是一种莫大的讽刺。不管日子如何难挨，几年时间还是在春去冬来中摇摇晃晃渐渐远去了。

不知哪天坪坝突然冒出两个万元户，除了做粮食生意的姚××，另一个居然是杉庙一队的金××。不知道金××是如何发的财，只知道他成了当时坪坝有名的包工头，其父是个哑巴，很多人把他的成功归结成是祖坟埋得好，据说坟上还长了棵弯柏树。一时间，村里很多人跟着他，或当学徒，或打零工。父亲和母亲一起商量着让我也去提提砂浆打打零工赚些钱。大概是读了些书，更怕灰头土面地见到认识的同学，我是死活不肯，最后他们也只得作罢。

湾里的年轻人相继出去了，志海去给金××当学徒，上湾的国平、维平去了宋河麻纺厂，维军和下湾的维华去了宋河轻工机械厂，家军哥当了民办老师，远金当了兵，李刚去了一家化肥厂，继波、继涛去了东北，三哥和对面湾的海葵去了福建。春国叔和远发去北京工地做小工去了。

村里的中年人，刚成家、还没成家的年轻人，甚至刚过门的新媳妇，都在春节元宵节后相继出门，站在熟悉的村口，看着熟悉的他们或独行或三五成群，扛着蛇皮袋，在父母哥姐的簇拥下，兴高采烈，三步一回头，依依惜别。我变得更加沉默起来。

村里一下就只剩下国四的油作坊，世华、家伟和我了。爸妈急得团团转，工地上他们怕我吃不消，再者读了十几年书怎么也得找个稍微体面些的事吧。进工厂没钱没门路，去宋河麻纺厂和轻工要集资2000元，对当时的家境无异于天文数字。记得有次二哥回家，大概是为了安抚父母抑或喝了些酒一时高兴，说能想办法把我搞进轻机。以后的日子，生活充满了期盼，等着二哥回家。每每看到我心灰意冷发呆时，母亲就会安慰我："没事的，等你二哥把你弄到轻机上班就好了。"可随着时间一天天过去，二哥没有半点消息，进厂的希望一点点消散在家乡的田间地头。

六

父亲很会折腾，是村民眼中的能人，自村支书退休后，自恃有些文化和见识吧，花样倒玩了不少。为社办企业搞过玻璃厂，记得把家里最好的腊肉招呼师傅，以求告诉他秘方，可做出的镜子谁照谁变型，后来又搞红纸厂，种西瓜、烟叶，养蚕，养鳝鱼等，记得最后一次养兔子，在院子里做了一排低矮的瓦房做兔舍，东借西凑请木匠做了兔笼，父亲大老远到天门县乐呵呵地买回一公一母两只种兔，仿佛买回了一棵传说中能坐地捡钱的摇钱树。种兔倒很争气，几个月后就呼啦啦生了一大群，看到一天天长大的兔子,却一点销路都没有,搞得满院的骚味不说,眼睁睁看着它们糟蹋粮食和劳力。面对母亲一天到晚数落,没办法,父亲只得低价处理,本钱都没换回,倒把那些跑外省的贩子笑得眼眯成了一条缝。几次折腾后,父亲老实了,但毕竟还是比别人有眼光些,两亩地种西瓜,套上烟叶,再种晚稻。比传统的种法还是增收了些。农村人讲究的就是实际,当父亲再提新想法时,换来的都是母亲的讪笑和责骂。

每次看到金××戴着皮手套,一袭黑色呢子大衣,骑着一辆黑色的小嘉陵从门前呼啸而过,我总会努力在记忆中寻找他没钱时落魄时的潦倒样。心里暗想:什么狗屁弯柏树,穷则思变,有闯劲,能谋事呗。当父亲再次提出搞个小酒作坊,喂猪发展养殖业种植业时,我马上响应,一反平常的沉默,还头头是道地附和着父亲的决策。母亲终归是明事理的人,看我有积极性,终于露出久违的笑容。

第二天起得很早,我破天荒上街了,清清爽爽理了发,又下狠心把攒下的几块钱买了幅励志字画。回家后我用弄来的新报纸开始糊墙,一天下来,小屋子已被我弄得焕然一新。旧迹斑斑的土墙壁不见了,床头的桌子擦得发亮,再放上几本书,把字画让父亲帮忙挂上。微弱的灯光下,墙上的那幅字画熠熠生辉:"吃自己的饭,流自己的汗,自己的事自己干,靠天靠地靠祖先不算好汉"!父亲看后备感欣慰,开心地笑了。

启动资金短缺,我和父亲借遍了整个二队的坛坛罐罐,淳朴好心的乡邻没有半点推脱,只要是里面上了釉的坛子或缸我们都借了,我和父亲用毛笔在坛上标好他们的名字。二十几个形状各异的小坛子,六口大缸,又向几个姐姐家借了些米,把自己家的口粮全部凑上,龙家湾米酒厂成立了。

师傅是三姐夫的亲哥哥,很讲义气的一个人,几杯酒下肚就拍着胸脯:你们放心,学费我不收半分,手艺保你们学会。

那是我休学后最开心的一段日子,紧张地筹备着,一切就绪,就是没钱买冷凝器,师傅说只能因陋就简,买口大锅,下面加柴火,酒气遇冷后变酒珠,酒珠汇成酒水,一样能出酒,就是人辛苦些。

开张的那天紧张而忙碌,在师傅的亲自指导下,把米拌酒曲后糖化,五天左右出酒。

终于等到要出酒的那天,既兴奋又紧张,我打起赤膊挑水,添柴加火,父亲和师傅忙前忙后,看着师傅斜叼着香烟,得意地东看西闻,像庖丁解牛中的庖丁解完牛后欣然四顾。我知道一定是成功了。中午时分,我看到清清的酒成了线,汇成一股泉水般的酒,香喷喷的从木管子流出来时,眼睛一下湿润了,心里美滋滋的。透过酒雾,我似乎看到金××的小嘉陵正风驰电掣而来……

忙碌充实的日子总是过得太快,半年时间不经意就过去了。借的酒坛还给左邻右舍,把先前的两间土屋打通,几十个从毛河窑厂定做的坛子整整齐齐地摆放好,几口崭新的大缸骄傲地站成一排,又在院子里搭建了几件猪舍。两亩地全部种上了西瓜、烟叶和晚稻。父亲又从三合借了一头母猪,每次下崽给主家一个小崽就行。

闻着酒香,还清生病时欠下的钱。看着吃酒糟长得油光水滑拖着大肚子的母猪和四头活蹦乱跳的半糙子猪,我做事更欢了。西瓜和烟叶更是长势喜人。为了奖励,父亲还答应我花80元买了台二手的录音机,块头不比国海的小,听着"篱笆墙的影子",想想里面的万元户小根,居然想去打听金××的黑色小嘉陵究竟要多少钱呢。

可是还没高兴多久,厄运就不期而至,我的发财梦又是竹篮打水一场空。

七

一连干旱十几天,看到田里正在挂果的西瓜,父亲心急火燎。天气预报说还有数日无雨。经验不足的父亲决定放水浸泡,刚泡完第二天,大雨如注。西瓜是最怕放明水浸泡再下雨的,等雨过天晴时,西瓜藤一下全快死了,六成半生不熟的西瓜露出来,一分钱没卖到,都成了猪仔们的盛宴。

一家人刚从夭折的西瓜中恢复平静。不幸的事又接踵而至。

那是一个雨天的早晨,天才刚放亮,我正在熟睡中,就被母亲的哭骂声惊醒了。母亲大声喊道:"你们快起来啊,墙被挖了个大窟窿,鸡被哪个挨千刀的偷得不剩一只啊。"我迅速爬起来,跑到鸡窝旁时,母亲已哭成泪人,父亲抽着闷烟。我跑到猪圈一看,还好,四头一百多斤的猪都还在。又去看看母猪,刚下的一窝猪仔正围躺在猪妈妈身边熟睡呢。

可当它们跑过来时,细心的母亲还是发现了异样,结果让人大吃一惊,母猪腿瘫了,小崽死了几只,四头糙子猪脚趾烂得血直流,分明就是前些日子盛传的五号病(按规定要交给兽医站活埋)。不知怎样还是走漏了风声,第二天兽医站的站长来我家,父亲大概是豁出去了,因为以前工作中的交情吧,猪没被拖走。父亲一咬牙让杀猪的小姐夫连夜把猪全杀了,把四个脚蹄卸下来埋掉。天不亮就用麻袋装好偷偷送到武汉批发市场,虽卖得便宜,总算捡回些钱。看着空落落的猪圈,一家人欲哭无泪。

随着生活水平的提高,喝小作坊酒的人越来越少了,罗兴、红阳开的两家小作坊相继倒闭。没办法,父亲每天挑着酒穿街走巷,也只有些老人看些老面拿谷换些,除了用柴换酒的就是欠账的,周转一下就不灵了。西瓜泡汤,猪圈空栏,就眼巴巴地等收完稻子好有米做本了。

两亩地的晚稻长得郁郁葱葱,这次的种子是父亲从报纸上看到,据说可以亩产过千斤,味道还好。记得他买回种子时如获至宝,看到那用袋子包装得很精致的种子,似乎看到金灿灿的谷穗在风中摇曳。

可到了收割的时节,我家的两亩地却实实在在长的是一田茂密的稻草。父亲遇到了卖假种子的骗子。母亲哭着要和父亲拼命,昧良心的骗子,这可是我们一家人的口粮啊!

这年的冬天比往年似乎来得更早一些,厚厚的积雪把屋顶压得严严实实,寒风在四壁徒空的土屋里乱窜,平时偷吃惯酒糟的老鼠急得吱吱地叫,气得父亲拿着扁担四处追打……

不知是怎样熬到了春节,是父亲在街上写对联忙到大年三十才勉强办回年货。除夕的夜晚,鞭炮声充斥了整个村落,躺在床上,我一夜无眠,黑暗中无数的镜头在交替闪现,母亲愁苦含泪的双眼,父亲双鬓的白发和佝偻的背影,那从做营养钵、下田、施肥、剪枝到压藤洒下了我们全家多少汗水的西瓜地,还有那活蹦乱跳寄托我所有梦想的猪仔……不是说天道酬勤吗?不是可以勤劳致富吗?为什么?为什么?!我第一次开始恨生我养我的杉庙二队,心里想到的全是最恶毒的词:穷山恶水,鸟不拉屎的鬼地方,鬼不生蛋的鸟地方……

八

随着时间的流逝,不知不觉间我成了村里的大龄男子。与我同年的李刚、远发结婚了,国四也定亲了,母亲打着啧啧夸他的媳妇长得俊呢。在当时的农村过了 22 岁就该结婚了,看着过完年就 26 岁的我,母亲总是长吁短叹。记得前年沙庙一队三个大龄男子从四川各花 2 000 元买回媳妇,其中一个后来跑了,另外两个很成器,人勤快不说,还上会孝敬公婆,下会讨好姑嫂。现在每天挺着个大肚子从我家门口经过去逛街,羡慕得沙庙二队几个年过三十的单身汉拼命攒钱,也准备去四川买媳妇了。

母亲使出浑身解数,鸡蛋、面条、白糖没少送,可任凭媒婆说得天花乱坠,物色了好几个,每次被通知要见面相亲,可总是被临时取消。母亲气得不行,说非得找个算命先生卜上一卦。

那天母亲和我来到坪坝老街,报上我的生辰八字,专求婚事,算命先生用手掐掐,口中念念有词,神情凝重,神乎其神,我正暗自好笑。他突然双手舒展,慢慢喝口茶,八字长须轻轻一拂,开口了:"此话不往长处讲,说多了是奉承……一岁行运……哎呀,你这个儿子啊,将来还有些出息哦,恐怕要吃半工半农的饭。婚姻不消急的,25岁之前结婚恐怕有克。你现在说得再多也成不了,只听楼板响,冒看人下楼哈,过了明年不需媒人,媳妇自己往家里跑。"又抽了一签:黄色的旧纸皮上画着一个老鼠拖了个葫芦。不识字的母亲一看就满脸堆笑了,递过两元钱,拉着我高高兴兴回家了。父亲听了,不以为然,尽管口里咬文嚼字揶揄道:"算命排八字,出钱养瞎子。"但我分明看到他紧皱的眉头瞬间舒展开来。我向来是不相信命的,我只相信事在人为,可算命先生偏偏怎么就嚼得那样准呢?

不管怎样,每年正月初二还是我最难受的时候,坪坝的习俗中那是走亲妈吃荷包蛋的一天。一大早,不大的湾里,到处都是打扮时髦成双成对刚对上亲或刚结婚的新人,还不时传来阵阵打闹和发嗲声,在左邻右舍异样的眼光中,虽然我不以为意,但还是感到自信正一点点褪去。躲在屋里睡觉,妈妈也很知趣的不叫我做事。

世俗和贫穷真是可怕的东西啊,读书时那个在篮球场上纵横驰骋,会吹笛子,能作几首小诗,踌躇满志、神采飞扬的轻狂少年呢?在这无声的山坳,那份桀骜不驯,那份青春洋溢的激情在父亲的叹息和母亲的眼泪中早已消失殆尽,只有在夜深人静的夜晚,满腔的愤懑忧伤和着涩涩的泪水,在日记本上肆意地宣泄和诅咒……

九

艰难过完了 1995 年的除夕夜,又到了黑色的大年初二。春节前村里就积了一层厚厚的雪,麻纷细雨飘飞的时候,天气愈发显得清冷,一大早起来我帮父亲把火塘生燃,选了个最大的树兜子迎接四个姐夫。在他们拼酒嬉闹中我草草吃好饭就进房看书了,因为都不远,几个姐姐在招呼好客人后晚上也赶了过来。火塘屋和我的房间隔着一个厨房,大人们都在里面烤火。夜已很深了,我看到火塘屋里灯还亮着,上完厕所,我走过厨房正要推门而入,突然听到大家好像是在谈关于我的事情。

父亲叹了口气说道:"老幺的婚事你们几个姐姐得帮忙操心啊,再一晃就 30 岁了,家翠,你们队没合适的吗?"大姐答道:"有是有几个,都嫌二队是穷窝呢,山不山,畈不畈的……还有的嫁外省去了呢,时代变了,都不愿回老家了,我们队有个小姑娘才出门几个月,过年回来,这冷的天还穿超短皮裙子洋气得很,嘴唇画得像猴子屁股,还憋腔憋调一口普通话呢……"二姐心直口快:"老幺的婚事是不好办,我托了好人,情况和大姐那边差不多,现在打工把人的心打野了,莫说老幺,我们队三十出头的就好几个……"母亲气不打一处来,拦住二姐接过话茬:"那照你们说老幺就只有打单身汉了,你们自己一个个大了就不管了撒? 会干活,心地好,人长得差点也可以啊……"大家正七嘴八舌时,突然听到父亲说:"看情况本地是不好找,这样吧,我等你大哥回来再商量,你们七姊妹都出钱,开春后,和四川那边联系哈,多花点钱买个漂亮识字的回来……"没想到这样的话竟出自我最敬重的父亲之口,他可是当了 36 年、有文化的老书记呀。

我突然觉得受了好大的侮辱,只觉得血往上涌,踉踉跄跄返回自己的房间,和衣扑进冰凉的被子里,蒙上被子,眼泪早夺眶而出……心气向来很高的我感到受了极大的伤害,说实话,对于婚姻我从没着急过,我知道只要把事做好,改变贫困,怎会讨不到好姑娘呢,如果这样穷困潦倒,吃饭都成问题,结婚又有何用,不是把别人往火坑里推吗? 虽然拗不过母亲也会相亲,没有看上眼的,单身又何妨?! 可是村民们不这么想,他们只知道年纪大了就要讨老婆,讨不到老婆就是很丢脸的事,寒不择衣,贫不择妻,传宗接代才是正经事,至于结婚后有没有感情可以不用管。父母不这样想,他们一辈子最伟大的事就是女儿出嫁,儿子结婚,老了还带个胖孙子。他们根本无需去了解或理解下一代的真实想法和情感需求,在他们一厢情愿的关心和呵护中,虽然他们认为那是对子女最朴素的爱,但有时何尝不是一种善意的伤害呢?

不知过了多久,我爬出被子,擦干眼泪,只感到一团熊熊烈火在胸中燃烧,铺开纸,愤然挥笔狂草:龙游浅滩遭虾戏,风生水起谁可敌?笑看人间万事空,此去蓬莱论英雄。玉帝惊献桂花酒,嫦娥抚琴忆峥嵘,世人皆醉我独醒,不恋红尘一万年。

十

在偏激的情绪下,在大年初二这个举国欢庆风雪交加的寒夜,我感到彻骨的疼痛和悲凉,感到沙庙二队的山坳无论如何再也容不下我了,也没有任何值得我留恋的地方,要改变一切只有自救! 带着对它无尽的怨恨,我毅然决然下定决心:逃出山坳! 远离坪坝! 风萧萧兮易水寒,壮士一去兮不复还。如鲁迅所言:走异路,逃异地,去寻求别样的人们。

第二天一早我就对母亲说:"我要出去打工,准备路费吧。"因为担心我的身体,她没有做声。父亲闷着抽了一支又一支的香烟,最后突然甩掉烟屁股,用坚毅的目光看着我说:"孩子,好男儿志在四方,你出门吧,记住爸爸的话,穷不弱志,富不癫狂,不做犯法的事,好好闯吧。"母亲深知我的犟脾气,父亲这样说,她除了担心也无可奈何了。吃饭都找不到筷子了,不出门又能咋样呢?

没有好的地方去,把家里所有的亲戚,亲戚的亲戚,闷在心里算算,也没有一个能帮上忙的,唯一说要人的只有春国叔和远发干活的北京工地。我心里暗自发狠:只要离开沙庙二队,在外面再苦再累我都不怕,就是掏厕所下水道睡桥洞也愿意!

终于等到出发的日子,回来接人的包工头居然连路费也包了,省去父母的一大心病。不知是伤心还是兴奋,出发的那天,天还没亮我就起来了,没想到母亲起得更早,把干净的被子捆好了,连同换洗的衣服牙膏等一起装进一条擦得干干净净的蛇皮袋。几个鸡蛋,还有春节没吃完的麻糖、花生、板栗用一个盒子装着递给我说:"这是你路上吃的,你把这条新裤子换上,我把裤腰拆开给你缝了100元钱在里面,免得小偷弄跑了,要是吃不消就坐车回来。这50元钱是给你路上和过去买东西的,在家千日好,出门一时难,性子收着点,别打架闹事。过去就给我们写信……"不知我是怎样接过母亲递过的皱巴巴的钞票,低头分明看到她花白的头发和那双枯黑消瘦栗树皮般的手,只觉得鼻子一酸,还是倔强地把头一扬,只是硬生生地回答:"晓得。"

大姐和二姐都从家里赶来了,二姐把一双崭新的布鞋塞进我的背包里,帮我整理一下衣领,父亲抢过我刚要扛起的蛇皮袋,母亲提着小袋子,两个姐姐跟在后面,就这样我们五个人一路默默无语地向坪坝车站走去……

破旧的大巴车上已挤满了人,都是去孝感车站坐火车去北京的,大大小小的蛇皮袋把车塞得满满的。车下全是送行的人,车子缓缓启动,下面送行的人突然激动起来,追赶着挥手大声地呼喊着……透过车窗,看到父母和姐姐闪闪的泪花和挥动的双臂,依稀听到:注意身体,多写信。我不由自主地也挥动手臂,耳边突然响起毛主席的两句诗:汽笛一声肠已断,从此天涯孤旅。车就快要翻过朱岭了,一回头,看到渐渐远去的坪坝镇,眼睛还是不禁模糊了。心里默默念道:别了爸妈,别了哥姐,别了沙庙二队!别了坪坝!

带着走出穷山坳的快意,带着青春的梦想,带着对大城市的憧憬,不管怎样,不管未来等待的是什么,我分明听到自己内心深处最无奈最悲切的呐喊:走出山坳,走出山坳!

尾　声

真的很感谢我在沙庙二队那段刻骨铭心的穷日子,那将是我人生最宝贵的一笔精神财富。走出山坳,外面的世界虽然并不是想象中的精彩,但铭记父亲教诲,秉承乡下人的善良和勤劳,一路奋然前行,做工地,摆地摊,贩瓜果小菜,做快餐,卖猫狗,开服装加工厂,经营润滑油贸易公司……虽无建树,但真切感受着每一个痛苦和快乐的瞬间,享受着创业路上起起落落的无奈和精彩。走过千山万水,在异地他乡每每夜深人静,定定凝思之际,内心深处还是那份对故乡无尽的思念!赋诗两首,特表此心。

一

树高千丈叶飘飞,
倦鸟思巢何时回?
埋骨还须桑梓地,
红尘尽洒思乡泪。

二

遥望故土归情怯,
一草一木总亲切。
少小离乡染霜回,
身是主人心似客。

我 的 父 亲

文/刘红兵

一

搜索谷歌地图可以发现,鄂中腹地京山县北端的坪坝镇,郑家河水库以西东川村胡家冲。世代居住此地的人家以胡姓为主,故而得名。我们刘姓人家虽混居在这里,却也曾经辉煌一时,我爹爹(即爷爷或祖父)的父亲因有精湛的行医采药之技而变得富有,后又大量买田购地植桑养蚕。听老人讲:用于养蚕的圆簸箩就有三百多个,常年四季请了十几个长工,可谓富甲一方。只是多年无子嗣,后来终于生了两个男孩,长子就是我爹爹。纨绔子弟无伟男,创业不易守业难。爹爹难逃富二代魔咒,坐吃山空,加上后来爹爹的父亲被土匪绑架,最后不得不变卖全部家产赎回人质。古人有云:福祸相依,从家财万贯回到一无所有,让这一家人以后又逃过数次劫难。后来新中国建立,都把这户曾经的"大地主"人家排除在外,保了平安。

作为家中次子的父亲,于1942年2月出生在这个经风历雨而又普通的家庭里。童年的父亲在胡家祠堂私塾里拜胡崇章老先生为师,开始学文识字。父亲才思可人,深得师长赏识。学有所进后,因所辖的坪坝老街公立学校有漳河阻隔,河宽数丈又路途遥远(修郑家河水库之前,漳河又深又宽,是连通上下游的黄金水道)。爹爹只好把父亲送到相邻的三阳乡岔河学校续学。从胡家冲到岔河也是山路十八弯,路途艰难。爹爹是秀才出身,写得一手好的毛笔字。大伯读书不行,不做指望,但爹爹对父亲读书舍得投入,以期能用知识改变一个人乃至一个家族的命

运。父亲也不负众望，学业收获颇丰，以较好的成绩学完高小五年级课程直至毕业。彼时彼地，这已经是最好的结局，而父亲的文化水平，在当地也算是凤毛麟角了。

从父亲爱护书本来看，就知道父亲是个热爱学习的人。20多年以后，我们兄弟几个也上了学。有一天，在老房子一根最高处的檩子上，父亲解下来一捆包扎完好的他读过的书本，让我们见识一下，其中有一本中华民国时期出版的暑假作业，标价4500元。当时我们不懂就理只是瞠目结舌，后来学了历史，才知道那是旧社会严重通货膨胀的产物。可惜的是，日后这些书本被我们慢慢毁掉了。读书虽没能让父亲大名大利，但在以后的生活中的确起到了不小的作用。

真正的用武之地，是父亲被生产大队派去学兽医。农村发展快，农户养的牲畜和家禽增多，大队派父亲去跟刘家门的刘登新老兽医学艺。文化底子好，又肯钻研，只用一年时间，父亲就能单独出诊了。老师父临终前，把很多砖头厚的兽用中医古籍都传给了父亲，其中有《骡马经》等经典。父亲花费了很多时间去读，医术提高得很快，尤其是牲畜的雄骟雌阉，能把手术伤口感染的风险控制得很低，深得村民信赖。父亲学会了利用生活中平凡的材料入药，且药到病除。如治疗猪副伤寒，属于猪瘟的一种，发病早期，在路边扒开被霜打过的狗粪，取其中未消化的碎骨，火烧后碾细，拌砒霜敷于猪耳朵静脉里，不久猪就弃耳保命恢复生长了。又比如把炒盐拌竹节灰，以竹筒吹入牛眼，捂住轻轻按摩，能有效治疗牛的眼疾，或者直接用童子尿冲洗牛眼，效果也很好。为兽行医，让父亲成为进百家门、吃百家饭的手艺人。一年下来，家里的粮食总有结余，还偶尔有些现金收入，一家人的日子基本过得去。

二

眼见着四个孩子一天天长大，年过六旬的婆婆（即奶奶或祖母）分家由父亲赡养，解决住房问题已成为我们这个七口之家的当务之急。经过大半年的紧张备料，千辛万苦施工之后，我们家的新房子终于建成。全部材料的运输，除了一台手扶拖拉机外，其余的全部肩挑背扛。大人们脱了几层皮，父亲险些病倒。而我们年纪还小，基本帮不上什么忙，就是放学后端茶倒水递香烟。很多亲朋好友和村民都来义务帮工，有赞助米菜的，有主动给借钱的，这也是父亲为人忠义、以心换心的结果。

一家人总算有了栖身之所。待到乔迁之喜的酒宴散去，家里基本陷入绝境，欠了一屁股的债不说，粮食也吃出了一个大窟窿。外借粮食一千多斤，这可是全家一年的口粮。农村联产承包责任制刚刚开始实行，人多田少的现状，加上父亲长期没有直接参与种粮，技术生疏且落后，产量很低。同时，三儿一女都依次上学读书，各项开支日益增多，父亲感受到空前的压力。建房之前的较为优越的生活状况从此彻底改变了。

要扭转生活的困境，父亲还是想到自己的一技之长——兽医。没有系统的理论学习，又没有人际关系，镇上的兽医站编制轮不上父亲。父亲找人借了点本钱，购进一些医药用品，开始自开兽医诊所。然而，事情并没有自己想象的那么容易。大多数请诊的人都是乡邻或亲戚，诊治好他们家的畜禽往往只要几毛或几元钱的药费，主人又盛情留下来吃顿便饭，人工费不好算，父亲只好随别人给多少。更多的时候是赊账，父亲拉不下面子，只好应了。慢慢的，生意没法再做下去。再后来，随着科学养殖的推广，养殖环境的优化，加上兽医站功能的完善，私家兽医基本无事可做了。

此路不通，再寻他路。为了增产增收，父母亲只好把希望寄托在自家承包的责任地上。他们一方面把水田精耕细作种水稻，另一方面上山开荒。在胡家冲密不透风的荆棘林里，在坡陡山高路险的老树林下，父母亲用愚公移山的精神，啃下一块块硬骨头，艰苦地开挖荒地。一到春天，漫山遍野的油菜花，如地图一样布满大小山脉，美不胜收。那，便是无数像父母亲这样的农民，用勤劳的汗水种下的希望。在局外人眼里，那是一幅幅壮美的画卷，而在父母亲的眼里，是我们一家人跨越温饱线，走出贫困的一步步坚实的台阶！冬季种小麦或油菜，夏季种黄豆或芝麻，一年四季地不撂，人不闲。功夫不负有心人，付出终有回报，我们家的粮食收成一年年好了起来。

然而，收成好收入并不一定增加，卖粮难的问题又困扰着农民。那一年，我们家的小麦丰收了。听说随州市三里岗的价钱好，一大早，父亲委托大哥跟村里几个人一起，租了一辆拖拉机，拉了满满一车麦子去三里岗。谁知不久又开回来了。原来，他们在半路上遇上了县里设的关卡，说政府不许跨境卖粮。无奈之下，只好又拖到坪坝粮管所。等到过了十分挑剔的质检，过磅后，每个人只接到一张白条。家里等着钱买化肥栽秧，望着白条，父亲无奈地摇摇头，愁眉紧锁。第二年夏收后，我和二哥利用周末时间，骑着自行车，两人驮着两袋麦子，天不亮就走山路，骑过郑家河水库大坝，就到了随州辖区内的洛阳镇仁家桥粮食收购点，排队到下午，好歹结到了现金。就这样蚂蚁搬家似的，把口粮之外的粮食卖掉。

只要能卖掉就得继续种，而且还要想办法扩大种植面积。父亲又把离家不远的郑新塆板栗林开挖出来，实行栗粮套种。虽采光不好，农作物受到影响，但多少能有些收益，且对栗树生长有利。父母亲一心扑在农业生产上，家务活主要交给婆婆在家打理。婆婆已年近七旬，行动缓慢了些，可依旧毫无怨言，一大家子人的一日三餐，还有猪鸡猫狗都得混个肚圆。年事已高加之劳累过度，一个正当农忙的晚上，婆婆突然脑出血中风。经抢救保住了性命，却落得半身不遂。从此，母亲多数时间只能在家，揽下家务兼顾照料老人。地里的农活全靠父亲一个人了，同时，父亲的兽医行当并未完全撂下，时不时有人来请诊。来请的自然急，父亲多数时候还是去，纵然知道是没有报酬。

我上初二那年，一天，父亲收获了几担油菜籽刚挑进家里，一个远房亲戚来请父亲去给猪看病。因一时半刻不可能治好，父亲去了一天一夜。等父亲火急火燎地回到家,他担心的事还是发生了。母亲忙于家门前菜地翻挖,忘记把油菜籽摊开晾晒,菜籽都破壳发芽,成为无油的废品。看着自己辛苦劳动的成果毁掉,一年的食用油没了着落,父亲极度痛苦地一屁股坐到地上,后悔出门时没叮嘱母亲。唉,生活为何这么难啊!好在村里榨油房的大师傅和父亲交情甚好,晒干后的次品油菜籽稍打折扣后全都收了下来。

天有不测风云,人倒霉时天也无情。还是这年下半年,水稻收获的季节。听天气预报说近期无雨,父亲请人把全部的水稻割倒在田,晒了几天后正准备当日全部挑回家,那样就晴雨无忧了。可就在这个关头,村里一家农户的牛,因误食了喷过农药的草,需要急救,而兽医站的人都到县里学习去了。父亲立刻放下手中的活,赶去给牛挂水。最后牛是救活了,天气却开始下起雨来。这雨下起来不打紧,一下就不停了。雨整整下了 20 多天,而父母亲从开始的担心,到伤心,到最后痛心疾首。那一个月,是我们家最灰暗最难熬的日子。每天放学回家,母亲没有笑脸,父亲则整天唉声叹气,欲哭无泪。到了学校,我人坐在教室里,心里却整天在祈祷:老天,别下了,快晴吧!我甚至有几次拒绝午餐,希望能用我的虔诚去声援父母对老天爷的企盼。左盼右盼,盼星星盼太阳,最后老天终于睁眼放晴了。那年,我们家的稻谷减产很多,稻米也有不少发黄的,吃起来有一种怪怪的香味(还好,这么多年了身体也没什么异常)。稻草是没法喂牛了,只有另想办法解决。一年遭遇两次沉重的打击,父亲变得沉默寡言,眉宇间写满了忧郁。

生长在山区,最不缺的就是树,也就是柴火。卖柴,是父亲在遇到困难时,采用得最多的一种办法。集体分山的时候,我家分到脚盆粗的板栗树有近百棵,有些树龄老的,必须连根铲除后再栽小树。板栗树树冠很大,枝丫繁茂,每年砍伐一两棵树,基本能满足大半年做饭所需的烧柴。树干树兜全部盘回家,锯成段劈成大柴,风干后是上好的柴火。挑到街上还算好卖,有时卖不掉就送到坪坝酒厂,那里生意红火,常年需要大量木柴。从胡家冲到坪坝街上有七里多路,早年路况很差,是晴天一路灰,雨天一路泥,崎岖不平,坑坑洼洼,徒手走路都有些吃力,可身躯并不高大的父亲,却三天两头挑柴去卖。或是换回些油盐钱,或是换回一点我们读书的零花钱,再或者给瘫痪在床的婆婆买点可口的吃食。有一年腊月二十几,天气持续下大雪,眼见着离过年没几天了,父亲和相邻而居的姑爷一人挑一担柴到街上去卖,好置办一些年货。我要去学校补寒假课,于是三人同行。雪深路滑,出门没几步,父亲就一个趔趄,跌倒在地,大柴散落了一地。见此,我鼻子一酸,险些落泪。而父亲他们边说边笑,又重整柴担,继续上路。父亲因长期挑担,造成肩膀左低右高变了形,此时,看到父亲的背影,我从心里说:父亲,您真的很伟大!长大以后,我一定要报答您……

处在社会主义初级阶段,身为发展中国家的农民,一方面要看老天的脸色吃饭,另一方面还要承担国家和集体的负担。种田缴粮本是天经地义的事。起初,我们家只有几十斤公粮、几元钱农业税的国家任务,可没过两年,由集体下达的提留,各种摊派,义务工等多种名目的负担就开始下达到各家各户。其中有一项生猪任务合理但很不合情。当时城镇人口吃的猪肉全靠农村对口供养,分配到每个农户的任务是:每年每两个家庭成员要交一头猪给国家,我家七口人,每年的生猪任务是三头。不算自己家里要吃的肉,每年还要另外养三头猪,且重量要在 120 斤以上。这在当时可不是件容易的事。那个时候没有专门的养猪饲料,有的农户连人都没地方住,放哪里养猪? 人多田少,收的粮食连人都不够吃,拿什么去养? 上面下了死任务,下面村组干部就得执行。完不成养猪任务的就用粮食代替,500 斤稻谷抵一头猪。秋收刚过,村里的民兵连长就带一帮人,随村组干部挨家挨户地执行,不少农户的粮食刚入仓不久就又被开仓放走,很多人家不到过年就已经粮仓见底了。对于每年农户名目繁多的税费结算,与这种缺乏人性化的工作作风略有不同的是,实在没办法,可转据到信用社,以转为贷款的形式割清农户和集体的账目关系。其实这样更狠,因为人会死,骨会烂,可再久的账不会乱。只要你签字画押按了手印,就连本带息慢慢去还吧。

三

希望是美好的,现实是残酷的。我们一家人在生活的道路上经风历雨、踯躅前行,偶尔也见过彩虹。我们在这个熔炉里磨砺成长,而父亲总在无尽的艰难困苦中煎熬。父亲是个农民,承受着国家和集体分派的负担;父亲有四个儿女,承担着成长监护与教育的责任;父亲身为儿子,又肩负着赡养及孝敬老人的义务。

在我脑海中对于父亲最早也最深的印象,是一个星月当空的夜晚,年幼的我突然生病,父亲和大伯一起连夜把我送去看医生。当时大队最好的赤脚医生是东川四队柳树湾的丁医生,病情紧急只能抄近走山路。我们一行三人走的梭罗冲,两位父辈轮流背着我,同时轮流一手打电筒,一手持根木棍。此路人稀山陡树密,早年常有豺狼出没。想当初父辈两兄弟肯定是为了我豁出去了。唉,父母心,赛黄金,甘舍己身换儿身啊! 其实,我当时虽发着高烧,但神志清醒,一路上还在暗自数着星星呢。

我的婆婆因脑出血中风而半身瘫痪后,父亲就很少出远门了。老人右手不能拿筷子,父母亲一日三餐不厌其烦地喂饭;老人常常大小便失禁,父亲协助母亲一道,经常把老人的被褥衣物拿出来清洗、曝晒。冬天天气好时,每天把老人背到外面晒太阳,为了让老人坐着舒服,父亲从邻村人家借了一把特制的高座大靠椅,垫上软绵绵的絮片。在亲人的精心照料下,婆婆渐渐恢复了一些知觉,能拄杖挪步,还学会左手持勺自食。就这样,老人家在病苦中坚持了五年。俗话说:久病床前无孝子,但父母亲始终如一地服侍老人,直到五年后的国庆节那天,婆婆阒然长逝。婆婆邱氏,寿终正寝七十有五。

为了保持祖辈的这个传统,父亲脑子里有一个信念:再穷不能穷教育,再苦不能误儿女。为此,我们一家人都做出了艰苦的努力。大哥在坪坝中学读高中的那几年,正是家里建新房时最困难的几年,二哥和我也正即将小学升初中,下面还有一个妹妹刚上小学。面对这些接踵而至的负担,大人小孩几年没有添一件新衣服,一年到头饭碗里难得看到几次荤腥。粮食紧张的年份,还要过"瓜菜半年粮"的日子。每逢新学期临近,父母亲都要为我们的学费动足脑筋。要么是卖掉了准备过年的猪,要么是卖掉了部分全家人赖以生存的口粮,再则,就是找人借债或贷款。从父亲手中接过学费时,总会感觉沉甸甸的。读高中时,大哥是班上仅有的几个穿补丁衣服的学生之一,好在母亲洗得干净,尚且留住了一丝自尊。因条件所限,坪坝中学学生食堂里历来是有饭无菜,从大哥上高中到后来我和二哥上初中,一直都是如此。每月背一两次米到学校食堂,食堂里负责把饭蒸熟,菜只能自己从家里带。我们家离校很远故而住宿在学校,周末回家时,带上两罐头瓶子咸菜,省了又省,勉强应付一个星期,营养无从谈起,仅可填肚度日。冬天,母亲也会炒些新鲜蔬菜,塞上满满一瓶子,让我们带到学校。气温低,熟菜不易变质,可以将就吃两天,油少味寡,可吃起来依然津津有味。一家人日子虽然过得清苦,但是很充实,各人有各人的目标和任务。常常鸡刚叫三遍,母亲就起床做饭,吃罢早饭,披星戴月,我们去上学,父母亲下地劳动。父亲常说:三代不读书,如同一圈猪。故而,不管多难,也要尽力提供条件让我们各尽所能多学文化,学好知识。

有一年初冬的一个早晨,一串噼里啪啦的鞭炮声在川家陇响起,和着节奏欢快而沉闷的擂鼓声,把人们吵醒。一行人欢欣鼓舞径直来到我家,原来他们是送喜报的。在那一年的冬季征兵中,大哥被甄选出来,体检、政审合格,光荣入伍。全村30多个青年报名应征,却只有一个征录指标,可见标准很高,竞争激烈。大哥的优势就是一纸高中毕业的文凭。虽然在高考中落榜,却又为参军入伍提供了契机。考上大学或参军入伍是人生中值得庆贺的大事,这个传统一直沿袭至今。更何况在那个年代,要想跃出农门,仅此两条路。家中有喜事,我们兄弟小妹欢呼雀跃,父母亲脸上露出了难得的笑容,一家人忙着包饺子、蒸粉肉招待客人。不管以后能否混出点名堂,可毕竟一人参军,全家光荣。而大哥的文凭,就是源自我们家的传统——重视文化教育的结果。

我家建房后栽在房前屋后的小树苗已长成参天大树,而居住在屋里的人——我们兄妹长大成人,年过半百的父母亲因岁月侵蚀,已初显苍老。在那个人口爆炸的时代,教学质量低,学习环境差,升学率也只有千分之几,我和二哥先后参加完中考,就卷了铺盖回家,从此离开了学校。父亲试图给我们创造进一步学习的机会,可心有余而力不足。失望也好,心有不甘也好,家里的条件明摆着,想每迈出一步都不容易。

四

　　人生没有单行道,回家就回家呗,没有迷惘,也没有太多的失落感。初生牛犊不知虎威,人生刚始何知艰难?唯有父母亲难以接受,年方十七八岁,家里的农活干不了,出门务工又没有门路,怎么办?只有一个字:闯!我去钟祥胡集采过磷矿,到汉口拉丝厂做过工;北上东北搞建筑,南下广东去打工。开始挣的钱不多,可是还算顺利,把辛苦钱补贴家用也立竿见影有了成效。父亲将种了多年的常规稻种淘汰,更换成了高产的"籼优63"杂交稻;肥料、农药也科学合理地充足利用,使得粮食连年丰收,之前外借的粮食终于全部还清;历年欠下的债也逐渐还掉了大部分。早些年,人们再苦再难也很少出门,看到我们闯出去后,村里很多人出门的欲望被带动起来。读书没能为父母亲争得一些颜面,可下学没几年就能帮家里出一把力,改变了家庭的面貌,父母亲的心多少得到一丝安慰。

　　在接下来的时光里,我常年在外务工,打工挣钱支援家里农业生产、人情往来随礼花销,甚至用来交生产队的提留,而父母亲在家看门、撑户,打理农事,一家人基本不愁吃喝、不愁钱花。我的父母亲,告别了上山开荒的艰苦岁月,具备了贯彻实施国家退耕还林政策的条件;我的父亲,再也不用去卖柴解困了,偶尔出诊行医,也只成了精神生活的一部分。后来的两三年里,大哥、二哥先后结婚成家、生养儿女,各人有了自己的小家庭。香港回归的那年春节,成了父母亲有生之年最难忘的一个新年:二老在上,大哥大嫂及儿子小琪,二哥二嫂及女儿小婷,几年未归的我和小妹也从广东回家,全家十口人大团圆。年夜饭桌上,父子觥筹交错,婆媳举杯互祝,笑声满屋,其乐融融。父亲开怀畅饮后,万千思绪涌上心头……苦乎甜乎,悲乎喜乎,曾经十月怀胎又呱呱坠地的一群儿女,一路绕膝前行,一路艰辛并快乐着成长,而今又都为人父或即将成家,人生不易;怜其二老,虽年老体弱、痛疾缠身,仍劳作不息;唯愿儿孙安好,便知足了。

亲 亲 井 湾

文/石世刚

每个人都有自己的故乡。

我的故乡叫井湾。

井湾，因井而名。它位于湖北省京山县坪坝镇以北，是原罗兴村十组石家垅石家大湾其中的一个小自然湾。

一

今天回到老家井湾，为母亲过 83 岁生日。

母亲虽只是一位勤劳善良平凡质朴的农村妇女，却是我情感世界的寄托和牵挂。婆娑的身影里，依旧透射着坚韧，苍老而又美丽的脸庞上，写满了沧桑和幸福，老人家自是沉浸在生日的快乐中。

父亲是我心中的玉皇大帝。年迈的父亲是个不服老又闲不住的人，热情洋溢地前前后后张罗着，那高兴劲就像是自己过生日一样。

亲友团成员有的帮厨，有的叙家常。一抹暖阳，缕缕炊烟，阵阵乡音，其景融融，好一派温馨祥和的场面。

二

我沿着家门口原生态野生鱼塘边弯弯的小路，走过父亲种植的绿茵如织的环保型有机蔬菜园，漫步来到湾口的老井旁，深情地驻足。只见井口长满青苔，水质却依然清澈，我的倒影显现在井水中；折回到离井不远的古皂荚树下，注视良久，若有所思；来到环绕湾子的山冈上，很多无名的小花悠然绽放，烂漫的山花向我微笑；远处，外出奔波

亲亲井湾
2016年9月10日
于京山

的乡亲像无数起锚的轻舟,于千山万水中远行。

我走着,望着,站着,想着,往事如烟。暖暖的亲情,浓浓的乡情,空气中流动着一种幸福,一份思念在身体里蔓延。我缓缓地张开一位年届 55 岁井湾后人的双臂拥抱着这里的一切,久久不愿离去。

三

夜深,我的心情一直不能平静,记忆中的思念就像催化剂,不断地冲击着我的灵魂。时光的角落里,总是隐藏着往日的回忆,心灵的国度里,总有一些锁不住,却又挥之不去的记忆:是思念? 是牵挂? 还是眷恋?!

阳光,本没有色彩,万物就是它的颜色。

夜晚,本没有明暗,眼睛就是它的眸子。

山花微笑,只为缘分。

老家那条走了很久很久的泥土路,那个生我养我的井湾,那井,那树,那人,那里的一切,之于我,心心相印,情愫依依!

思念是幸福的。思念的花瓣总要找一个情感的支点。一种灵动在指尖漫溢,于是,趁着夜色的轻柔,翻起旧时的光阴,品味那些熟悉的文字,不管曾经的过往是忧伤还是欢乐,清贫还是富裕,在这个温暖的夜晚,氤氲于心。

四

人生最大的快乐与幸福莫过于重温儿时的梦。无论成就大小,财富几何,都会给今天的自己带来无限遐想,或教益或鞭挞。

时光如流水般浸润着每一个步履匆匆的日子。每次回去,驻足在老井老皂荚树的旁边,仿佛想述说什么,却不知从何说起。日子一天天过去,老井老树无言,而我也只是温柔地看着它们。

岁月安好,依偎在恬静的时光里,无言亦是深情。

湾头老皂荚树下面的那口老井,一直以来,没人知道它的年岁。据老人讲,这口井有两百多年的历史了,井底有条暗河,水流不断,常年不干。

那口老井和离它不远处的老皂荚树,每当我思家的时候便会想起。记得爷爷说,爷爷的爷爷小的时候,老井就已经存在了,皂荚树也存在。湾里的祖祖辈辈,都是喝这口老井的水长大。

据考证,这口井建成于明末清初,当时请来一位风水先生看了地势,后由湾户人家集体修建而成。井修得很是讲究,井口直径约 1 米,井深达 10 米,在井与湾户之间,还特意栽上一棵皂荚树,迷信的说法是防止井里"走龙"危及湾人。

这井虽然不算大,但水质很好,非常清洌,回味甘甜。夏天的水冰凉冰凉,冬天的水则冒出一股股热气,湾里人全靠它滋养。爷爷曾感叹,说是上天的安排,这井水是那么的有灵性,无论春夏秋冬,长年累月,总是源源不绝。

五

我与这口井结缘是从胚胎开始的。母亲饮着老井的水让我健康发育,生下我后这洁净的井水又通过母亲甘甜的乳汁,滋养着我。

记不清是什么时候,反正是很小的时候,就知道那口井。泥泞的路上,总有很多人挑着水桶到井里取水。

人们基本上每天都要在井边见面,清晨和傍晚挑水的人很多,很热闹。拉家常,讲故事,嬉笑打闹,一片生机。

到了夏天,这老井最热闹,人来人往,络绎不绝。农忙的人们,打好井水,带着下地干活。有时村外的乡亲路过,先喝上几口解解渴,再装满水壶高兴而去。

有时天气长久干旱,其他的水井都干枯了,而老井依然清澈,附近的人都靠这口井用水,老井成了生命之源。

甘甜的井水是出了名的,洗菜做饭,饭菜都带有井水的味道。哪家来了亲戚,都很骄傲地向客人介绍老井的情况,并叫他们尝尝这井水,没有人不称赞的。

六

对于这口老井,湾人们总是爱护有加。大人经常告诫我们,不要浪费水,不要忘了挖井的人。

我们这些淘气的孩子,总喜欢到井边喝刚刚打出来的水,凉凉的,甜甜的,比现在超市里出售的矿泉水还要好喝得多。从那井口我们总能照出自己的影子,好像水中也有一个自己。看到井里的青蛙,我们还会往井里扔杂物。大人们看到后,既怕我们掉进井里,又怕我们弄脏了井水,总是大声将我们驱赶到很远的地方。

大人们说吃水不忘挖井人,我们小孩懂得。但"井水要常用,常使唤,才能把水用活,甜水才在",这深奥的道理,我们小孩不懂,也懒得去懂。但我们很爱老井,喝着甘甜的井水,学着大人们一样爱护它,不投石,不往井里倒脏水,心生敬畏。

父亲每天劳作完后都要去挑水,满足第二天一大家子人的用水,家里每天要用三担水,可苦了老父亲啊。

七

当我长到肩挑着水桶不碰地后,就接过父亲的扁担每天穿梭在水井边,艰难地品味着生活的酸甜苦辣。

我开始时试着用小桶挑水，黑亮厚重的栗树扁担一头挑着儿时的辛酸，一头挑着童年的快乐，脚步走的还是蛮稳健的。后来有一次自己好强，用大桶，挑半桶水，屁颠屁颠的，由于力气小，而家门的门槛很高，一下把水桶碰破了，看着流淌的井水，我愣住了。"哪个叫你用大桶挑的，你还小，长大了才行"。父亲训导完之后，默默的修好水桶，自己摸黑去挑了一担水。

八

老井也有捉弄人的时候，20世纪70年代初的一个夏季，天气持续出现干旱，井水不断减少，开始闹水荒。为获得一桶干净的水，大人们常常披星戴月守候在井旁。湾子里本来是一族人，处理很多事情都相互谦让，可为了获得一桶救命的水，常常闹得四邻不安。

记得在一个皓月当空的夜晚，一个小名叫"魔气"的晚辈竟和年过半百的二叔在井边打了起来。二叔虽身板硬朗，却怎么也敌不过"魔气"，结果额头挂彩流血了。第二天，公社的武装部长就带着大队的民兵连长一行人来到队里开帮教会。

"魔气"后来应征入伍，到河北石家庄当兵，风光得很。复员后找了个吃商品粮的老婆，自己也随之吃上了商品粮。从此"魔气"一家人"魔"了起来，不仅在队里率先盖起了砖瓦房，购买了收音机、缝纫机，而且家里三个光棍都娶了夏穿"的确良"冬穿"华达呢"的老婆。这在当时成了左邻右乡的头条新闻。

九

在湾子与井之间，生长着一棵高大的皂荚树，有两人合围那么粗。树跟井的年限一样长，估算一下约两百年上下。

皂荚树茂盛地挺立在湾头，与湾人相伴，与日月相伴，经受了风雨的洗涤，见证了勤劳善良朴实的湾人们。

小时候，每当我放学回家，远远地望见那棵皂荚树，我的脚步就加快了，饥饿的肚皮好像懂事似的不再"咕咕"叫了。

每到春天，淡黄色的小花开满枝头，一簇簇，一串串，饰件似的吊坠在绿枝翠叶中间，直到初夏落花结荚。那形似扁豆的小皂荚，一把把的，嫩嫩的，绿绿的，很是招人喜爱。

当五月暖柔的风吹来，麦子泛黄了，皂荚树下热闹了。割麦、打场，皂荚树西面岭岗上堆起了高高的麦草垛。

到了夏天，皂荚树枝繁叶茂，树下好大一片的阴凉。烈日炎炎，树冠如伞，绿茵遮天的皂荚树下成了人们纳凉的好地方。男女老少只要一有空，搬板凳、拿草席、抱着孩子，端着饭碗，都来到这里。吃饭、聊天、哄孩子、做针线、睡午觉，湾人们在树下谈天说地，无所拘束。

一片绿阴，遮蔽夏日的酷暑；一阵乡音，伴随夏夜的凉爽。当月亮挂上了树梢，大人小孩便陆续散去，那皎洁的月光依然照在静静的井湾上空。

霜降时节，皂荚树叶子便开始脱落。叶落了，满树荚果让人心动。

寒风吹动的夜晚，大老远便会听到银铃般的声响，这是成熟的皂荚与皂荚随风撞击而发出的美妙声音。

那年月，处于困难时期，生活艰辛，湾里人大多是靠这棵皂荚树上结的荚果洗衣服。记得小时候，一到皂荚树上成熟的皂荚开始掉落时，母亲就吩咐兄妹们去捡拾。因为那时候买不起当时仅有的"洋皂"。祖辈们不知从何时起知道皂荚去污力很强，泡沫极为丰富，且有一种特别的香气，于是就地取材，将皂荚捣碎后放进热水里浸泡，待水变色后，用来洗头、洗澡、洗衣物。洗过的衣物无污渍，洗过澡的身上干净清爽，洗过的头发整洁柔顺。因此，湾人们趁着皂荚树掉果的季节，都得捡拾回家储存起来，就连半边半截都不放过。因而，这纯天然的皂荚在那个年月洗净了人们的衣物，也洗净了人们的心灵。

十

井边的我慢慢长大，树下的我逐渐成人，当我怀揣一张高考录取通知书，离开了井湾，直到后来农校毕业回到县城工作，转眼间已离开家乡37年。

然而，我的心却从未走出那神秘井湾的情感磁场。水涨水落，花开花谢，我的心时常在那井边，在那皂荚树下。它给予了我太多的欢乐与忧伤。每当想起父辈及亲人们面朝苍天，脚踏黄土，背负日月，艰难前行，我的心就隐隐作痛。

如今，生活水平提高了，用水条件得到了改善，老井边挑水的人少了，皂荚树下也很少有人乘凉了，皂荚也不再被人们视为宝贝捡拾了。

有些遗憾和惋惜的是近几年皂荚树开始出现枯枝现象，只有一半有叶子。小时候听老人们讲，这是一棵神树，专门保佑湾人的，我祈祷枯萎的那部分神奇的活过来，直到重新枝繁叶茂。

十一

每个人心中都有曾经的过往，每个人的故事里都有刻骨铭心的欢乐或是忧伤。一些事，如果能让人深深的眷念和铭记，这便是永恒。

是啊，故乡的井水，可以解乏，可以洗尘，可以让我在甘甜的醇香里，永远记得回家的路。

路越远,心越近。静静地回望,一切如井水般明澈,一切如老树般馨然。那走过的泥路,那过往的日子,那擦肩而过的缘分,那曾经的呼唤,曾经的风,曾经的雨,那沉默的岁月,一直在路上,在心里,在我生命里,在这个充满思念与眷恋的午夜,化作此笔此墨。

没有乡愁的土地,是苍白的。一个失落了乡愁的人,一生无家可归。杯水之间流淌的是缘分,唇齿之间洋溢的是真情。即使有一天,老井老树消失了,我心中的那口井,依然冬暖夏凉;那棵树,依然在我心中茂盛挺立。

长路漫漫,岁月无声,一种温暖,是不言不语的一份相随。55年,弹指一挥间。家乡的那井,那树,那人,从牙牙学语到青春渐逝再到白发滋长,你的陪伴,留给我美好的回忆,终生难以释怀。

春 国 叔

文/龙跃洲

清明回家的时候，正碰上春国叔从福利院逃回沙庙二队的那一天。天才刚刚亮，睡意蒙眬中，听到母亲和邻家的三婶正大声谈论着某件乡间的琐事，旁边似乎还聚满七嘴八舌的人群，本不以为意，可当我听到"哎呀呀，春国从福利院偷偷跑回来了，死活都不肯再去了呢。享福的日子不知道过，真是不识好歹……现在年纪还可以过，到时老了怎么办啊……"我睡意全消，迅速穿好衣服，急切地想见到春国叔，想知道事情的原委……

春国叔是我的邻居，在龙家湾排辈分是我叔叔，近六十岁的人了，还是单身汉。在儿时，在家务农期间，以及在北京工地打工的几个月里，我和他相处了很长的时间。他善良勤劳，心肠很好，生产队谁家干农活要帮忙的时候总是随叫随到，所以人缘很好。可贫困的家境，忠厚老实的个性，让他一直没能讨到老婆。村民没有谁歧视他，对他更多的是同情和帮衬。

我自1997年到广州打工后，就很少再见到春国叔了。每次回家都要向母亲打听他的消息。听说这么多年他一直在工地上打散工，主要是打混凝土，干的全是最脏最累的活。母亲还笑着说："你春国叔变了呢，啧啧，你还不知道吧，他现在只想穿女人的衣服，还穿裙子呢。"果然春节偶尔看到他几次，每次他都穿红着绿的，穿女人的鞋，挎女人的包，当别人嘲笑他有些变态的时候，他很坦然，也从不辩解，仍从容地走在田地间和大街上。每次见面他都会大声喊着我的名字和我打招呼，还要热情地递上香烟，虽然觉得他的穿着怪异别扭，我想大概是一生没有女人的他，只能从穿着上求得一份精神的慰藉吧。无意指责他的怪异，内心更多的倒是那份涌动的酸楚。

他的住处是弟弟春财叔做新居后留下的一间土屋,做饭睡觉全在里面,和我家只有一墙之隔。记得春节的一天,他说要给些好吃的,硬拉我到他的小屋。

里面光线很暗,东西凌乱不堪,灶头连着床头。满屋子弥漫着脚臭和油烟味,被子是大红大绿的缎子布料的那种,最醒目的是斑驳的土墙壁上挂得满满的穿泳装的女明星照,我笑道:"叔叔,您不错啊,这么多明星陪你呢,要不要帮我娶个婶啊?"

他突然不好意思了,但还是看得出满脸的开心甚至可以说是露出了极少见的灿烂笑容。随后他嗫嚅道:"谁不想讨个女的,有个伴啊,只是……"看到他很窘迫的样子,我马上转移话题,问了他的一些情况后,匆匆接过他一股脑塞过的东西,几乎是逃出小屋……

凄苦流离的日子一晃几十年,他显出超乎年纪的苍老。近几年好像总是干几个月就回家看病几个月。前年开始听说他攒了些钱,开始打打小麻将,斗斗小地主,湾里谁家做红白喜事他都会去送礼,听说出手还挺大方,然后早早就会过去帮忙借桌椅板凳,烧茶扫地……可好景不长,他身强力壮的弟弟突然患了癌症,听到消息后他马上回家,见面的一刻,他抱着弟弟失声痛哭,毫不犹豫地把辛辛苦苦攒下的一万多元钱拿出来帮弟弟医病,日夜陪伴……

弟弟家被医得一贫如洗后还是走了。春国叔显得更老了,眼眶深陷,目光呆滞,很多时候会呆呆地坐在弟弟坟前。失去弟弟的依靠,身无分文的他借了路费又要出去打工了,可很多老板怕出麻烦不愿再雇他。没办法,他只好又回到近处打打零工,还种了几分地的西瓜。同族的人对春国叔的现状无不感到担心,更多的是深切的同情。

有一次二哥回家带来一条好消息,他说能想办法把春国叔送到京山福利院就好了,可他的条件不够,因为农村户口是不可以的。最后好心的族人达成共识,一定要想办法把他送进福利院。当母亲和我说起这事,我很赞同,我想就是出钱找关系也要二哥帮忙把事情办妥。在二哥、运超和村支书极力活动下,动用了不少关系,春国叔终于入住京山福利院,这就意味着他衣食无忧、老有所依了!知道消息的一刻,我真的很开心,也为春国叔有个好的归宿感到庆幸!从内心感谢二哥们的善举,心想清明回家买些东西到京山福利院去看看他吧。

可如今好好的他怎么就跑回了老家呢?

当我洗漱好时,三婶就过来叫我说:"跃洲,春国一向和你关系不错,你一定过去帮我劝劝他啊,可别犯傻错过了这个机会呀……"我走出大门时,正看见春国叔骑自行车从街上回来,上身穿一件碎花的红色棉袄,裤子是耀眼的大绿,红色袜子,黑色女式平绒圆口布鞋。匆忙中显出几分木讷无奈。看到我时一脸的惶恐和歉然,开口就说:"我对不起你二哥,我不去了,我想家,我要回二队来……"声音有些哽咽,小得几乎听不清楚。我递了支香烟给他，却一时不知道说什么好。最后才知道他回来的缘由，天生劳碌奔波的他不习惯那种清闲自在、饭来张口的生活，没有人讲话，又想家……

可是，春国叔，您有家吗？您走后三婶早把您居住的屋子清理干净，破破乱乱的衣物日用品全当垃圾处理了。您的家可能是养育您几十年的山山水水和左邻右舍吧，您的家可能是那间贴满明星照虽简陋却自由温馨的小杂屋吧……

我还来不及感慨更多，三婶家的小院却早热闹起来，运超来了，春国叔的妹妹也到了，还有湾里的几位老人也赶来凑热闹。在三婶的怂恿下，父亲想要代表大伙的意思对春国叔进行批评和劝说，反正是想施压让他快回福利院，以免将来后悔。

我拦住父亲说道："没用的，您不是总说金窝银窝舍不得自己的穷窝吗？还是尊重他自己的想法吧。"

父亲还没来得及开口，春国叔的妹妹已嚷开了："哥啊，你怎么这么傻啊，天天有吃有喝这样的好事哪里找？你现在能动将来老了谁照顾你啊，你错过这个机会，到时生病没人理时恐怕还得讨米捡着吃呢……大家花了那么大力气把你送过去，你就这样回来，你对得起谁啊……"

话说得不无道理，大伙纷纷想随声附和进行劝解。谁知一向温顺的春国叔却突然大怒，近乎咆哮喊道："你们谁也别说了，反正我是不会再去的，谁再逼我，我就死了算了！"

看着春国叔痛不欲生的样子，我心里竟隐隐泛起莫名的恐惧，悄然离开人群，心里很不是滋味。

按正常的道理，他去福利院的确是个好选择，至少不必为生活病痛担忧吧。可一个人生活了大半辈子，一生穷困潦倒，一生得不到女人的爱抚，如果连自己自由的生活方式也要改变，对于本来就不幸的他是不是太过残忍了呢？大家都以为的"幸福生活"他却不愿接受，尽管困顿，尽管迷茫，也许是麻木，也许是不理智，但对他这份不屈服于命运、敢于追求自己想要的生活的这份勇气，我还是表示由衷的敬意！

又该是启程的时候了，每次出发前，我总会习惯性地走上水库堤坝，从上湾迂回一圈。这时是故乡最美的时候，山清水秀桃红柳绿自不必说，遍地的银杏树更不用大惊小怪。听着门前潺潺的清澈的溪水声，看看一畈盛开的油菜花，不由你不心醉神驰，不由你不放缓出行的脚步。

难怪春国叔要偷跑回沙庙二队的，我其实何尝不是一样呢。月是故乡明，人是故乡亲。树高千丈，总会落叶归根。外面的生活再精彩，外面的城市再繁华，那终归是遥远的城市遥远的人……

在故乡的山水间，在鸟语花香鸡犬相闻的农舍，在与八十高寿的双亲促膝彻夜长谈中,我感到故乡无处不在的温馨,忽然间似乎找回了真实的自己,心灵又一次得到净化。在世事纷扰的尘世,我庆幸我还是那么善良,善良得为苦命的春国叔牵肠挂肚;我还是那么诗意浪漫,在别人觥筹交错麻将阵阵时仍肆意贪婪着故乡的每一处风景。我感性的同时还是那么理性,为了生活,为了梦想,带着对故土的牵挂和不舍,还是坚定地背上行囊,开启自己的追逐之旅!

善有善报,好人一生平安!春国叔,您又要开始独自直面艰辛凄苦却属于自己的生活了,就健健康康开开心心好好过日子吧。在如今的和谐盛世,在故乡的山水间,您有那么多善良好心的乡邻,还有关心您的姐姐妹妹、侄儿侄女,您一定不会老无所依的!春节再见吧!

他们正在老去

文/王慧玉

我的婆家在坪坝东川，一个山多田少的乡村。山上绿树成荫，不是板栗就是银杏，村子背后就是郑家河水库，水源还算充足，其实是个特别宜居的地方。

可每个人都想过上所谓更幸福的生活，很多年轻的一代离开乡村去城里打拼，有的在外面定居，有的把老家当成旅馆，农忙或逢年过节时回来短暂停留，村里多半是老人孩子，有的孩子随父母进城读书，家里留下的只有暮气沉沉的老人。

婆家那个湾子先前有六户大家人口，大人们忙忙碌碌，孩子们进进出出，鸡鸣鹅嘎狗吠猪叫人气旺得很。现在依然有六家的大门敞开着，却只有几对相依为伴的中老年夫妻，安静得让人感觉大白天都有些瘆得慌。幸亏我家公公养了几只鹅，偶尔"嘎嘎"叫几声，为这个静谧的湾子增添了一些生气。

公公婆婆差不多都是六十多岁的年龄，公公身体还行，用"还行"这个词让人很无奈，因为还行仅仅指的是公公还能自由活动，能自食其力、能赚点小钱维持家用。

老人们通常到一定年龄，三高、关节都有问题，只是看是否严重。而婆婆的状态则让人唏嘘不已，因高血压引发的老年痴呆已经三四年了。姑姐已出嫁，丈夫和我在县城做面点生意，孩子跟着在城里上学。为了在城里能有立足之地，我们一年到头忙得晕头转向，每逢过年过节更是忙得飞起来，平时很少有机会回去住几天陪伴老人，只有生日、节假日时来去匆匆，过年也只能在家待个两三天，表示心意的除了一些日常吃食、简单衣物外，余下的只能用最冷冰冰的钱来填充。因公公岁数已大，根本就无能力照顾病中的婆婆，便请了个保姆在家，也幸亏姑姐嫁在本镇街上，隔三差五的回娘家看看，这个家倒也正常运转了几年。

但好景不长，不久我们的小家遭遇不幸，家境一落千丈，导致整个家庭到了举步维艰的地步。将近七十古稀的公公成了家庭的顶梁柱，所有开支都靠公公顶着，老人家心里还惦记着儿媳、孙子，每回孙子回家总要塞点零花钱。偶尔回家，围坐桌边看着瘦骨嶙峋的婆婆，愁眉紧锁的公公，举箸难下。

娘家老人也好不到哪去。父亲去世时我已成家，两个弟弟尚未成年。在县城摸爬滚打数年，我们姐弟三个终于有了自己的落脚之处，对于母亲来说，三个孩子勤劳致富,小家庭都顺风顺水,儿孙绕膝,正是安享晚年的好时光,偏偏我家出事给了她老人家致命打击。常言道女儿是母亲的贴心小棉袄,可我这个女儿却是极不称职。自从出嫁后,为了有尊严的生活,一心协助丈夫努力打拼而无暇顾及母亲的喜怒哀乐。正当我沉浸在幸福生活的喜悦中,我的家庭却出了意外,当茫然无助的我回到母亲身边,惊觉生活已在母亲身上刻下深刻印记:憔悴瘦削的容颜、失去光芒的眼神、蹒跚无力的脚步……备受打击的妈妈却依然像母鸡护儿一样敞开她慈爱、温厚的怀抱不离不弃地庇护着我。

回顾我这半辈子,对于婆家、娘家没有半点贡献。两边的老人身体不适时我没能长期在病榻前端茶倒水,偶尔看望照顾一下如蜻蜓点水一般。都说"养儿防老",当他们正在走向老年的时候,我们为了过上体面的生活而拼命努力无暇顾及,总是说"忙忙忙",很难为他们做点什么;当他们已年老体弱孤独寂寞时我们又能为他们做些什么呢?我无数次地拷问自己,愧疚不能悉心照料他们,老屋门前、高楼窗后他们落寞的身影总在眼前飘来荡去……

想想我们的父母,一生总是在奔波劳碌,只要是能动就绝不会坐享其成。他们挂在嘴边的一句话就是"生命不息、战斗不止"。他们是农村人,多半文化不高,享受不到那些福利保障,更没有城里老人那样闲情逸致或高雅追求;你叫他们莫管闲事少操心,他们根本就不习惯,围绕儿孙转来转去就是父母的终极目标。

老人们对吃的喝的看得很淡,哪怕锦衣玉食堆起来围着他们,并不会让他们开心。儿孙顺利、平安是他们唯一的愿望,而我们唯一能做到的只有在他们有生之年多些陪伴。

守 望 天 使

文/孙莉霞

每次回去看他们，听到门口车响，老两口都是急匆匆地从里屋出来，到门口接我们，帮我们提行李，脸上抑制不住的笑容。

为了准备我们回来，会提早很多天打电话，问我们想吃什么，特别是对他们疼爱的外孙女，更是无比娇宠，说你想吃什么就帮你做什么，完全是一幅讨好的口气。

为了等我们回来，被子提前晒过，床单新换过，睡在床上能闻到太阳和风的味道。拖鞋也会提前准备好，包括孩子的拖鞋，哪怕她一年只能穿一次。

我们回来的当天，一大早，父母就会去市场买菜割肉，将冰箱塞得满满的，明知道吃不完也要买，因为不知道我们爱吃哪一样，什么都准备一点。然后，等我们走了，那些东西，十天半个月也吃不完。

我们已经出发到路上了，途中电话仍会声声追过来，问我们到哪里了，不必着急，路上要慢慢开，注意安全。

唠叨，琐碎，有时候听起来让人很不耐烦，可你仍要对着电话，不断地说好，好。

我很想知道我们不在家，他们老两口是怎么过的。所以有一次临时回家，没有提前通知，甚至到了家门口也没有喊他们，只是悄悄地走进去。

他们正坐在灶台边的那张小桌子旁吃饭，桌子上摆着一碗青菜，一碗豆腐汤，还有两个腌菜。一边吃着饭，两个人还在拌嘴，为一个什么人情争执不休，并未意识到我就站在门口。

看到桌子上仅有的那盘青菜，看到两个苍老的背影，我的心里有点发酸，不过还是佯装笑脸，装作刚到家，满面笑容地对他们喊道，爸，妈！

他们回过头来，先是惊诧，又满是欢喜，并开始不断嗔怪，回来怎么没提早告诉我们？

我说临时回来的，正好手机又没电了，所以没有提前给你们打电话。

他们又开始互相责怪，说孩子进门了，你怎么都没听到？又开始后怕担心，说幸亏我们今天在家，万一去乡里怎么办，万一我们去京山了怎么办？我们要是不在家，你都进不了门！

他们忘了,小的时候我是经常吃闭门羹的。

有时候放学回来,门上一把锁,他们都还没下班,或者出门了。我坐在门口的一堵矮墙下面,看着夕阳的余晖,把树的影子拖得老长。我一面伏在膝盖上写作业,一面焦急地等着他们回来。

那时候都没有电话,他们去了哪里,干什么,根本不知道,只能到邻居家去打探消息,或者干脆就在邻居家吃饭,因为我知道,即使他们回来,也不可能有现成的饭吃。

这样的情景,好像谁都没放在心上,回来后,他们不以为意,那个经常到邻家蹭饭的孩子,也没觉得有多苦。反而人隔得越远,年岁越来越大,父母与孩子之间变得越来越客气。

因为长久不在家,偶尔一次回来,我们就变成了客人。说是回家看望父母,事实上,近乎变成一种打扰,要为我们和孩子准备吃的喝的玩的用的,还要琢磨着走之前,让我带点啥,一箱土鸡蛋,还是一瓶我爱吃的白花菜?

土鸡蛋并没有现成的,要提前买好,还要瞅准时机等着乡下人到集市上卖,否则,买不到正宗的土鸡蛋。买完回来后,要准备一个小箱子,里面码好鸡蛋,再一层一层地铺上粗糠,严严实实地封好,用东西捆扎好,这样,无论路途多遥远颠簸,鸡蛋都不会破。

我爱吃的咸菜也是,满满的一瓶,装在一个大可乐瓶子里。瓶口很小,里面装的腌菜却压得很严实,很紧。吃的时候,里面的菜很难倒出来,只得把瓶口割开,割的时候我就在想,这满满一大瓶子菜,他们是怎么一点一点用筷子塞进去的呢?

过年的时候,他们会腌上一盆一盆的腊鱼、腊肉、香肠,挂在阳台上,等着风干。他们自己吃得并不多,这挂得满满的一阳台的腊货,除了待客,剩下都是留给孩子们的。每个孩子走的时候,都要带上满满一箱子。尽管我一再声称,够了,吃不了那么多,但他们还是不断地塞,塞,满满沉沉的一大袋子腊货,放到冰箱里,能一直从年头吃到年尾。

我们也都为人父母,但似乎不能像他们那样倾其所有地付出,有时候我宁愿他们活得更自私一点,多为自己活着,而不是为了儿女,这样,就不会有操不完的心,爱也不会变成沉重的负累。

然而,我知道,这不可能,我们都会被这份爱绑架,从来不敢说苦,不敢说累,不敢说一句不好,惟恐他们担心,而他们即便有这样或那样的不适,身体再不舒服,电话里仍然是好,好,好。

谁都知道这是谎言,但谁也不能把它捅破,我们必须活在这个虚幻的世界里。

只有自己好,对方才能好。

我想,他们但凡还有一口气,都会变成守望的天使,护佑着自己的儿女,就像三毛在《守望天使》中写的:"无论孩子走多远,他们都会一直相互搀扶着,守望着孩子离开的方向。直到他们老得站不住的时候。"

妈妈的缝纫机

文/王慧玉

　　年过花甲的母亲坐在缝纫机前，右手微扬拨动滚轴，两只脚在踏板上一前一后轻轻点击，缝纫机便"嘀嗒嘀嗒"开始转动，随着母亲的娓娓述说，那些尘封已久的往事像放电影一样展现在眼前，我们一起回到母亲——严家三姑娘的娘家，在安陆市王义贞镇的一个小乡村。

　　那年大舅妈嫁到严家时，三姑娘还是未出阁的女孩子，便跟着大舅妈学会了做衣服。农忙时上山下地挣工分，到了十月份，便陆陆续续有条件稍微好些的乡邻，接裁缝师傅到家里给一家老小做过年的衣服。大舅妈是那个年代极为稀少的拥有高中学历的女子，为人又和善，故大舅妈的活特多，三姑娘虽是刚入门的小徒弟，但手脚麻利头脑灵活跟着自己的大嫂沾了不少光。乡邻都很淳朴，对手艺人特别恭敬，到饭点高桌子低板凳请上座，而且每餐饭的中间还有茶点，虽然远远不如现在待客之道搞满汉全席，但在那个鸡蛋都得攒起换油盐的艰苦岁月里，每餐三四个碗碟有荤有素已经就是国家干部的待遇了。

　　故那时三姑娘肤色特好，水灵灵的，还有一头长及腰身的粗辫子。大姨妈湾子里一个帅气的兵哥哥便委托大姨妈做媒把三姑娘介绍给他，兵哥哥为了表示心意送了个稀罕的礼物——大桥牌缝纫机给三姑娘，三姑娘心里美滋滋的，可又发愁得很，因为她只进过扫盲班学的几个字屈指可数，无法和对方鸿雁往来，更谈不上一诉衷肠，一段情窦初开的爱情坚持了一年之久就这样无疾而终了。

　　我心里暗自窃喜笑话母亲："幸亏当年的三姑娘没读书，扁担倒下来不晓得是个一字，要不然嫁到别人家就没有我们了。"母亲头一抬眼一瞪不满地说："你妈没有那么蠢，我进过扫盲班，还认得几个字！"

　　后来，有熟人又介绍了坪坝街上的王家三小子，王家很穷但三小子知书达理为人谦和,虽然外公和外婆很不满意,但最终被三小子的诚心打动,三小子不屈不挠地坚持三年之后,1976年的春天三姑娘嫁到了王家。

那时我的三爷(父亲的别称,因父亲排行第三,我的堂哥堂姐喊他"三爷",我们也跟着喊"三爷"改不了口)在镇上做会计,工作之余和母亲一起勤扒苦做,但家里依然捉襟见肘。母亲很想踩缝纫机赚点零花钱让自己手头活泛点。可生产队管得严,几乎天天组织劳力出工,根本不允许个人单干,谁要是在家里干私活就会拉到街上批斗游街。而集体组织的缝纫厂母亲又不够资格进去(乡下的缝纫姑娘地位低,手艺也不入街上人的法眼)。好不容易撑到下半年,母亲便借口有身孕经常回娘家(安陆和京山政策不一样,略微宽松一点),偷偷跟着大舅妈一起去别人家做衣服,管吃管喝,一天两块五毛钱。

熬到腊月底,母亲的身子已经很不方便了,但腊月的活最多,家家户户不管有钱没钱一年到头为家人添件新衣服的习惯不能免。张家接来李家请,这么难得的赚钱机会岂能轻易放过。母亲挺着个大肚子,跟着大舅妈日夜奋战,"嘀嗒嘀嗒"踏板一上一下,滚轴转得飞快,一圈一圈,一圈一圈,转来了一点微薄收入,为晦涩无光的生活带来一丝希望。年轻的裁缝三姑娘天天给别人做新衣服但舍不得给自己做,攒的几个钱交一部分给爷爷奶奶,剩余的几张毛票小心翼翼地存起来,小小的我马上就要出生了,用钱的地方多着呢。

1977年腊月初一,爷爷奶奶提前一个月给我过了周岁,随后又分家,真的是家徒四壁,想想当时我都已经会往嘴里扒拉食物了,但全家分到的筷子只有两双,可以想象那时候穷到了什么地步……

怎么办? 只有甩开膀子大干! 马上要过年了,再穷也要把锅碗瓢盆办齐,还要置办点年货,年纪轻轻的像叫花子,人人都会瞧不起。母亲便又回娘家,姑嫂两个黄金搭档拼命地赶工,那时我刚一岁左右留在家,白天奶奶带,晚上由我亲爱的三爷带,小小的我看不到母亲只会张着嘴一天到晚地嚎哭,三爷白天要忙会计的活,傍晚便把我抱着到处走到处看逗我玩哄我睡觉,眼看着腊月底了,三爷在家自己打了个土灶,便让我和泥巴玩,等到母亲做工结束回来,我的天啊,她的黄毛丫头糊得鼻子眼睛都看不到,看到母亲后嘴巴一瘪一瘪,然后就跟杀猪一样哭得鼻涕眼泪一大把……

后来,坪坝的政策放松了一点,母亲便把缝纫机从娘家搬到自己的小家,当时外公外婆不乐意,人家的姑娘都是想方设法地顾着娘家,可自家的姑娘出嫁了还要往婆家搬东西。母亲晓之以情动之以理,想想女儿在婆家日子过红火了也是他们的荣光,外公外婆还是同意了。

平常,母亲除了挣工分就是去山里砍柴,到年底,就指望着踩缝纫机赚点额外收入补贴家用,家里已经接二连三添了几张嘴,我们有姐弟三个,小弟弟幸亏赶在计划生育前出生没被罚款。因为要管孩子，不能再回娘家跟自己大嫂一起去外面做衣服。不过，母亲心灵手巧已经名声在外，有的乡邻把布料送到家里来，母亲加班加点赶夜工，天天熬到转钟鸡子叫，我们几个幼时的摇篮曲就是母亲踩缝纫机的"嘀嗒嘀嗒"声。昏黄的煤油灯下，母亲一坐几个小时头也不抬，聚精会神地抻着布料走针，要换线了，线头含在嘴巴里一拖，手指轻轻一捻，再细的针鼻子也能一下就穿过。做出来的活针脚匀称，衣形大方挺阔，大家都对母亲交口称赞。

母亲是个很心细的人，那些零零碎碎的边角布料全都积攒起来，有空时稍微修剪一下：三角形、长方形、正方形、菱形，然后再和拼七巧板一样拼成大块的，家里有一个"百花"被套便是这样组合而成的，用了几十年。想想一个没读过书的人把一堆没规则的碎布做成一个有棱有角的被套，这需要付出多大的心思啊！

再后来，政策完全放开，"忽如一夜春风来，千树万树百花开"。街上除了公家的百货商店还有许多个体户，服装店里的衣服面料新颖，款式时髦，大家穿着买来的衣服喜笑颜开，只有家庭条件差的人才会去做衣服穿。踩缝纫机的那点微薄收入已堵不上家里入不敷出的漏洞，"裁缝"这一行业就这样顺应时代发展自然淘汰。我的三爷也毅然辞职，夫妻俩齐心协力半农半商走在通往"小康之家"的路上。

那台给我们贫瘠岁月带来滋润、带来希冀的"大桥"牌缝纫机光荣谢幕，静静地搁置了几十年。前几年，母亲把它从老家搬到县城，好生保养了一番，又二度上岗发挥余热，只可惜缝纫机的木制面板被几个顽皮的孙子撬得残缺不全。但"大桥"牌三个字依然闪着金光，而且缝纫机走线依然顺顺溜溜。家里缝缝补补的活都由母亲负责，特别是几个小孩子的裤子，总是要破裤裆；我们的工作服也经常开线，随时破了随时补。母亲还给大家做了一些精美的鞋垫，像工艺品一样，哪里舍得垫在脚下。只是近两年母亲的眼睛老花了看不见穿针线，偶尔需要大家搭把手。

我看着母亲踩缝纫机的背影，听着"嘀嗒嘀嗒"的声音，沉浸在那些很少记起但从不曾忘记的往事里。母亲有些遗憾地说："可惜你不会踩缝纫机，要不然我把缝纫机交给你。"讨好卖乖，逗母亲开心的我说："好，您一定要多活几年，等我不工作了，就来向您拜师学艺，做您的关门弟子！"母亲开心地笑了。

乡间留守儿童成长记

文/雨千寻

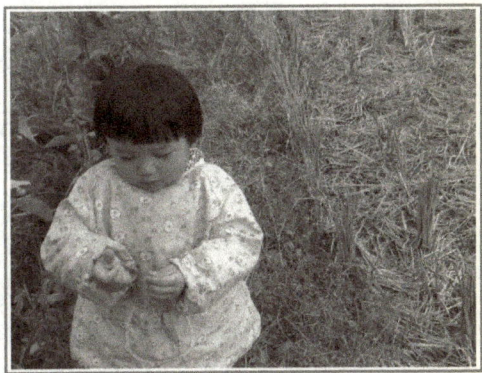

微风送凉，又逢开学季。城里的父母在朋友圈各种刷图，祖国的花朵遍地盛开。乡下的孩子则没有这种待遇，他们的父母常年在外，没有给孩子们办理过入学手续，也很少有机会接送孩子上学，在他们成长的漫长岁月里，他们的父母往往扮演着缺席的"局外人"角色，在他们父母的朋友圈里，极少有他们上学的情形。

"留守儿童"是城里人、学者、部分机构、新闻从业者等相关群体创造的一个词汇，绝大多数的中国农村儿童，他们的存在，只是这个词语、这个群体中的一个数字而已。而在他们的成长之地，他们是我们的家人、亲人，不是一个冷冰冰的数字，也不是一个概念，他们也是很多家庭的未来之花，也是父母的心头肉，爷爷奶奶的掌中宝。

文中的这个"留守儿童"，是我弟弟的孩子，也是我的家人。看着她慢慢长大，感慨太多。这个小镇的很多农村儿童，都是这样长大的。

开学之前的一个早晨，给家人打电话，询问孩子开学事宜。母亲说："还没去报名，已经哭了好久。"详询得知是母亲一早带着她去集市采购，返程的车上，几个大人在讨论孩子们要开学了，母亲跟她说了一句："要上学了哦……"据说听到这句话后，她就开始一路哭，就像泄洪的闸门一样不断流泪，下车后，母亲牵着她的小手，走在乡间小路上，她还在哼哼唧唧地流眼泪，也不愿意说话。那种场景，想来也单纯：一个不足四周岁的乡下小女孩，以她所能知道的"无比悲痛"的心情得知暑假正式结束，她一定噘着那可爱的小嘴，水汪汪的眼睛泪花闪闪，糊满小脸，大人牵着她的手，她边流泪边用方言小声嘀咕："不上学……不读书……"一脚深一脚浅地走在回家的路上，旁边可能是大人的训斥：人家小孩都去上学，你怎么不去读书呢？也有可能是大人的悉心教导：你现在长大了，要去上学读书，不能每天在家里玩，你去上学，才能见到妹妹和其他小朋友,去上学才有老师教你跳舞,教你读书写字啊。不过据说开学前几天,她还知道跟奶奶说:"你要把我的这双鞋洗干净,上学要穿的。"

其实她已经上过一年幼儿园了,学了点儿东西,会随歌起舞,会无意识地背出几首唐诗,数数可能会漏掉几个数,好歹是开始接受启蒙教育,用她自己的话来说,属于"我上过学,我在读书,认识字"。但是她经常生病,出勤率低,以至于上学期仅仅上学5周。所以,她并不确切知道周六周日,加上零散的节假日,她经常需要问大人:"明天要上学吗?"得知要上学,便会早点睡觉以便于早起,当消息是"明天不用上学"时,会玩到半夜。

她属于那种一眼看上去特别好看也特别可爱,容易招人喜欢的孩子,只是脾气暴躁了些,据说在村口路上,大人们看到她总想摸摸她的小脑袋,她一般捂着头不让碰,有时候也很凶直接叫嚷:"不许摸!不许摸!"家里总给她买新衣服,据说也养成了坏习惯:一件新衣服可以保证两周上学出门时不哭,晚上会和大人说好明天要穿哪几件衣服,但是第二天早上又会挑剔不穿这件不穿那件,出门前会在镜子前转几圈看自己美不美。不上学的日子里,每天中午需要再换衣服,她的理由是:衣服脏了。绝大多数的时候,母亲会给她收拾得很干净,但是乡下孩子,总有脏兮兮的时候,尤其冬季穿得多,以及哭过后,一副可怜兮兮的模样,乡下孩子、留守儿童的样子立刻现形。

乡下孩子,一般由爷爷奶奶带大,不和父母一起生活,加上地方特色,难免会有一些坏习惯。比如,她从大人的谈话中间学会一些脏话,也从大孩子那里学来脏话,这些脏话,她刚学会时全然不知,还以为是学会了新知识,非常开心,到后来,她大约知道是骂人的脏话了,反倒会在脾气不好的时候派上用场。

农村的教育观念往往是:这孩子比较野,不听话,大人教她没用,非得学校老师教育她才能听话。可以说,这是家庭教育的缺位,这不能埋怨孩子的父母或者监护人,时代大潮,造就如此现状,很少有父母愿意将自己的孩子留在乡下,他们也希望自己的孩子可以接受良好的教育,可以健康成长,然而,农村的贫穷和资源匮乏的生活现状不容他们多想。很多小孩往往出生不久即与父母分离,乡下的野蛮生长、粗放耕耘的生存法则在这些孩子身上得以完美呈现。农村的教育水平、教学条件无需多言,即便经过这么多年的发展,它依然只能提供基本教育,没有多少歌舞文艺其他才艺之类的培养,现在有校车,不用步行上学已是万福。

一般父母离家时,她也会哭得很伤心。母亲说她经常会哭半天,号啕大哭后是低声抽泣,然后是一个人静坐在床头不停地滴眼泪,这时候母亲会抱着她哄她,告诉她,其他小朋友的爸爸妈妈也都不在家,也都是和爷爷奶奶在一起,会告诉她爸爸妈妈去打工挣钱去了,多哄几句,她就会抱着奶瓶自己告诉自己:"挣钱钱买花衣服、买好吃的,还要上学读书。"念叨几遍,大人给她擦干眼泪,用热水洗洗脸擦擦脖子,又回到了以往的正常生活,那种父母不在身边的生活。

比起乡下常见的小孩,弟弟和弟媳回家频率稍高,因此,她哭喊的频率也会很高,以至于她渐渐明白,偶尔妈妈回家时,第二天一早奶奶如果把她抱出去玩,到其他小朋友家后,那是妈妈要走了,她就会开始哭喊着要回家。有一次,弟弟回家住了几天,离家那天,弟弟坐上那辆远走的汽车后,她在路边哭得跺脚,追着车跑,这时候弟弟给母亲打电话,他在电话里哄她,而她则是边哭边喊:"不要电话里面的爸爸!要车上的爸爸!"那个时候,她还不到三周岁,一个孩子和父母分别时的哭喊,在农村,太常见了,一方面是孩子的撕心裂肺,一方面是老人的安慰,不知道孩子的父母都是作何感想。据我所知,好多父母因为长期在外,和孩子相处时间太短,假期短暂相聚后的外出,对他们来说,甚至是一种解脱——带孩子、抚养孩子的过程是长期而艰巨的任务。

这一年七夕,弟媳要离家外出,这一次,快四岁的她没有像以前那样号啕大哭不让妈妈走,而是很开心地送弟媳出门(这一年弟媳有半年都在家,她的表现也因此有别),还很认真地说了一句:"妈妈,你去爸爸那里,你们把工打完了再一起回来,叫上爷爷一起回来。"那个孩子,她并不知道大人的世界和大人的生活,她不可能知道,对于绝大多数农村人来说,打工是一件遥遥无期的事情。在她的世界里,她或许认为打工和吃饭、电视节目一样,一会儿就会结束。

长期与父母分离,她偶尔有些自闭,父母打电话回家,她最初总会问接电话的爷爷或者奶奶:"是哪个呀?"到后来,经常是她父母或者我打电话回家时,她不愿意说话,会捂着耳朵,不听,或者把电话往一边推,不说话,偶尔也会说:"不要电话里面的爸爸!不要电话里面的妈妈!"

每次回家我都会给她拍好多照片,也录过几段她号啕大哭的视频(她是出了名的爱哭,小地方人尽皆知),她会经常缠着我要看那些她跳舞或者哭泣的视频,那些哭喊的小片段,她看着看着会咯咯笑,发现后来自己哭得越来越伤心时,她会害羞地说:"不看这个,换一个。"去年秋季我用一个八成新的触屏手机给她下载了很多儿童歌曲、唐诗,在家教会父母如何使用,她会经常跟着音乐跳舞。不过最让她觉得刺激的是自己点开照相机对准某人后噼里啪啦地不停点按拍照——都没拍到人,或者没拍全。这个手机后来母亲拿着用了,以至于经常会有这样的场景:大人一边接电话,她一边在旁边让挂电话出去玩,说几遍不耐烦后,她会开始宣布个人财产所有权:这是我的手机!这个手机是我的!

相比于爱的付出,如果说有什么能让人觉得欣慰,那必定是对方能够感到被爱以及付出的爱得到回报,即便对方只是一个孩子,也是如此。2015年春天,她才两岁半,有天晚上,母亲因牙痛在屋外发出难受的声音,准备睡觉的她知道母亲牙疼难受,她冲着屋外叫嚷:"奶奶!吃个丸丸!吃个丸丸就不疼了!"看屋外没有应声,她又从床上爬上床头小柜,翻这柜子上面的各式药盒,又拉开抽屉到处找,她很着急,边找边说:"我给奶奶找个丸丸,给奶奶找丸丸!"那一刻,我很感动,才两岁多的她,居然也开始懂得关心人。还有一次,我给家里打电话,适逢晚饭时间,大人教她几句:姑姑下班没有?有没有吃饭?然后就是她自由发挥:"姑姑,快回家!回家吃粑粑(方言中的一类面食),吃奶奶做的好吃的粑粑!"询问大人方知是小姨送去的一种可以用来调制面食的野生食物,稀有之物,确实好吃。那一刻,我心里有一种特别的幸福感。这个孩子终于知道了学会分享自己喜欢之物。

我又想起她刚出生时像小虫子一样,安静地睡在那对她来说无比空旷的床上,稍微带点儿黄疸的面孔,婴儿的酣睡与呼吸,让她的面部皮肤、鼻子偶尔会像虫子移动那样抽动一下,会在睡梦里嘟嘴和微笑,那个时候的她并不知道她要面对的是一个怎样丰富多彩的世界。

含德之厚,比于赤子。亲爱的孩子,愿你健康成长,也愿你拥有精彩的人生。

请不要离开我

文/孙莉霞

一

在我很小很小的时候,大概只有几个月大,经常整晚整晚地哭,三叔被我哭得闹得烦不胜烦,半夜三更爬起来,抱着我去找母亲。当时,母亲在一家裁缝店做衣服,为了赶工,经常通宵达旦做一整晚,三叔气呼呼地把我扔给母亲,自己回去了。

后来怎样,我就不知道了,这事是三叔在和我们聊天时,不经意间说起的。大家听后,谁也不会把它放在心上。

几十年之后,我发现自己在睡觉时有个习惯,任是再宽的床,也只会蜷缩在一个小小的角落里,并喜欢用手护住自己的头。那个姿势怎么看,都像是一个无助的婴儿。

这两者之间到底有没有因果关系,我不敢断定,但当我开始看第一本儿童心理学方面的书籍时,我才明白,人在有记忆之前的五年或者三年,并不是如同黑暗一般的蒙昧无知,你可能不记得,但那些经历会潜藏在你的大脑里,并影响着你日后的生活,就像黑暗中萌动的种子,以后会开什么花,结什么果,最终能长多高,也许在很大程度上都取决于种子在黑暗中蕴育潜伏的那一阶段。

可是,很多人都不知道这些,特别是在我们那个镇上,在他们看来,孩子和那些小动物并没有什么区别,只要吃饱穿暖,别冻着别饿着,至于由谁来带,并不重要,如果提到孩子的情感需要,那就更显得矫情。

其实这种观点自古有之,如果追溯到几千年之前,最典型的就是奶妈的存在。这种制度起源于何时,我不知道,也许是从某位皇后奶水不足开始,不得已,到民间请了一位奶水充足的奶妈,来哺育自己的孩子。到后来,不用喂奶,更显得皇后妃嫔们的仪容高贵,也省却了哺育的辛劳,渐渐地,奶妈制逐渐成为皇宫贵族的一种习俗和制度,并逐步蔓延到民间。一边是高贵的太太们不肯喂奶,另一边是贫寒的妇人,抛却自己嗷嗷待哺的孩子,不得不到别人家,去哺育别人家的孩子。

如果熟悉中国历史,你会发现,很多贵妇人皇太后和自己的亲生儿子并不亲,除却其他种种原因，我想其中很重要一点就是，没有亲自哺育的经历，没有水乳相融的依恋，这一份亲情难免会打折扣，而很多孩子却和自己的奶妈产生了浓厚的感情，不是亲生，胜似亲生。

这种扭曲人性的制度在现代已很少见，但有另外一样东西，慢慢代替了奶妈的角色，那就是奶瓶。奶瓶似乎让妈妈们极大地解放出来，除了生，其他都可以不用管，在他们看来，即使没有母乳，也可以喝牛奶，照样能长大，还能长得白白胖胖。

因为奶瓶的出现，现代女性可以随时从母亲这个角色中抽离出来，和男人一样在外打拼挣钱，美其名曰是为了孩子，减轻家里的经济压力。于是在这个镇上，很多母亲，有些孩子刚断奶，有些甚至等不及断奶，孩子才一两个月就出去打工，她们说，反正自己奶水不够，挣钱给孩子买奶粉喝也是一样。

挣钱永远都是第一位的，即使在这个不愁吃穿的年代，钱的魔力似乎比任何时候都来得更重。即使有再多的不舍，也宁愿把孩子交给老人，半是洒脱半是沉重地出门打工，到后来，她们逐渐习惯了，比起繁琐辛苦地带孩子，上班反而显得更轻松简单，最重要的是，自由自在，生活完全不必被孩子所羁绊。

老人带孩子变成了一项职责，一项天经地义的事，如果家里有几个儿子，几个孙子，如何平衡好这其中的关系，也会让他们作难。带了这一家的孩子，没有带另外一家的，那么，媳妇在背后往往就会有闲话，为了公平起见，几个孙子孙女甚至同时扔给老人，就像扔一个包袱或者是累赘。

于是，我们看到，这个空心镇，许许多多的空心村，一户一户的高楼大舍里，只有老人孩子相依相守，儿女们偶尔也会回来看看，但那种看望，更多地像是在做客，吃一点，喝一点，带一点，拿一点，说几句闲话后，又不得不匆匆离开。至于和他们自己的孩子，从陌生到熟悉然后又到陌生，这三个阶段来得太快，孩子们张着迷惑的眼，还没有懂得这些个带来新衣服新玩具自称爸爸妈妈的人，甚至喊不出口，他们已经绝尘而去。

寂寂地留在家中的，依旧是孩子和老人。对于孤单的老人来说，孩子也许是一个陪伴，一种寄托，这些稚嫩的面孔也许能安慰他们日渐苍老的心，但毕竟年纪大了，带一个孩子已经是很大的负累，何况还要做家务，还要守着几亩薄田、一片菜园过生活，没有多少经济收入，还得过日子，还得应付日常花销和人情礼债。儿女们给点钱是救济，不给钱，也无从要起，如果儿女们在外不成气，甚至还得倒贴。

这个镇上的老人，与中国农村许多老人一样，越来越处于这个社会最弱势的地位，他们有必须承担的义务，还有随时可能被抛弃的命运。当他们慢慢带大了自己的孩子、孙子，到最后风烛残年、贫病交加之时，很有可能，会被孩子们像一块用旧了的破抹布一样，被无情地扔弃，因为他们已经再也没有可利用的价值了。

经济基础决定上层建筑,这句教科书上耳熟能详的话,现在听起来,很现实,又很讽刺,哪怕是对待自己的亲人,这句话似乎也依然适用。

二

我的女儿是在出生 11 个月的时候断奶的,那一年回老家,她已经有一岁四个月了。孩子出生后,一直是爷爷奶奶和外公外婆轮流照顾,回老家时也是和爷爷奶奶一起回去的。

过完年,准备返程之前,爷爷作为家长,以不容置疑的口吻宣布了一项决定:他们要把孩子留在老家。

给出的理由似乎也很充分:

第一,他们不习惯在大城市的生活,还是愿意在老家生活。

第二,孩子已经大了,断奶了,他们在家可以把她带好,实在不行,可以让婶婶辞工,一起帮忙照看。

第三,我们在深圳可以安心工作,不受孩子拖累,等孩子要上学了,自然会交给我们,让她接受良好的教育。

第四,如果我们想孩子,可以网上视频,也能随时见得到孩子。

最后还充分列举了谁谁谁家都是把孩子放在老家,留给老人照顾,也照顾得很好。

他们觉得自己的理由很充分,也满心期待着我们给予肯定的答复。孩子她爸站在一边,不置可否,于是,只好我出面答复,先理解他们的想法,但表示孩子绝不可能留在老家。

我给的理由只有一条:孩子必须和母亲在一起。

爷爷奶奶显然没料到,我这个向来亲切、随和的媳妇会变得这么固执,而且我还宣布,不用他们去深圳,孩子由我自己带。

于是我变成了许多人眼里的傻子,放弃了工作,自己在家做一个笨拙的母亲,既吃力又不讨好。就连我的父母也打电话来表示不理解,把孩子放到老家,让她爷爷奶奶带,本来就是应该的,他们又不是带不好,你们在外面好好上班,过清静日子,有什么不好,该享的福不晓得享!

一旦违反社会习俗,要承担的压力就会扑面而来,哪怕和老家隔着千山万水,这种压力都会无处不在。那些把孩子留在家里的母亲,有多少是自愿,又有多少是因为压力所迫呢?如果没有一个坚定强大的内心,是很难不被这个社会同化,又很难不被屈服的。

孩子必须和母亲在一起,在我看来,这是一个颠扑不破的真理,而在别人看来,也许就是一个笑话,在他们看来,情感是虚的,不值一提的,只有挣钱才是最真实的。

我也不能明白,世界上没有任何动物会把自己的子女送给别人寄养,这种最自然的天性,人就有权利以挣钱之名去打破它吗?何况又不是到了活不下去,必须卖儿鬻女的时候,为孩子多挣一些钱就能弥补这些年缺失的亲情吗?

何况,孩子这几年宝贵的时光,错过了,就永远不会再回来了。

三

许多人认为,父母带,老人带,孩子不都是一样的带大吗?有什么区别呢?

真的一样吗?

看看育儿专家尹建莉在《最美的教育最简单》这本书上是怎么说的。

"中国民间有一种说法,孩子要屎一把尿一把地亲自拉扯才会亲,这是非常有道理的。血缘固然是一条纽带,但仅靠血缘沟通亲情,恐怕不够。如果和孩子早期相处不足,彼此间的情感联结就会比较稀疏,而这种联结是有时间段的,错过了就很难再建立新的联结。这一点也已被现代心理学研究所发现和证实。"

"一个孩子失去父亲是失去了世界的完整,而要失去母亲,则是失去了整个世界。父亲抚养都不能完全取代母亲,何况爷爷奶奶!母亲是孩子早期生活中不可或缺的角色,生命最初的几年,是人生的黄金期,几乎奠定了孩子一生发展的基础。"

"我们在生活中一定见过这样的例子,那些早期由爷爷奶奶或他人抚养的孩子,和父母间永远隔着一层东西。要么互相不理解,冲突不断;要么特别客气,宛如外人。没有相守的尺度,就缺乏感情的厚度。"

"我曾和一位某三甲医院心理科的医生交流过,他说现在罹患自闭症、多动症等神经官能症的孩子越来越多,就诊的孩子往往有较为典型的成长经历。如90%以上在幼年早期和母亲有较长时间的分离,由老人或保姆带大。而负责照看孩子的老人或保姆如果对孩子管得太严,包办太多,或经常把孩子交给电视机,不注意和孩子的互动交流,几种原因加起来,很容易造成这些孩子的心智无法正常发育。隔代抚养开始的年龄越小,和母亲相处时间越短,孩子的症状越严重。"

没有相守的尺度,就缺乏感情的厚度,这是最浅显明白的道理。感情不是凭空而来,无中生有的,没有和孩子相处的时间,没有和孩子之间的情感链接,又怎么谈得上是为孩子好?如果你真的是为孩子好,请深入到孩子的内心深处,看看他们真正需要的是什么,最欠缺的是钱吗?

不,也许他们还不会说话,但每一声哭泣似乎都在说,爸爸妈妈,请不要离开我。

四

尹建莉在《最美的教育最简单》这本书上，还举了一个例子。

"有一次，我听一个正在少管所接受教育改造的 16 岁的孩子说起他失足的经历。他父母只有他这一个孩子，在他一岁时就外出打工，把他留下和奶奶一起在村里生活，他每年只是春节期间能见父母一次。算下来，他长这么大，和父母在一起生活的时间总共不超过两年。他说小时候特别想父母，天天都盼着他们回家，但几乎每次父母回来都闹得不愉快。父母在短短相处的时间里，总是想抓紧时间教育他，可是又不得法，所谓教育只是不停地指出他哪里不好，告诉他应该这样应该那样。每次十几天的相处，还没来得及彼此熟悉，父母就该走了，他记忆中所谓和父母的相处，就是父母不断地挑毛病。即使这样，他也对父母充满眷恋，在 10 岁时，有一次和奶奶闹不愉快，一个人偷偷坐火车去深圳找父母，没找到，流浪了几天，被警察送回村里，为此又挨了奶奶一顿打骂。父母在电话中也对他好一顿训斥，没有一点心疼的意思。他说最令他伤心的一次是 13 岁那年，父母春节回来，看见他个子一下长高了，第一句话是：怎么驼背了？挺起胸来！并且在接下来的几天中也总是不停地告诉他应该这样、不应该那样，很少向他表达爱和感情，这让他感觉父母横竖看他不顺眼，自己在父母眼中真是不可爱，自此以后，彻底对父母失去希望，于是离家出走，开始堕落。"

我仿佛看到一个孤单的少年在绝望中呐喊，在茫茫的荒野中奔跑，谁来爱我？谁来爱我？既然没有人爱我，既然我一点都不可爱，那我就干脆堕落到底，父母看不起我，我自己也看不起自己。

当一个孩子不被父母欣赏，得不到父母的关爱时，他的自我评价也会变得很低，学会自己攻击自己。

这样一个例子并不算极端，在我们那个小镇上，甚至比比皆是。如果出现这种情况，人们只会说，父母没有把他教好，爷爷奶奶管教不严格，却很少有人能看到问题的根源。根源就是这个孩子缺少关爱，缺少关心之爱，欣赏之爱，包容之爱。爱是心灵的源泉，这个孩子的心里是一片饥渴的沙漠，最终产生自我攻击，自己陷入堕落，自己"杀死了"自己。

缺少关爱的孩子除了会陷入自我攻击、自甘堕落之外，最常见的就是寻求自我庇护，这个庇护所并非在别处，而是在网上。

心理学家武志红在《为何家会伤人》这本书上说："幼童时代，父母无条件的爱就像是打造一个安全岛。心中有了安全岛，孩子才会信心十足地探索世界，和人交往。他们深信，如果失败了，受挫了，可以随时回到这个安全岛上来。

许多孩子之所以迷恋网络，一个常见的原因是，他们没有一个可靠的安全岛。他们被父母和学校遗弃了，他们的安全岛四分五裂。于是他们去网络上构建新的、虚幻的安全岛。"

如果孩子在现实生活中觉得自己弱小、无能，一再被贬低，在网络游戏中可以产生一种虚幻的强大感，当在家庭与学校得不到理解和关爱，网上的聊天软件，却能让自己得到同龄人甚至陌生人的理解和关爱。

尽管网络、网吧有这样或那样的弊端，但在某种意义上来说，网络也是孩子们寻求内心安全感的庇护所，甚至有一个最大的好处，可以避免内心深处的绝望，避免在现实生活中自甘堕落。

然而，在现实生活中，网络网吧往往被视为洪水猛兽，一概喊打，那些喜欢上网的孩子甚至被视之为网瘾综合征，被送到某些戒网所，实施残酷的"电击疗法"，用肉体上的折磨迫使精神上的屈服。

很多时候我们只看到表面，却从来没有仔细想过，孩子为什么要泡在网吧，甚至可以不吃不喝？

人和所有动物一样都有一种本性，就是懂得自我疗伤，网络是一种逃避，也可以说是一种疗伤。至于伤口从何而来？这也是我们该好好反省的。

如果说孩子是一粒种子，那么宽容自由的生活环境、从小爱的滋润、精神和物质上的自足，才是成长中的阳光、空气和水分，否则就会形成内心一道道的伤口，而这是你从表面上根本看不到的。

我们怀念乡村，到底在怀念什么

编写整理/孙莉霞

什么是乡村文化

乡村文化是乡村共同体内的一个"精神家园"，它的最大特质是自然、淳朴的文化品格，它所蕴含的静谧是历代人们的精神原点。在乡村文化中，既有"天人合一"的自然主义情结，也有"趋福避祸"的民间信仰；既有"乌鸦反哺，羔羊跪乳"的慈孝道德观，也有"出入相友，守望相助，疾病相扶"的良善交往原则；既有平和淡然的生活态度，也有充满希望的未来期冀。乡村文化与土地的质朴和生命力紧密相关，建构着人们的精神家园。至今，生活在充满着欲望、污染、竞争等所谓现代文明中的人们仍然力图从这个"镜像"里寻找自己本来的身影，并引发关于自身来自何方的遥远回忆。可以说，乡村仍然是人类最后可以退守的精神家园。

人与自然的天人合一

面对大自然，我国古人是敬畏的，因为万物有灵，因为天人对应，于是古人采取"顺天时""尽地利"，要求人们的行为必须符合天的"意志"，也就是尊重自然客观规律。由于"敬畏自然"，几千年来，人和自然和谐相处着，先人所言"天人合一"可谓是"人与自然和谐相处"的美妙境界。

怎样才能使人和自然和谐？美国著名生态学家和环境保护主义的先驱利奥波德认为，人与大地上的一切物种平等，都有资格占据阳光下的一个位置。大地上的人、山川河流、鸟兽虫鱼、花草等，每个成员的地位都是平等的，彼此间相互依赖，构成一个整体；人类没有任何理由把自己置于征服者的位置，把土地当成奴役的对象。

然而随着科技的发展，人类逐渐掌握了改造自然的工具，于是人成为无所不能的"智者"，以为可以主宰自然，以为可以让自然界的一切臣服于人的脚下。在这种"人定胜天"的理念指引下，人面对自然之威力，不再是敬畏，而是开始了"征服自然"的历程。于是人为自身利益而蹂躏自然界，自然受到人为肆意的破坏。当人不给自然留后路，自然也不会给人留后路，人和自然之间失去了和谐。

人活在世上，最基本的生活要素是什么？是透亮的阳光、新鲜的空气、清洁的水源、自然本真的食物，这些东西在一个"天人合一"的社会，也许根本不成为问题，但在这个"人定胜天"的社会，我们在慢慢失去这一切，也许这就是大自然对人类最大的报复。

你还在用电打鱼吗？你的小工厂还随意地向河里排放污水吗？你还在用一次性餐具吗，并且用完后随意弃置在路边吗？

乡 村 夏 夜

记忆中最美好的夏夜，并非是躲在空调房里吃着冰淇淋，而是那些在乡间的夜晚。小的时候，一到放暑假，就被赶到乡下外婆家，虽然只相距几里路，却是另外一个迥然不同的世界。

乡下虽然没有街上的繁华热闹，却更觉天遥地阔、无拘无束。可以赶着老牛上山，可以到瓜棚里摘西瓜，可以到堰塘里摘莲蓬，当然，也经常会被树上掉下来的"杨喇子"吓一跳。

乡下没有自来水，要到村口的井里去挑水，挑的人辛苦，喝起来却是冰凉清爽。也会经常停电，煤油灯自然常备着。

夏季依然酷热，却并未觉得多么难耐，总有舒爽的风和大树的荫凉。到了傍晚，日落西斜，暑气渐消，到菜园里扯一把青菜，牛归栏，鸡进笼，吃过夜饭，就要开始准备纳凉了。

打谷场上晒得滚热的黄土地面，慢慢凉下来。几个长长的条凳搭起来，上面铺上门板，或者是一个大大的簸箕，再铺上被褥床单，就变成一个大通铺，大人孩子都躺在上面乘凉。

那样的夜晚，喧闹而又寂静，刚开始总是要玩，嬉笑打闹，听表哥讲古书上的故事，后来，夜慢慢沉寂下来，但不是那种死寂，而是另外一种喧闹，那是大自然的喧闹，却让人的心很安静。树上叫了一天的知了闭了嘴，不叫了，却有另外的虫子在暗夜中聒噪，声音时高时低，简直像是在举行一场盛会。明明灭灭的萤火虫不知飞到哪里去了，却有星星争先恐后地探出头来，一颗比一颗大，一颗比一颗亮，而且离得那么近，似乎伸手都可以够到。村边的狗也是不安分的,时不时地狂吠几声,又慢慢平息下来,只有池塘里的那几只癞蛤蟆,始终不肯闭嘴,高一声低一声地乱叫。

而离得最近的,当然是蚊虫的嗡嗡声,拍两下,在这喧闹的夏夜里,迷迷糊糊地睡着了,醒来的时候,总是在房间的床上。你看我睡得有多沉,什么时候被大人抱到屋里的,竟然都不知道。

淳朴自然的道德观念

国学大师梁漱溟认为,传统中国社会是伦理本位的社会,以亲仁善邻为道德态度,以乡邻和睦为价值目标,以相容相让为基本原则,以相扶相助为伦理义务。传统习俗、乡规民约、宗法家规作为一种传统的社会行为,依靠农民的自觉遵守、互相监督、舆论压力和批评教育等来执行,最终促成乡村文化获得普遍认同。

虽然这种伦理道德观念并不能让乡村变成"路不拾遗、夜不闭户"的乌托邦,而且某些乡规民约带有旧社会浓重的封建色彩,但至少在普遍意义上建立起一种道德约束,一种内心的良知感。

坪坝旧时的乡规民约

坪坝地区,在旧社会有不少从历史上流传下来的不成文的乡规民约。比如:不准为非作歹,不准忤逆不孝,不准游手好闲,不准放牛吃踏庄稼秧苗,不准"封山"进山,不准顺手牵羊偷盗别人的财物等。对于偷盗,社会上视为耻辱,在塆内为一塆之耻,在族内为一族之辱,在家内为一家之羞。旧政府机构不大管这些民间"琐事",上县城告状不可行,路程远,也划不来,一般依靠群众自行调解,能上门找的,双方协商;违犯规约,不讲道理的,按请地方有声望的士绅和族长加以管束。过去一些大姓对违犯族规的族人,还有进祠堂、绳子扎、扁担打的处罚。情节非常恶劣的,甚至系石沉水。对于偷鸡摸狗、盗窃别人财物者,一是赔偿,二是罚款,三是打锣游街(乡),承认错误。实行乡规民约,在社会上起了很好的作用。像沙窝(丁家贩)等地方,人多田少,而且水田少,旱地多,农民经过精细计算,种植一些烟叶、红辣椒(当时名为灯笼辣椒,个大,肉厚,味好,外销随州、枣阳等地)、芝麻、棉花,还有农民经营大片李子园的,很少有人偷盗。农民在芝麻黄了的时候,把它割了,绑成小捆,三捆棚一架,竖在田里,让日光曝晒,使芝麻荚张开,几次用棍子敲打,直至芝麻抖落干净,才算收获完毕。在这一期间,晒在外面的芝麻无人照管,也极少有人偷盗。再是从坪坝到晏店漳河南面的一些大山上,生长着很多板栗、木梓、桐籽,在一定的时间,由"巡山虎"(管山的人)打锣喊话"封山"。到了寒露前后,又打锣"开山",这时乡民就按照各自经营的范围蜂拥上山采撷。在此之前,无人敢上山偷盗。收获以后,其他人员才可进山。

这些乡规民约,经过长年累月,逐步形成群众自觉行动和社会良好风尚,它维护了地方秩序,保护了农民生产,历来深受群众欢迎。

家为轴心的人伦秩序

在乡村社会,家庭是轴心,家族及村落等初级群体是村民生产和生活的基本组织形式。在这些初级群体中,依靠亲情和乡情的支撑,人们彼此亲近、沟通,并对其所处的环境和生产生活方式达到高度认同,形成群体内公认的价值核心和伦理性社会舆论。

然而,现在这种人伦秩序,几乎已经分崩离析,不仅仅是大家族的分裂,一个个小家庭也往往变得七零八散,形成无数个空心家庭。

古人云,"父母在,不远游",而现在则是,我要飞得更高,离得更远。父母惟恐孩子在身边吃闲饭,出门打工挣钱才被人瞧得起,只要能挣到钱,哪怕三年五载都不回来,即使回来也是当了过客,匆匆而来,匆匆而去。

我常常在想,有多少钱能弥补日常生活中缺失的嘘寒问暖呢?有多少钱能弥补长久分散的隔膜和疏离呢?更何况,当父母出现紧急情况,离家在外的子女往往也是远水解不了近渴,无能为力。即使把父母接到身边,在外的城市对于他们来说,也是一个巨大的迷宫,陌生而又疏离,远远不如在老家过得安逸自在。

在城市化进程中,充斥着商业价值、功利主义、物欲主义、消费主义和享乐主义,生活在乡村的人们更多地追逐物欲和利益以满足自己的需要,更加关注眼前的物质生活以及如何抓住随时出现的机遇。"当追求富裕成为乡村人压倒一切的生活目标,经济成为乡村生活中的强势话语,年长者在乡村文化秩序中迅速被边缘化。更为关键的是,乡村文化价值体系的解体,利益的驱动几乎淹没一切传统乡村社会文化价值,而成为乡村社会的最高主宰。"农民们沉溺于对物质与利益的追逐,已经不知道用什么文化来统领他们的精神世界,农民的精神逐渐无处可依,这不仅极大冲击了传统乡村文化的地位,也导致存在于城市文化背后的乡村文化失去了自己的价值立场和既有文化的内在聚合力,使其越来越失去自身的意义而走向消亡。

现在真到了价值重建的时候,但如何重建,将是一个巨大的难题,我们既不可能回到过去,也要提防在失序的道路上越滑越远,至于如何重建,这个命题太宏大,暂且不表了。

更好,还是更坏

文/孙莉霞

我们常常抱怨,特别是在农村,传统的道义和自然淳朴丢失了,新的精神秩序尚未建立起来,商品经济的浪潮由城市向农村席卷而来,冲毁了传统的道德秩序和亲族关系,拜金主义的思潮冲刷着这一片纯净的土地。

每次回到老家,回到我的故乡小镇,都会被这个问题所困扰,和许多人一样,变得忧心忡忡和焦虑无奈。

除了拜金主义的思潮,这个小镇还有它传统的痼疾,如它的封闭、落后、贫穷、保守,人与人之间毫无隐私可言,这些特性让你身处其中,几乎无法容忍,所以很多人,特别是年轻人,只能被迫逃离出去。

每个人都觉得自己身处的时代是最坏的,过去很美好,未来很虚幻,而现实却很残酷。但事实上,中国的农村,向来都不是一片田园牧歌式的温情脉脉的土地,它的痼疾由来已久,它的封闭、落后、贫穷、保守,自古至今都存在,反倒是现在,由于城乡人口的流动,这种封闭和保守反而减轻了许多。

而且,看待任何问题,都需要用历史和辨证的眼光,把它放在时间长河的坐标轴上,那么,你才能看得更加完整和通透。

我常常在想,作为一个小村镇的女孩,如果放在百年前,或者五十年前,悲惨命运的概率都会很大,很可能没有识字读书的机会,也许还会被迫嫁给一个不认识、不喜欢的人,在每天家务的琐碎和忙碌中,耗尽这一生。

看看我们的母亲,我们的祖母,我们的外祖母,看看她们每天围着锅台隐忍艰辛的生活,你就会明白,我们现在已经处于一个最好的年代,特别是女人,能够从土地和家庭的束缚中解脱出来,有了足够的自由,可以过自己想要的生活。

自由,才能激发出真正的生命力和活力,不管是在城市还是农村,过去还是现在。

这个时代,让农民第一次真正从土地的束缚中解脱出来,从一纸农村户口中解脱出来,不管是外出打工也罢,继续种地也罢,最重要的是,有了真正选择的权利。虽然城里人占据了更多的城市土地资源,并以此谋利,但乡下人进城,虽然艰难,并常常被边缘化,但只要有能力,有本事,依然能冲破城里人的圈子,谋得自己的一席之地,并彻底改变自己泥腿子的身份。

有了自由和流动性，就有了选择权，既可居庙堂之高，也可处江湖之远，可考学，可打工，可经商，也可回乡种田，可进可退，可守可攻。随着土地流转制度的实施，土地的活力也被进一步激发出来，有了更高的效率和生产力，也将会产生更大的价值。

当然，也有很多人悲哀地发现，有了自由和选择权后，贫富差距被进一步拉大，而且，这种贫富分化会越来越大。

记得前几天看到一篇微信上的文章，讲中国社会正在分为几个阶层。事实上，阶层自古以来就存在，而且，有些世袭的阶层是无法跨越的，即使是婚姻，也讲究门当户对，不同阶层之间并无穿越的可能性，只是到后来实行科举制度以后，底层平民才有考取功名，"一人得道，鸡犬升天"的机会，但这种机会其实也并不多，因为对于最底层的人来说，读书本身就是一件难事，上私塾学堂是要花钱的，几年一次考取功名的机会，路途遥远，光这路费很多穷人都出不起，所以说，通过科举制度，打破阶层的固化，几乎不太可能。

除非通过暴力革命，"打土豪，分田地"，把财产平均化，但一旦这种政治上的强迫消除，人可以自由流动，土地可以自由流转，资源和财富仍然会集中到少数人手里，形成新一轮的贫富分化。

但贫富分化并不意味着阶层的形成，在这样一个瞬息万变、资源流动的社会，一切皆有可能。贫穷和富裕也不是固化的，越是一个发展的时代，越是一个创新的时代，对于每一个人，机会也越多越大。

我曾经深深厌恶过这个小镇的拜金思潮，感觉这种风气已经毒害了每一颗淳朴的心，但现在，却慢慢改变了看法。因为金钱本来是中性的，既不肮脏，也不可耻，相反，它能给我们带来更多的选择权和更高品质的生活。

真正让人厌恶的，是用非法的、不正当的手段获取金钱，或者妄想不劳而获，天上掉馅饼。

但如果是用正当的手段获取金钱，想要通过劳动和努力改变自己贫困的面貌，这个时代，正好能给你更多的机遇，给你一个更包容自由的开放的平台。

所以，在我看来，这是一个最好的时代，尤其是对于农村，对于生活在黄土地上的人。虽然现在看起来，依然泥沙俱下，有太多现实的无奈，但因为有了更多自由选择的权利，才会让人看到更多的希望。

比贫穷更可怕的

文/孙莉霞

比贫穷更可怕的,当然是精神的贫瘠和内心的虚无。

一

二十多年前,我曾经有一个想法,想在小镇上开一家书店。后来,自己把自己给否决了,因为我知道,镇子上根本没有多少人看书,开一家书店,不过只是为了满足自己这个嗜书者的爱好。

二十年后,我再回老家,依旧没有一家书店,只有中学里的一个专门阅览室。从这一点来说,这个小镇依旧是在缓缓前行,虽然缓慢,毕竟还是在往前走。

这时,有一个声音在我耳边说,不要说在一个偏远的小镇,即使在城市,在一线超大城市,仅剩残留的,又有几家书店呢?

深圳有着睥睨其他书店的大书城,浩浩荡荡几层楼,书堆得满坑满谷,然而在我看来,这里更像是一个大卖场、大超市,而不像一个真正的书店,没有一个书店应有的精神和气质。一个真正的书店,如台湾的诚品书店,书摆在那里,不会让你觉得是一件商品,而是一个朋友,一个久违相知的朋友,你可以在书店与它寒暄,也可以完全拥有它,在家里与它天长地久。

当然,在这个时代,我对书店也许是太苛求了。

如果当别人问到我,你会在书店买书吗?我的回答肯定是迟疑否定的。

这么多年,我几乎很少在书店买书。网上购书方便快捷,而且折扣也多,我又何必舍近求远,非得在书店买书?

像我这种嗜书如命的人都不到书店买书,书店一家一家地消失,也就不难理解。

但在网上买书,逐渐也会发现它的弊端,因为没有翻阅过,会发觉很多书不是自己想要的,而且,买再多的书,也无法享受那种坐拥书城的感觉,闻着书的气息,一本一本地抚摩、翻阅,就像是结识一个一个的新朋友,偶尔会翻阅到一本让你惊艳难忘的,就像"众里寻她千百度,那人却在灯火阑珊处"。

小镇上的孩子显然无法享受这一切,既没有一家书店,可以让你享受坐拥书城的感觉，也无法享受网上购书的便利条件。

我那时候没有，现在依旧没有。

随着网购的发达，也许过几年网络购书，就可以直接送到镇上，甚至村子里，但我相信，依旧不会有多少人买书。

因为镇上的这些孩子，从小并没有养成阅读的习惯。当城里的孩子被爸爸妈妈拥在怀里，一本一本地给他们讲故事时，农村的孩子却只能在父母打工离开后空空荡荡的房子里，独自玩耍。

相比于二十年前，书，在这个时代，在这个镇子上，显得更加没用。在他们稚嫩的眼睛里，看到的是金钱成为主宰，有钱人、企业家、老板，不管有没有知识文化，即使胸无点墨，只要有钱，就会被人尊崇，作风气派，讲排场，好面子，而没钱人，书读多了，只会笑你迂腐。

在这样一个唯金钱至上的社会里，你让孩子们如何真正地热爱读书呢？

二

比物质匮乏更悲哀的，是精神上的匮乏。

我小时候生活的那个年代，其实是物质和精神上都匮乏的年代，物质贫穷，精神苍白，而我们歪歪扭扭地长大，没有变得更坏，甚至还有一些自己的追求，只是因为，我们生活的那个年代，还有一些传统道义的东西。

父母虽然粗暴凶恶，打起屁股毫不留情，但更多的时候还是充满温情，而且，最重要的是，他们就在身边。

邻里之间也会充满闲言碎语，说三道四，惹人讨厌，但大部分乡邻，淳朴善良，有着传统的道义和价值观。

各家各户虽然也有贫富差距，家庭条件好坏，街上与乡下、商品粮与农村户口之别，但经济差距没有现在这么大，钱也不是衡量高低贵贱的唯一标准。

当时，精神食粮虽然贫瘠，但重视传统的礼义仁信，在社会上真正有威望的，还是一些德高望重、知书达理的文化人。

二十多年以后，生活条件普遍提高，物质上不再像过去那样匮乏，但在精神上却越来越匮乏，越来越贫瘠。

传统的信仰道义在慢慢丢失，新的精神秩序却未建立起来，现代商品社会，金钱的力量开始凌驾于一切之上，慢慢将一个多元化的社会变得单一而贫乏。

因而，在这个小镇上你会看到一种荒谬的景象，一面是天地的深厚遥远，一面是人心的浅薄窄凉，金钱与利益常常让他们蒙蔽了双眼，人性的扭曲也就并不奇怪。

在这样的一个社会里，书，自然成了最无用的东西，除非能够考上好学校，换来好工作,挣得一堆钞票,否则,不过就是一堆没用的废纸。

三

在一个精神贫瘠的社会里,书,应该是一剂救赎的良药。

从书中,透过作者的精神世界和智慧结晶,你会发觉,这个世界本是参差多样的,内涵多元,包容丰富,有无数的道路和出口。

通过对书本的认知,通过大量的阅读,你会建立起一个不同的价值观和世界观,而不是眼前所看到的一个单一、人性浮躁的社会,一个唯金钱至上的社会。

如果内心能够建立起自己的世界观和价值观,必然能够抵御世间的浮华和虚伪,必然不会被一些风俗陋习所左右。

可悲的是,能够服用到这剂良药的人并不多。

还好,除了书本,在这个时代还有一样东西,也可以让你穿透精神的贫瘠,建立一个丰富和多样化的世界观,那就是网络。

网络,可以让你从这个封闭保守的小镇跳出来,从一个价值观单一的社会里跳出来,进入到一个多元化的信息社会。

但网络上的信息相比于书本,更加芜杂,更加良莠不齐,你要有分辨信息获取价值的能力,否则在这个网络信息如同浩瀚大海的世界,迟早会让你晕头转向,分不清方向。

四

想要摆脱这种精神贫瘠,还有一种出路,就是走出来,从那个小镇走出来,从穷乡僻壤中走出来。

一旦摆脱地域的束缚,你就会看到一个更宽广的世界,就像沿着一条支流,慢慢汇入江河,看到大海。

不管是打工也好,考学也罢,总之,人一旦走出来,站在不同的视野去看这个世界,内心必然不再狭隘,就会有一个更大的更宽广的格局。

所以,从这方面来说,年轻人在外面闯荡,虽然导致故乡的空心和败落,但这些年轻人在外面,接触到更新鲜的思想和观念,回乡后,能够将这种新的思想和观念带到当地,并影响着当地人,从这方面来说,外出打工潮的出现不见得是一件坏事。

"流水不腐,户枢不蠹",封闭和保守会形成一沟绝望的死水,只有流动起来,人的流动,观念的流动,思想的流动,资金的流动,才能让这个地方看得到活力和希望。

农村环境污染，坪坝能否走出困局

编写整理/孙莉霞

近年来，农村在农民收入、经济发展、农村基础设施建设和农村社会事业等方面都取得了长足的进步，但是农村环境问题却日益恶化，过量施用化肥农药所导致的污染依然严重，农村环境问题并没有随着经济增长而得到明显改善。

坪坝也不例外，生态环境恶化、河水污染、垃圾围村、患癌症的人越来越多……这不是坪坝独有的痛楚，而是整个中国农村都面临的痛。

要解决这个问题，必须先弄清楚农村环境污染，源头到底在哪里。

农药化肥除草剂

随着农村劳动力大量外流，投入农业的劳动力迅速减少，传统的精耕细作逐渐被粗放式经营所替代。

没有劳动力进行除草，农民开始使用除草剂。

现在普遍使用化肥代替农家肥，因为化肥更节省劳动力，但是过量施用化肥以后，大量的氮磷会进入水体，造成水体的富营养化。

长期种植单一品种作物加剧了病虫害发生的风险，为了防止病虫害，农药的施用量就会不断增加。农民每年都要向地里打多遍农药，加上播种期用农药拌种，使用农药四五次属于正常，如果种植果树，每年打药的次数可能高达 20 多次。

现在的农田充满了杀机，害虫几乎都是经过农药洗礼的，农药越用越多，而害虫似乎也越战越勇，在过去一百多年的人虫大战中，化学对抗的胜者似乎是害虫而不是人类——医院里癌症病人越来越多，而害虫繁殖速度依然成倍增长。

害虫在农药胁迫下，会出现进化，这个进化是在农药诱导下产生的。据说有些害虫泡在农药原液里也毒不死。这类害虫进化出来一层隔离液态的蜡质毛。如果有人研究农药诱导的害虫进化机理，应当有很好的科学发现。农民不知道其中的原理，每年继续有成吨的农药倾倒在农田里。

有些虫害是农药商和农药贩子人为制造出来的恐慌，为了吓唬农民，其目的是兜售其农药，他们不关心农民是否治住了害虫，他们关心的只是农药的销售量。于是，田间地头果园,成了农药污染的主战场。

白 色 污 染

近年来,农村中垃圾严重增多了,尤其是白色污染。

倒退三四十年,乡村是很少有垃圾的。那个时候没有塑料袋,也没有农膜,主要是动物和人的排泄物。勤快的农民都要将这些排泄物收集起来,放在猪圈里作为肥料。当年有一种农活就叫拾粪,几乎每一个农户家里都有拾粪的工具。

如今,人和动物的粪便明显比过去少见了,但严重增多的是各种垃圾。

首先,农田的地膜残留物就是一种。每年农民种植经济作物如西瓜、花生、土豆等都需要大量使用地膜。这些地膜非常薄,没有回收利用价值,收获庄稼后农民就将地膜捡起来放在地头,一些残留的农膜留在地里。有时候地头上杂草多了,农民在烧杂草的时候,一把火也将地膜焚烧了,释放出严重的致癌物。

其次,各种农药、化肥的包装物。它们几乎都是塑料类制品,有些为塑料袋,有些加工成塑料瓶。

第三,各种食品的包装物。饮料瓶、矿泉水瓶、牛奶瓶、方便面袋、薯条袋……几乎村民从商店里买来的所有食物都是用塑料包装的,即使香烟,外面也有一层膜。

第四,各种塑料袋、一次性餐具。城里的超市对塑料袋实施限塑令,但那些被限制的塑料袋全部进入乡村,现在农民赶集卖东西,根本没有带包带筐的习惯了,到处都提供一次性塑料袋。集市散场后,地面上的垃圾塑料袋遮盖地面,由于乡村没有专门的环卫人员,这些垃圾袋借助风或雨水的力量,就会进入河流或沟渠。

第五,村民的各种生活垃圾。旧衣服烂鞋袜,废旧的塑料桶,墩布头与塑料把,加上烂菜叶与废纸片,这些垃圾有些顺手被村民倾倒在沟渠内,刮风下雨后再冲到下游去。

工业产品和生活垃圾不断增加,但农村基本没有垃圾处理设施,农村的垃圾多是简单堆放或填埋,这不仅影响了村庄的景观,而且污染了土地和水源。

工 业 污 染

随着城市环境压力的增加,高污染的企业逐渐向农村地区扩散,外来污染的事件在逐年增加。

坪坝抵制钡渣项目,算得上是一起抵制外来污染事件,这说明坪坝人的环保意识在增强,但坪坝依然还存在一些污染企业。

这方面我不想继续展开,相信政府有能力有作为来整治这些污染企业。

我们来看看2015年坪坝镇党代会上的工作报告,我引用其中的原话:

　　"一是坪坝镇成功申报国家级生态镇,已通过国家级技术评定,有望成为国家级生态镇。全镇创省级生态村3个,创市县级生态村15个,创绿色企业3家,绿色单位4家,绿色家庭2000户。二是督办××清洁用品有限公司废气排放和废弃胶棉头的处理问题,××公司淘汰旧锅炉并购置一套新型环保节能锅炉,废气经处理后达标排放,废弃胶棉头在新锅炉中进行焚烧处理。三是生态工程推进有力,坪坝镇集镇日处理能力150吨生活污水无害化处理人工湿地建成并投入使用;坪坝村生活污水无害化工程设施齐全,建人工湿地2处,配套管网2000米。晏店集镇新社区建人工湿地1处,已投入使用;晏家湾社区日处理能力30吨人工湿地完成选址工作。四是卫生院医疗废水处理站建成并投入使用。"

污染来自内源和外源

　　《广州日报》上一篇评论《农村污染是真正的"乡愁"》中总结,污染来自于内源和外源两个方面,内源污染来自于农村和农业生产快速现代化,包括:"第一,农村生活方式的变革。随着农民收入增加、生活改善,今日农村也告别了传统、低耗、环保的生活方式,各种不可降解的生活垃圾随之增多,超过了环境的自净能力。第二,农业生产方式的变化。传统的有机农业、循环式农业逐渐被化学农业所替代。一方面,化肥、农药等高残留、高污染的化学品,以及难降解的农膜大规模使用,这些成为农村污染的罪魁祸首;另一方面,效益偏低的传统有机农业生产方式被遗弃,人畜禽粪便、农作物秸秆等有机肥料不再使用,成为农村环境污染的增量"。

　　外源污染则来自于工业和城镇的污染转移,"第一,城市垃圾、污染企业'上山下乡',直接加大农村环境压力。城市产业升级,难容污染企业,一些企业便将目光转向农村,出于对GDP渴求,基层政府对此多半持欢迎态度,为其大开绿灯。第二,城镇化'副产品'。随着城镇化进程的加快,越来越多的农民搬到了城镇生活。城镇人口多了,生活垃圾、污水也就多了,而现阶段小城镇垃圾无害化处理能力有限,垃圾多半采取运到农村、山区填埋,造成二次污染。生活污水也一样,未经处理直排江河湖泊溪流,是农村水污染的重要肇因"。复杂的农村污染,让作者对未来的治理之路很是忧心。

治理污染需要每个人参与其中

　　《中国青年报》的评论《谁来治理"垃圾围村"难题》,对目前农村污染治理问题看得很透彻,作者杨三喜强调,农村环境污染的治理是一个系统问题,需要系统解决,"从政府角度来看,需要加强农村污染防治的法律和法规建设,从源头遏制污染;从农村自身角度来讲,最重要的是要转变农业发展模式,发展绿色、生态农业。提升农民的环保意识也应被摆在很重要的地位"。他特别提出,农民在治污过程中扮演着无可替代的重要角色,"环保是一个需要全民共治的问题。治理农村环境污染,需要一套与农村情况相适应的环境管理体系,这也要求农民更多参与其中"。

我也呼吁你,坪坝的乡亲,"坪坝人"的粉丝们,可以从一些最简单的小事做起,如不要随意在田间地头河里扔垃圾,尤其是那种塑料垃圾,少用塑料袋和一次性餐具……毕竟这是我们的栖息地,这是我们的家园,如果我们都不能好好爱护它,你还能指望谁呢?

变了味儿的婚丧仪式

编写整理/孙莉霞

婚丧仪式的功能

从民俗学的意义上讲,仪式的主要功能是为了承载一系列有关生命的意义以及人伦秩序中的"道",特别是那些与人的生死相关的婚丧仪式。但是,当村庄核心价值与基本信仰缺失之后,村庄便丧失了其自主性。仪式只是人们简单地追求"热闹"的工具而已。村民并不关注仪式"载道"的功能,并不在意构成仪式的内容所应该内涵的意义,也不追问那些"好玩"和"热闹"的仪式方式有何不妥。

也正是因为仪式失去了其"载道"的功能,构成仪式的内容才会变换的如此之快,并变得越来越媚俗、越来越去伦理性和去神圣性。村庄被"潮流和时尚"裹挟而行,一切外来的东西如此容易地被效仿、接受。用村民自己的话则是"流行什么就玩什么"。并且,婚丧仪式中的"新潮流"越来越公开地表演着与"性"相关的内容,似乎一切与"性"有关的玩法就越能吸引眼球,就越能产生"热闹"的效果。

堂妹的婚礼

前几年,参加了一个堂妹的婚礼,即使是在一个偏僻的小村庄,婚礼也同样办得隆重热烈。我们去送新娘子的时候,看到她婆家门前已搭了一个大台,张灯结彩,好不热闹,还专门请了不知道是主持人还是司仪,不停地说笑逗乐,插科打诨,当然,内容也越来越低俗,甚至还上演了所谓"扒灰"的一幕。全场哄笑雷动,我却一个人悄悄走开了。

也许是我这个人太传统守旧,在我看来,婚事应该喜庆而又不失礼节,以表达上天所赐的姻缘、父母的养育之恩以及新人对家庭、对婚姻的责任与忠贞。

而现在的婚礼仪式却逐渐成为人们追求"热闹"和"刺激"的时尚工具,用村民的话说,什么好玩就玩什么,什么刺激就玩什么,而且现在的婚礼仪式也越来越趋于攀比挥霍。人们似乎并不思考,也不在意仪式背后所应该承载的文化价值及应有的禁忌。

坪坝的婚礼仪式

从清朝到民国,儿女的婚事,都是由"父母之命,媒妁之言"来决定,当时富家大户都讲究"门当户对"。

主要结婚仪式:一是亲戚六眷、朋友,都来赶情送礼,摆席设宴。新姑娘坐席,还要有"十姐妹"作陪;二是堂屋设火盆或点灯(意为红火发达),新姑娘从上面踏过;三是新娘哭嫁,不愿意离开父母走路,就由兄长背着进花轿;四是安排亲属送亲,这时门外鞭炮不停地放,对子锣不停地打,花轿起程。前面两人举起高柄灯笼,上面写着"状元及第"四个红字,后面跟着抬嫁妆的人,一路打锣放鞭。男方在堂屋壁上贴对子,横幅写的如:"取字国庆",对联直幅:"金屋人间传二美,银河天上镀双星",贴成"门"字形。

在新娘进门前一天宴请宾客,叫"待媒"(感谢媒人),这天新娘坐席也要"十兄弟"作陪。第二天叫"正期",打着对子锣,花轿到门口,就进行"拦车马"。摆一张桌子,供香案烧香,点一对红蜡烛,燃放鞭炮,由新郎向花轿作揖行礼,然后,由两个妇女前去牵着新娘下轿,迅即将两块大红布接着铺在地下,新娘踩第二块红布时,赶快将第一块挪到前面,轮番更换,叫"转毡"(没有毡毯用布代替)。到了堂屋,进行"三拜":一拜天地,二拜父母,夫妻对拜。进洞房后,二人喝交杯茶,吃枣子(早生贵子)。新婚三天无大小,老少人等,都来闹房。当时闹房比较文明,兴说四句,大家听了发笑。如"墙上一兜草,风吹两边倒,今年喝喜酒,明天做三朝(指生小孩)"。谁说了四句,就喝抬茶(新娘新娘两人抬着茶,给说四句的人喝)。不会说四句的可以讲个笑话。

姨 妈 的 丧 礼

去年过年回家,接到姨妈过世的噩耗,几年未见,再见却已是阴阳两隔,想到从小待我如自己亲生女儿的姨妈,想到她这后半生饱受病痛折磨,不禁悲从中来,让人忍不住想要大哭一场。下火车后,连夜赶到她家。一到灵前,自是长跪泣拜,泪落不止。等我慢慢回过神来,总觉得哪里不对劲,在鞭炮声、悲悲切切的哭诉声外,还有一种特别喧嚣的声音。这个声音来自门外搭的一个大棚,大棚里面竟然还有人在劲歌热舞,唱得正欢。

他们家都是恪守传统礼仪的人,搭起这个棚,在灵前劲歌热舞,必定不是他们家独创,而已经成为这个地方的风俗习惯。更有甚者,据报道,某些地方丧事仪式竟发展到跳脱衣舞、唱黄段子以及表演极为下流动作的形式,以获取台下男女老少的笑声。

难道是我多年不在家,跟不上"形式"了吗?在我看来,丧事仪式应该庄重而又肃穆,以表达对逝者的哀悼与追思,这是千百年的传统,是最基本的规范,也是其内涵的核心价值。让我们来回顾一下,坪坝千百年来流传的丧事礼仪。

坪坝的丧礼仪式

如果谁家老人病危,在"弥留"之际,全家人都要守着送终,哪个不到,便是不孝。到了断气,即烧"落气纸",有的还烧纸马纸轿,全家悲哀痛哭。赶快帮死者沐浴穿"装老衣",用黄表纸盖面。晚辈戴孝帽穿孝衣着孝鞋(全用白布做成),向遗体烧香化纸,作揖叩头,设灵堂。同时通知亲戚六眷,前来吊唁。写讣告贴在门前,还在讣告左上方写一个菜碗口大的"闻"字,让人们知道是××寿老大人,女的为××老孺人。街邻朋友有吊唁的,都要发孝帽,在灵前烧香、叩拜,长子陪拜还礼。吊唁者进出都以喇叭声迎送。吊唁者络绎不绝,鞭炮声、喇叭声、哭丧声,不绝于耳。

出丧那天,由礼宾(司仪)指挥,哼着抑扬顿挫的声调呼叫"设香案""设大乐所"……都由喇叭声答复。礼宾再呼叫:"向亡人行礼""一叩首,再叩首,三叩首"。然后由孝子宣读祭文,往往在惨痛处会泣不成声,便由其他的亲近后辈接读。读完,再行一遍礼,后辈亲眷披麻戴孝,腰系草绳,手拎哭丧棍,两边用白布拉纤。吹喇叭、放鞭炮、抬棺出门。

在棺前引路的,手举"引魂幡",此幡是由两丈多长的白布系竿头直垂,上面写着亡人的姓名、称呼。有钱的人家,还抬着用纸扎成的"白鹤""金山""银山",孝子抱着灵牌大恸,有人扶着送葬。女人坐孝轿跟着哭诉亡人生平遭际和恩情。沿途不停地吹喇叭、放鞭炮、丢纸钱。行至墓地,这时已先派人打好"井"(即埋葬坑),由阴阳先生用罗盘定好方位,落正棺材掩土培坟,在墓地再行一次礼,一路吹奏喇叭放鞭炮。

回到家中,先安放灵位,孝子守灵,三天以后上坟。堂屋贴"七单",七天一个七,每七都要烧香纸。到"五七",亲朋们再来祭奠,烧些纸钱、冥钞,有的送"挽联""幛子"。幛子上写法:男称"大硕德",女称"大懿德",写明对亡人的名字称呼,落款自己的姓名。女婿还要做"灵屋",灵前油灯一直点到过"五七",还有"烧百日""烧周年"。守孝到了三年烧灵屋(男亡人逝后两年半,女亡人逝后三年)。春节过年,门前贴黄、白色或蓝色孝联,表示致哀。

如果一个村庄有其核心价值与基本信仰,那么任何"新潮流"进入村庄时,都必须保持其应有的底线,而不至于赤裸裸。因为村庄内部的价值规则与文化信仰会对现有的仪式产生敬畏感,会对外来的"潮流"进行过滤和重新定义。但是,如果村庄丧失了核心价值体系与基本的文化信仰,那么村庄便缺乏主体性,必然会被外来文化所支配,被"潮流"所牵引,从而丧失底线,一步步走向媚俗化和去神圣化。

在不久的将来,脱衣舞也可能会被人们觉得"越来越没意思",将可能发展成裸舞或其他更为低级、更媚俗的形式。如果事实果真向这样的方向发展,这难道便是中国农村婚丧礼俗发展的方向?是乡村文化前进的方向?

麻将声声深几许

文/孙莉霞

　　对于精于打牌的人,我向来都是充满景仰之情。我虽然很早就学会打麻将,记得上小学时就已经看会了,但在这方面从来没有仔细钻研过,不仅牌艺不精,简直就是白痴水平,十几颗麻将子经过排列组合后,完全看瞎了,甚至能把已经成的牌打得不成。

　　来来来,我来教你,总是会有人这么自告奋勇地说。

　　在麻将桌上一堆人噼里啪啦的鏖战中,我们这些不愿打牌、不会打牌的人,显得格外另类,所以总有人想要教你,想把你拉入他们的战壕中,只可惜我一没天赋,二没兴趣,最终也融入不了他们的队伍。

　　有的人在这方面却是行家,一百三十六颗麻将子,他们研究得炉火纯青,手感也特别好,不用看牌,起子一摸,就知道是什么牌。而且,这些人最厉害的是,不需要研究自己手中的牌,而是能琢磨出对方手中的牌,知道自己要的牌到底是在别人手里还是在桌子上,并能不动声色地揣摩出另外三家到底能不能成。

　　牌艺的高深充分彰显了一个人的数学计算能力、逻辑推理能力、心理判断能力,当然,如果你要出老千,还充分彰显了你的动手能力。

　　所以说,即使牌路千变万化,风水轮流变换,总有人会成为赌神,屹立牌桌上,巍然不倒。

　　这种赌神不用到电影中去找,每个村、每个湾子里,都会有那么几个,原因无它,人家天天打呀,日里夜里想的都是它,练出来的。

　　历史上也有一个赌神,不是你想象中周润发、刘德华演的那位,这位赌神没那么气宇轩昂。

　　她是个女的,没什么文化,而且还是一个裹着小脚的老太太。

　　这位赌神就是大思想家、大文豪胡适的老婆江冬秀。

　　堂堂大思想家、大学问家、大博士胡适先生,后来去美国以后,经济拮据,生活陷入困顿,是他的这个没什么文化的老婆,每日靠打麻将赢钱,补贴全家家用。

　　如果你能修炼成这种水平,那么恭喜你,你不用再考虑生计,打牌就能养活你了,而且你完全可以走出中国，走向世界，不仅可以在唐人街坐镇，还能把那帮智商堪忧的美国人的钱挣过来。

然而我们绝大多数人，远远没有达到那个水平，每天玩牌，也不过是在玩左边进、右边出的游戏，甚至有很多人在牌桌上是常败将军，屡战屡败，屡败屡战。

打牌既不能养活你，有些人甚至在牌桌上连裤子都输光，还恋恋不舍。作为国粹的麻将，为何能在中国农村、小城镇有这样大的诱惑力？

回到老家，君不见，家家户户鸡犬之声相闻，桌上围城往来，打得惊天地、泣鬼神，注水数额越来越大，往往一夜之间，几千上万人民币灰飞烟灭，赢的自然满心欢喜，输的也能不动声色，谈笑风生。

输了钱难道真的不在乎？当然不，虽然心在泣血，但他们相信，输了的钱，最终还能赢回来。

这就是赌徒的心态，事实上，坐在牌桌上的每个人，几乎都变成了赌徒。

打麻将有很多功能，可以作为娱乐项目，消磨时间；也可以起到社交的功能，玩乐助兴，联络感情；有些甚至是为了贿赂，商业利益，不动声色为对方放水、点炮。

如果只是这些，打麻将和其他任何一项娱乐活动并没有什么区别，问题是，一旦成为赌徒，心态不一样了，玩法也就不一样了。

成为赌徒以后，心理上会发生一些重要的变化，主要表现在：

第一，追涨的心理。这两天总是赢，火好啊，手气顺啊，赶紧打打打，乘胜追击。

第二，赶本的心理。这两天总是输，点背啊，手气差啊，赶紧打打打，把失去的城池再收回来。

第三，付出就要回报。天天陪你们玩，不惜熬通宵，不多捞一点，还玩个屁啊！

一旦成为赌徒，深陷到麻将桌上，你就会发觉这个坑特别深，想要一脚拔出来，还真是不容易。

因为打牌的风气在老家蔚然成风，过年的时候打，农闲的时候打，请客做事的时候打，有事没事都在打，你不上桌子都不行，凑角啊，三缺一啊，你能让一桌子客人扫兴吗？

而且个个都是赌徒，每个人都想着找机会赶本或追击，你能逃得掉吗？上次你赢了人家钱，总得找机会让你吐出来啊！

顺便说一句，要说农村人很多人是赌徒，其实城里人也一样，只是玩法不同。打牌是窝里斗，四个人互相斗，在牌桌上互相算计对方，而城里人也是赌，只是玩得高深一点。

买股票吗？看涨还是看跌，做空还是做多，买不买？赌不赌？这是成千上万的散户和庄家之间的博弈互赌。

买理财产品吗？买贵重金属、纸黄金还是P2P理财产品？买不买？赌不赌？你能笃定拿着你的血汗钱的人不会关门跑路？

买房子吗？这更是有钱人玩的游戏，虽然现在看起来，房价如末日前的狂欢盛世，你能打赌这场击鼓传花的游戏，最后一棒不会接在你的手上？到时候跑都跑不掉，就像走在断崖前，不得不凌空一跳。

都说城里套路深，不如回农村，农村也处处是陷阱。小赌怡情，大赌伤身，城里人是大赌，农村人玩两把牌，只是小赌怡情而已。

不过这种小赌也是会伤身的，虽然不至于像城里人那样赌输了泣血跳楼，也是会伤筋动骨，折损元气。

现在看起来，打牌的主要危害有：

第一，无心做事。成天泡在牌桌上，就想着赶本追击，还有心思干别的吗？都说农活没人干，基础建设没人弄，农村劳动力不足，一方面是因为外出打工的人抽干了血液，即使在家的人，也是无心干活，心思都在牌桌上。

第二，引起争执。一方面因为输钱，会导致经济困难，引起家庭的争执和纠纷，影响家庭关系；另一方面在牌桌上的人也容易产生争执。牌品见人品，经常见到在喜庆的日子，个别人却因为打牌不和，引起争执和纠纷，并导致家族和亲友之间的矛盾。

第三，容易伤身。打牌久坐不动，有时候一玩就是一通宵，极度损伤身体。而且赢钱输钱，大喜大悲之间，有人也会招架不住，引起脑出血或中风，对身体危害极大。

每个人都知道这些危害，但想要抽身出来却没那么容易，一方面是因为自身的心态，另一方面也是因为周围环境的影响，不管是自己想玩，被逼或者无奈，都是不由自主地掉进了这个坑里。

到底怎样从坑里爬出来呢？这些方法不妨试一下。

第一，改变生活方式。很多人打牌都是因为日子太清闲，空余时间不知该怎样打发，所以经常会一找三，到处找人打牌。这也是打牌为什么只会在小地方、悠闲的城市盛行。如果每天的生活安排得满满的，哪还有时间去打牌？

第二，改变思想观念。想要改变生活方式，最重要的是改变人的思想观念和精神面貌，有独立的思想境界，不会人云亦云，知道什么是生活中最重要的，偶尔和亲戚朋友之间的娱乐当然可以，但工作、学习充电、运动健身、陪伴家人……这些应该成为更重要的，也是更健康的一种生活方式。

第三，克服赌徒心态。赢就赢了，输就输了，愿赌服输，最重要的是，不用试着去赶本或乘胜追击。金钱的输赢也许并没有多少，消耗的是你的时间和精力，甚至是你的人生。

第四，创造更多的致富手段。打牌也许是一种创收手段，但它并不保险，赢了的钱也许随时会吐出来。如有其他更多的致富手段，发展农村新经济，农产品深度加工……能看得到实实在在的经济收益，有了更多发财的门路，谁还会再上牌桌呢？

第五，创造更丰富的交往方式。以前亲戚朋友聚在一起，二话不说，先上牌桌。可不可以有其他聚会交往方式？

当然，一种社会风气的改变，不仅仅只是个人的改变，更需要政府的协调和引导，带给农村更丰富多彩的精神生活。大爷大妈们可以从牌桌上下来，去打打拳跳跳广场舞，而年轻人的精神生活会更丰富。人生漫长，精彩无限，又何必要在牌桌上耗尽自己的一生呢？

尴尬的农村，走不完的人情，送不完的礼

编写整理/孙莉霞

"一家有喜百家愁，红包强压百姓头，来往人情风日盛，可叹钱财送酒楼。"这首民间打油诗，真实地反映了当下人情消费的现状。

老家是早期楚文化的发祥地，"一家有事众人帮"系远古传承下来的风俗习惯，更是一种源远流长的优良传统。但近年来，这种淳朴的礼尚往来出现变味异化，人们对人情往来一边"望礼生畏"，一边又"收受不误"，说起来人人气愤，但做起来个个效仿。无不因人情所忙，为人情所累，被人情所困，无不感叹"为了人情，失去了友情，疏远了亲情，浪费了感情"。

"人情风"现状

人情操办名目繁多。人情往来除婚丧嫁娶外，订婚、生子、上学、当兵、就业、立碑、开业、生病、乔迁、系列生日宴（周岁、3岁、6岁、12岁、36岁、48岁、60岁……）等都要操办，甚至连丧事后的脱孝、周年、冥寿等也都成为一些人操办的借口，有的为了操办，没事也找个事情办。

人情礼金逐年加码。最早人们习惯拿农产品等用于人情来往。后来生活条件好转了，便用烟酒等礼物表达心意。大概在15年前，传统的物品便被货币取而代之，且逐年加码。

人情操办攀比成风。农户办事贪大求阔思想越来越严重，规模和档次已经成为户主地位和身份的象征。客人到的多，酒席摆的多，礼金收的多，代表这家人脉广，人缘好。不管是红白喜事，鞭放得多，烟花放得大，烟酒档次高，饭菜花样多，体现着户主殷实阔绰，身份显赫。为了面子，不管什么名目的人情操办，主人家四处通知，八方招呼。接客者兴高采烈，被接者满腹抱怨。在乡下，操办的前一天晚上就不惜代价的放烟花，以此为"信号弹"，吸引方圆左右的客源。大家攀比成风，为"人情风"的肆虐推波助澜。

少数人员借机敛财。少数领导干部借"人情风"泛滥之时敛财。一些有特殊身份的人不仅频繁办事，而且通过第三人打电话、发信息、捎口信等途径广泛接客，大家被

逼去"送礼"。一个村民讲了一件发生在他们村里的"怪事"。一个老爷子有三个儿子，他的60岁生日分三年分别在三个儿子家各过了一次，几个儿子把人情收到手后，他们的老父亲仍然孤苦伶仃的独居在一边，无人照料。

你来我往两败俱伤。"人情风"受害的不只是送礼的，操办收礼的也只能高兴一时。你来我必往，收了礼都得还礼，今天你一百两百的来，明天我两百三百的还，还礼只能多不能少。一位农户算了一笔账：她十年之内办了三次事，总共收礼金大约10万元，而这十年之内她走人家送出去的礼金接近12万元。而在三次办事时，各类开支总共花去近8万元，仅仅十年内就这样9万多元在你来我往中没了踪影。大部分消耗的钱都花在生活等开支中，人还得不断地奔走往返路途中，花精力、花路费，还要为每次办事操心劳碌。"人情风"让主宾双方两败俱伤，最终是害人、害己、害亲友；富商、富厨、富菜农。

"人情风"泛滥的原因

近年来"人情味"却变样成了"人情风"，让"情"变成了"债"。究其主要原因是：

传统人情习俗走样。人情来往本来包括了"理性计算、道德义务和情感联系"三个结构维度，是自古以来的传统习俗。但这种习俗今天演变成为网络人脉、显示身份、利益投资的重要途径，从而导致了人情事项名目多，范围广，频率高，数额大。

攀比盲从心理盛行。互相攀高比阔、盲目跟风的心理成了人情风泛滥的助推器。接客的主人在乎"气势"，动不动就比场面、讲档次，由此来赚人气、显阔气。被接的客人讲究"脸面"，在礼金数额上也暗地被迫攀升。正是攀比盲从心理，使得"人情风"膨胀到让人无法承受的现状。

赶本逐利思想作祟。"三年不过事，成个困难户。年年都过事，就是富裕户"，老百姓说了这样一句顺口溜。细想一下确有其理，一般家庭每年的人情开支都在2万元以上，某老板说每年人情开支基本都在18万元。这样算来，短短几年时间，人情支出少则几万元，多则几十万元，为了回收成本，所以在无奈中找借口、找事由操办。在这种赶本逐利的思想下，宁愿颜面扫地，也想花招、变花样接客收礼。有的甚至借机敛财。

监督引导机制缺失。长期以来，对农村操办人情事宜缺乏正确引导、监管机制，群众操办不受约束、各行其是、想办就办，没人管理，没有措施管理。

"人情风"带来的危害

正常的人情往来本是团结互助、互利共济、表达感情、人际交往的一种方式。但异味的人情却带来不可忽视的危害。

影响生活水平。"人情风"让不少家庭深受其害,苦不堪言,每年都为此承担沉重的经济支出。调查结果显示:

农村家庭人情支出占家庭总收入情况

家庭年总收入	年均人情支出	人情支出占比
低收入家庭:3 万元左右	1 万多元	约 38%
工薪、一般家庭:5 万元左右	两三万元左右	40% 以上
高收入家庭:40 万元左右	20 万元以上	约 50%

如此巨大的人情开支,加上本来就居高不下的消费水平,让每个家庭的生活水平大打折扣,生活质量大幅倒退。部分家庭入不敷出,为了人情东借西挪,甚至因此返贫。

严重耗时误工。"人情风"给干部群众工作和生产带来了不可低估的影响。农村过事,前后村里一大帮人至少忙 3 天,有的赶礼因路程远,一两天时间在路上奔走,影响工作、耽误农事。一位村民说,因别人过事帮忙三天,让他本应丰收的小麦遇上雨天长了芽子,损失很大。还有一位村民说,头一天为赶礼把孩子 200 元学费作了礼金,第二天不得不去借钱送孩子上学……可见,人情风扰乱了人们正常的生活秩序,耗费时间,耽误正事。

滋生腐败迷信。人情往来成为少数人打通关系,加深印象的渠道,少数借人情之名变相行贿,收送礼金,成为新的腐败源头。同时,人情风盛行助长了迷信活动,不管大事小事,都请风水先生择定佳期。如遇"黄道吉日",一天少则三五家,多则十几家,让赶礼者无法应付。

提供聚赌场所。无论是城镇,还是农村,哪儿过事哪儿就是一个聚赌场所。遇上谁家有事,远亲近邻都聚在一起打麻将、斗地主、炸金花、卡五星……这些娱乐项目原本是让大家消磨时间,但现在"带彩"的底码越来越大,经常听到议论,谁家过事,某某输了几千,某某赢了几千。有的人本来就手头拮据,看见别人玩牌,无力自控,甚至借钱赌博,造成家庭矛盾,引起纠纷,影响稳定。

铺张浪费较大。一般操办的礼金收入在 2 万元左右的家庭,只够操办支出;收入在 3 万~5 万的,支出在 50% 以上;收入较多的,支出在 40% 左右。支出情况足以看出人情中的铺张浪费。凡是过事的,招待来客都是 30~50 桌,每桌都是 20 多个佳肴,吃不完的就倒掉,至少浪费 30%。

鞭炮、乐队浪费。燃放烟花鞭炮、请乐队助兴成为时尚。主人花上千元买烟花、请乐队,跟形势,壮气势,为了热闹,从早晨放到天黑,客人还得送鞭炮。请乐队时主人要出钱,客人点歌也要出钱。

存在安全隐患。大规模集体聚餐,存在严重的食品安全隐患。曾有媒体报道,聚众喝假酒、吃中毒食物造成集体中毒、伤亡事件。人身财产安全隐患大。某村民乔迁时烟花爆炸,客人四处逃窜,把乐队的音箱炸了个大窟窿。同时,由于聚集的人多,农村房屋质量较差且地方狭窄,也是安全隐患。

"过分重视物质方面的'礼',甚至让'礼'超越了情,就会加重农民负担,毒化社会风气。"湖北省社科院关注农村发展的相关学者认为,刹住农村随礼歪风,纯洁农村人情往来,关键是要在农村大力倡导文明之风。一方面,要依靠村民采取自我解决的办法,教育和引导他们从自己做起,逐渐养成重情轻礼、纯洁交往的良好民风民俗;另一方面,要制订相应的规章制度,如村规民约等,倡导文明乡风,引导村民把有限的资金投入到农业生产中,遏制不正"随礼风"滋生蔓延。

人情成为排斥穷人的力量

这是著名乡土学家贺雪峰在浙江奉化采访后写的一篇文章,事实上,奉化的现实可以用在国内的任何农村,坪坝也不例外。

十年前,作为朋友,送人情 300 元即可,现在低于 800 元拿不出手。办酒席,10 年前 500 元一桌就很体面,现在低于 2000 元就很寒碜。奉化农村的人情可谓是水涨船高,而水涨得慢,船却升得快。奉化农民的说法是,送人情,你办事别人送来 1000 元,别人办事,你再回送就得加点,送 1100 元,他们显然是考虑了利息的因素。这也是一个快速变动社会的生动说明。但更重要的是,人情如此上涨,似乎太缺少规矩,这说明在奉化农村,人情已由本来的"公共性"的事务,变成了可以由村民随便安排支使的私人事务。在中国传统社会,人情不仅是一种互惠,而且是一种"礼",是一种规矩,什么样的人该送什么档次的礼,办什么事情该送什么规格的礼,变成了人和事都已不重要,而仅仅留下私人的关系和人情的返还。这是奉化农村人情不断向上攀升,酒席档次不断提高的重要原因。

而最为关键的,恐怕还是奉化农村近年来出现的严重的经济分化,人情不过是经济分化借以实现社会目标的手段,或正是通过人情这样的手段,一个社会实现了由经济分化向社会分层的扩张。通过人情,经济条件好的农户进一步扩大了自己的交往圈,他们不费力体面地举办各种重要的仪式性活动。经济条件差的农户则非常吃力地应付一次又一次的人情,他们只能通过减少人情往来,缩小朋友交际圈,来维持住最后的面子。之所以说他们还有面子,是因为他们并没有欠其他人的人情,及他们并没有降低自己所办酒席的档次。他们只是减少酒席数量和缩小了亲密人群的交往范围。

也因此，我们可以将奉化农村出现的人情消费，看做是由于经济分化导致社会分层的富人们的一种不自觉的行为后果。经济上富裕起来了，富人们并不满足于自己生活条件的改善，而且希望在社会、心理、文化等各个方面，能够表现自己，表达自己。他们不仅仅要求有经济上的满足，而且需要有一个等级化的社会秩序，有不怒自威、不言自明的优越感。而再进一步的背后，就是阶级意识或阶层意识了。

当然，在今天的奉化农村，绝大多数农民还是可以赶得上水涨船高的人情压力的，只有极少数人被甩出去了。这说明，奉化农村至今的经济分化还在可控范围。随着时间的推延，农村经济分化可能进一步加剧，人情也会继续水涨船高，也就会有更多的农民被甩出去，这些被甩出去的农民就只能减少酒席规模，缩小交际范围。这些农民就越来越成为村庄中说不起话、办不成事的人们。

人情往来本来只是亲朋好友密切关系的一种润滑剂，通过人情往来，人们周而复始地保持住自己的亲密关系，一旦有什么困难，就可以从这个亲密关系群体中寻求支持与力量，也寻找归宿。但是现在，这些都开始变得奢侈起来：过高的人情使一般的农民不再交得起朋友，甚至不再能与亲友建立正常联系，人情成为排斥穷人的力量。高昂的人情支出降低了穷人的社会资本，从而使他们更少出路，更加无助。

在奉化农村，人情正在由互惠变成赤裸裸的社会排斥与社会分层的工具；人情正在成为经济分化的社会强制机制，是由经济分化到社会分化的一个关键环节。因为人情的压力，奉化农村的穷人就不仅仅是在经济上穷困，而且在社会地位、心理感受、精神上也变得贫困起来。

大病来袭时,坪坝人,请选择坚强

编写整理/孙莉霞

　　一场突如其来的大病,不仅会摧毁一个人,往往也会将一个家庭拖入到深渊,尤其是在农村,本来经济就不宽裕,面临着大病的压力,更是手足无措,不过我还是想说,大病来袭时,坪坝人,请选择坚强!

　　坪坝这些年得大病重病的人越来越多,癌症的发病率也特别高,这不是坪坝独有的,放眼全国,"癌症村"比比皆是,也许这就是时代病,既有环境的诱因,也和每个人的生活方式、自身的体质有关,不管是什么原因,如果它不幸降临,请学会勇敢地面对它,接受它。

　　这句话说起来容易,如果要真正地面对,依然是一件痛彻心扉的事。五年前,我的家庭也面临过这样的厄运,一纸诊断书,给全家笼罩上了痛苦的阴影。我曾在一篇文章中这样写道:

　　母亲在五年前患上了肺癌,从得知消息的那一刻,我们这个家就开始背上了一层浓重的阴影,这个灰暗的影子伴着我们,化不开,摆不脱,时时跟在身边,想起来就觉得不寒而栗,好像头顶上悬挂着一把剑,不知道什么时候就会掉下来,让你心神俱碎。

　　这五年来,和癌症对抗的时光,不仅仅是母亲一个人在战斗,而是全家所有的人,都拼了命和那个看不见的恶魔作战。不用提当初手术、化疗、放疗的经历,就是现在处于平稳期,她不经意的一声咳嗽、一个喷嚏,也会让我们揪心半天。

　　母亲这场大病,除了带给我们心理上沉重的枷锁,经济上也是一个很大的压力,还好,几十万的医疗费用,报销了一半,又有我们几个孩子共同担待,每个人咬咬牙,也能扛过去。而有更多的家庭,家人的一场重病,让全家变得一贫如洗,甚至背上了沉重的债务。

　　这些天,坪坝微信群上传来两则众筹的消息,一个叫晏××,是晏店九里的,一个叫文××,是坪坝东岳村的,一个得了风湿性心脏病,另一个得了尿毒症,两个小伙,正是年轻气盛的时候,却不幸躺在医院的病床上,本来是家里的经济支柱,这一倒下,更让全家处在风雨飘摇之中,为此他们发起了众筹,希望有更多人可以帮助到他们。

　　距我写稿时为止,晏××因为要手术,急着用钱,众筹提前结束,共筹集善款约

39000元,而文××的众筹还在继续中,已筹集善款约46000余元,离10万的目标还差一半,希望能有更多的爱心人士可以帮助到他们。

这是我知道的因为生病需要帮助的家庭,可能还有很多的贫困家庭,大病来临的时候,考虑到天价的治疗费用,甚至放弃了最后救治的希望,只能等死……大病来袭时,坪坝人,请选择坚强,不要放弃。根据我自己的经验教训和了解到的一些知识,在面临大病时,要做到以下几点。

病前的预防更重要

农村因为观念和医疗条件的限制,普遍都没有体检的意识,特别是老人,即使得了病,觉得不舒服,也通常是一拖再拖,所以很多重病,特别是癌症,等到发觉的时候,往往已经到了中晚期,错过了最好的治疗时机。儿女回家看望父母,最好能带他们做一个全面体检,如果没有条件,也可以在平常的闲聊或电话中,多问问他们的身体状况,有没有哪里不舒服。老人家通常都是报喜不报忧,什么都是好好好,所以问的时候要有一定的技巧,可以旁敲侧击,问得细致一些,一旦发觉有什么状况,可以及时去就医。

很多病的出现其实是有预兆的,如癌症病人会出现莫名消瘦,肺癌病人会有咯血的现象……从这些预兆和信号中,也能发觉一些迹象,如果及时诊治,那么一切都还来得及。

新农合医疗肯定都会参加,但在现阶段,这项政策还有很多缺陷,急待完善,如报销难,报销比例不高等,所以在经济条件许可的情况下,可以适当补充一些商业保险。但现在的商业保险市场混乱,鱼龙混杂,所以一定要了解清楚再买。

对于我们年轻人或者中年人,更要保重自己的身体,因为健康是一种责任,不仅仅是为自己,更是为整个家庭负责任,我们现在正是家里的顶梁柱,不要先让自己倒下了。养成良好的生活习惯,具有一定的养生意识,少抽烟喝酒,更不要贪杯酗酒以及在牌桌上鏖战通宵,少用一次性餐具,饮食清淡健康……只有懂得爱护自己的身体,才是真正为自己为家庭负起责任,任何时候,健康都是第一位的,赚钱打拼是第二位的。

病 中 的 治 疗

不要病急乱投医 在经济条件许可的情况下,当然是选择最好的治疗,但切忌不要病急乱投医。魏则西事件后,那些莆田系医院当然需要远离,一些江湖游医骗子也要谨慎提防。选择正规的大型医院,但有些病可能在哪里治,效果都差不多,如果都去挤那些热门大医院,光挂号排队等病房,都需要无穷无尽的耐心,这些大家应该都明白，所以在哪里看病，一定要仔细斟酌想清楚。

不要过度治疗　前些天我的一个亲戚患上食道癌，在武汉××医院检查后，说要做手术，后来找熟人请教了一些权威专家，都认为没有必要手术。对于患者家属来说，总是面临这样或那样的选择，做任何选择之前，都问问自己，这个方案确实对病人有好处吗？是病人愿意的吗？

任何选择都会有这样或那样的风险，医生都不能保证，何况是我们，尽心尽力即可，"尽人事，听天命"尽自己所能，最终的结果还是要看天命。

关于治疗费用　进了医院的门才发觉，钱如同水，哗啦哗啦就没了。一个人生病，往往就是"辛辛苦苦几十年，一朝回到解放前"，因病致贫，因病负债，所以前期的保障很重要。老人生病，孩子们都要尽自己所能，多担待一些，这是义不容辞的责任，不要因为金钱问题发生争执，伤了老人的心，只会加重病情。家庭困难的，除了新农合医疗保销，还可以申请国家大病救助，寻求亲友或社会的扶助。另外，在治疗的时候，一定要问清楚，哪些是自费项目，不能报销的。

关注病人的心理健康　大病来袭时，病人自己往往是最难接受的，有些老人甚至担心给儿女增添负担，自己走上绝路，所以在治疗的同时，一定要关注病人的心理健康。心理乐观，增强信心，提高免疫力和抵抗力，像母亲这样，没把自己当病人，每天还去打拳练剑，病魔往往也会知难而退。多陪伴，多观察，多聆听，心理上的安慰往往胜过良药。照顾好患者的情绪，当他们面临痛苦的时候，可以通过药物、按摩或音乐等方式，使病人紧绷的神经放松下来，因为这时你已经是他们生命中最后的依靠。即使到最后无医可救时，也要提高他们的生命质量，减轻痛苦，可以让他们安宁地走完最后的余生。

人生病是一个综合性的因素，大病来袭时，不要总是怨天尤人，抱怨命运对自己、对家人不公，而是要学会勇敢地面对，学会接受，学会乐观和坚强，人的意志力是很强大的，往往能够战胜病魔，当然，病前的预防也很重要。希望所有的坪坝人都能够平安健康，大病来袭，也能笑傲前行！

秸秆,别烧了

编写整理/孙莉霞

秸秆,曾经的宝贝

很多年前,农忙秋收过后,打谷场上都会堆起一堆高高的谷垛,码得像城墙一样高。我没坐在谷堆上面听妈妈讲过去的故事,但这高高的谷堆,却是孩子们嬉戏玩耍躲猫猫的好去处,爬上爬下,钻进钻出,秸秆垛很有弹性,摔不着碰不着,还有一种好闻的谷物的香味儿。

当然,秸秆垛还可用来烧火做饭或沤肥。那年月和现在不一样,这些东西是农民的宝贵燃料和肥料。如果这些不够,还要搂草打柴,以补燃料不足。

那时烧秸秆为做饭,沤秸秆为积肥,都是原生态的绿色的无污染的田园牧歌式生活景象,遍地是秸秆堆砌的"柴火垛"和"堆肥",更没有一氧化碳、二氧化硫排放污染。

不知从何时起,秸秆开始成为鸡肋,食之无味,弃之可惜,干脆一把火烧完了事,稻谷收时烧谷秸,麦收时烧麦秸,到处狼烟四起,烟雾辣的人睁不开眼,势不可挡,禁都禁不住。

为 什 么 要 烧

从理论上来说,秸秆可以做有机肥,可以做饲料,还可以生产沼气,农民为什么非烧它不可?

以前农民是舍不得烧秸秆的,统统运回家,码在房前屋后。当时,秸秆最主要的用途就是生火做饭,它是农村重要的燃料来源;同时,还可以充当牲口饲料;并且,多余的秸秆还可以埋进沼气池,用来生产沼气的同时还能沤肥。秸秆还有一个重要用途是造纸,20世纪90年代,中国农村小造纸厂遍地开花,也消耗了不少秸秆。

伴随农业机械化,秸秆渐渐变成了垃圾。最近十几年,农村开始使用联合收割机收麦子,玉米、水稻的收割也开始大规模机械化。机械化收割带来的最大问题是,秸秆几乎都被打碎,散落的到处都是,而这种打碎的秸秆对于绝大多数农民来说,都已经是无用之物。

　　而且，机器并不会完全打碎秸秆，还会留下十几厘米长的秸秆茬。在人工收割时，为了尽量利用秸秆，农民收割大多贴着地皮，下次耕种之前，耙一遍地就可以把秸秆埋在土里当肥料；现在机械收割留下的秸秆茬太长，耙一遍不行，再耙一遍既费时又费力，据相关报道，一亩地要多付出几十元的成本。

　　这些年，秸秆本身的利用价值也大大下降：农村电磁炉和液化气的使用越来越多，不再需要秸秆提供能源；农民如今也更愿意使用化肥，谁也不愿意使用又费劲效力又差的草肥；伴随着农业机械化，农民也很少再饲养牲口；至于小造纸厂，早就因为污染而被关停了。

　　于是，对农民来说，秸秆就是废物、垃圾。

焚烧的危害

　　在某些比较有经验的农民的印象里，焚烧秸秆并没有什么大不了的，跟所谓的危害性也没有太多关联。相反，他们会认为，焚烧秸秆给土壤带来了难得的草木灰肥料，对来年的庄稼种植会有不少好处。随着焚烧秸秆对现代生活带来的各种不利影响不断见诸各种报道，人们关于焚烧秸秆所带来的危害性也开始有所了解和认识。

　　那么，总结而言，焚烧秸秆到底都有哪些危害呢？

　　第一，焚烧秸秆会危害人体健康。

　　农作物秸秆中含有氮、磷、钾、碳、氢等元素及有机硫等。特别是刚收割的秸秆尚未干透，经不完全燃烧会产生大量的氮氧化物、二氧化硫、碳氢化合物及烟尘，在阳光作用下还可能产生二次污染物臭氧等。而且焚烧秸秆时，大气中的二氧化硫、二氧化氮、可吸入颗粒物三项污染指数达到峰值。当可吸入颗粒物浓度达到一定程度时，对人的眼睛、鼻子和咽喉含有黏膜的部分刺激较大，轻则造成咳嗽、胸闷、流泪，严重时可能导致支气管炎的发生。

　　第二，焚烧秸秆会造成严重的大气污染，干扰人们的日常生活。

　　焚烧秸秆不仅会引发呼吸道疾病、增加交通事故发生率等。同时，焚烧秸秆还有可能造成火灾，危及人们的财产和人身安全。据新华网"焦点网谈"栏目报道，1996年，秸秆烟第一次给双流机场造成危害，5月31日，机场被迫关闭，13个航班分别备降在重庆、咸阳、贵阳、宜宾等机场。1998年5月，双流机场又被迫三次关闭，17个航班改降，滞留旅客3000多人。

　　第三，焚烧秸秆将降低土壤肥力，致使耕地贫瘠化。

　　秸秆中含有的氮、硫等元素大部分转化为挥发性物质或颗粒而进入大气，只有钾元素等部分物质得以保留，营养元素损失严重，非常不利于土壤培肥。据测定，每焚烧一次秸秆就会使土壤有机质下降 0.2～0.3 个百分点。这些土壤有机质如果通过秸秆还田来生成,一般需要连续 5～10 年。

第四,焚烧秸秆会带走土壤水分,破坏耕地墒情。

相关实验研究表明,秸秆焚烧使土壤水分损失 65％～80％,这种破坏对于北方干旱地区来说尤为严重。

第五,焚烧秸秆将破坏农田生物群落,同时烧死大量的土壤微生物。

研究表明,未经火烧的玉米样地和大豆样地均采集到 26 个属的甲螨,而火烧后的玉米样地和大豆样地仅分别采集到 16 个属和 21 个属的甲螨。焚烧后土壤中的细菌、放线菌和真菌数量分别较焚烧前减少了 85.95％、78.58％ 和 87.28％,容易造成农田土壤板结。

第六,秸秆焚烧虽然可以消灭部分病虫草害,但也可能使某些病虫害更加严重。

例如,麦秸焚烧处理后,毛毛虫、黑粉病等病虫害的发生率要高于秸秆还田。实验测定结果表明,秸秆焚烧后的毛毛虫病害作物植株比例为 22 株/100 株,高于秸秆还田情况下的 13 株/100 株。

第七,生长在秸秆焚烧土壤中的作物,产量会有所降低。

实验显示,生长在秸秆焚烧土壤中的玉米和大豆幼苗的根系总吸收面积、根系活跃吸收面积均显著减小,尤其是根系活跃吸收面积的减小最为显著,减少率分别高达 21.62％ 和 21.15％。这表明,秸秆焚烧后的土壤不利于玉米和大豆幼苗根系的生长,根系活力明显下降,对玉米和大豆幼苗的正常生长和抗逆性非常不利。

如何变废为宝

秸秆不让烧了,那该怎么处理?

"现如今都是机器收割,剩下的秸秆也不用堆积起来当饲料了。田里还要接着再种东西,秸秆必须及时处理掉,可卖给企业换得的那些钱又划不来,所以只好烧了。"一个农民颇感无奈地说,就在 10 多年前,秸秆在他眼里可是个宝,不仅是家畜饲料,还是生火做饭的燃料。现在,随着生活水平的提高,农民都改用电、煤、液化气、天然气做饭,秸秆不再作为燃料,也不用再花费气力把秸秆运回家中储藏。另外,家畜喂养也有专门的饲料。如此一来,秸秆反而成了负担。

"花了整整一天时间收秸秆,还掏钱租了辆车,送到区里一家新型燃料企业去,只卖了 200 多块钱,真不如一根火柴解决问题。"另一个农民说,粉碎还田每亩还会增加 10 元左右的成本,此外"农机加装切碎装置,机械负荷增加,油耗增大,作业效率降低,我们不愿意加装设备。"

可见,农民之所以选择焚烧秸秆,除了卖秸秆划不来外,主要还是没有找到有效利用秸秆的途径，加之影响耕地和播种，就只好将秸秆就地焚烧了。

解决秸秆焚烧问题，"堵"是措施，"疏"才是核心。湖北省要求各级地方政府"综合施策、以用促禁"，推动秸秆利用肥料化、原料化、基料化、饲料化、燃料化。市场让农民真正从秸秆中得到了实惠，难题也就迎刃而解。

未来，湖北省政府还将编制秸秆综合利用中长期规划，完善政策措施，加大转移支付力度；市、县人民政府将设立秸秆综合利用专项资金并纳入财政预算，加大财税、土地和政府采购等政策扶持力度。一个疏堵结合，运用市场手段解决秸秆露天焚烧的长效机制正在形成。

坪 坝 秋 色

文/雨千寻

　　今年的十一假期,我和往常一样回家。正是农忙时节,除了偶尔有几个返乡的年轻人,整个小镇依然是那么清净。街角的车站,看不到几个人,省道上偶尔蹿过几辆摩托车,乡镇班车穿梭往返,偶尔呼啸而过的、各地牌照品牌各异的小汽车,无不提醒着这安宁的小镇,放假了,这两天人多了,过几天又都走了! 与以往不同的是,由于今年严禁焚烧秸秆,空气质量确实好了很多,没有灰蒙蒙的天,空气中也没有那股熏人的烟味儿。

　　这片土地散发着熟悉的气息。春节之后再次回家,一路南下,舟车劳顿之中,有些疲乏,总觉得这片熟悉的土地,如今看来又是这么陌生,那曾经熟悉的味道,突然钻入鼻腔,吸惯了北方的霾和城里的汽车尾气,置身于南方田园,这自然的气息,好像有些唐突又让人不知所措,隐约间,觉得这片土地有些陌生。

　　说它熟悉,因我成长于此地,这条路是多少年多少天上学放学的必经之路。这周边的田地,劳作其中的都是熟悉的乡邻,更不必说这片土地上轮番生长的水稻、小麦、油菜、棉花、玉米等农作物。和同时代的很多人一样,在农村的那些年,即便是上学,也需要在农忙季节尽力帮助家人。在上大学之前,我曾在这片土地上插过秧、摘过棉花、割过小麦,帮大人抱过稻谷,也曾顶着正午的烈日,给田间的父母送饭送水。说它陌生,无外乎是离家太久,每年也就十一、春节假期回家,好像是客人到访般的仪式。习惯了城市里的高楼和滚滚人流,在这放眼望去朱门紧闭的乡下,空旷的田野,偶尔蹿出几个人,只有风、树叶、远方机器劳作的轰鸣声和路过车辆的呼啸声,远离居民区的地方,几乎听不到人的声音。整个世界的节奏突然慢下来,没了平日生活的喧嚣嘈杂,顿时让人有点儿恍惚而激动。

　　这一次,抵达镇上的时候已经是下午 4 点多,午后秋日的一片艳阳之下,这个传统的农业小镇展现出农村特有的宁静和生机,随着太阳西斜,这片原野也开始迎来它最美的景致。省道两旁是高大的白杨树,午后暖阳透过层层叠叠的树叶倾泻在柏油马路上,远处的农田,黄色和绿色交相辉映:一部分是已经收割尚未播种的农田,稻田里一层层绿色的新芽;此时已经播种的一般是油菜,而黄色的部分,面积较多,最初我以为是晚稻，询问后才知道由于今年洪灾严重，受灾严重的农田水稻死亡却又重新长出新芽，以至于到了这个季节，会看到还有很多没有收割的稻谷，这一道又一道的黄色，在河谷冲积平原地带的农田里，沐浴着秋日夕阳余晖散落的那一片金黄，明晃晃地照亮了天空，不由得让人感慨植物的生命力之顽强，以及这片并不富饶的土地特有的慷慨。

空气里都是水稻收割后热辣浓烈的稻谷香味，混合着秸秆和泥土的气息，这混杂的气息在阳光下发酵、升腾，掩盖了整个季节的其他气味。这是收获季节的芬芳，完全不同于春夏季节各种叶子、花香混合的清新怡人。秋天的气息，热辣中带着一丝甘甜，枯萎发黄的景致里隐藏着来年的生机。

路上并没有多少车辆经过，一路上，偶尔看到联合收割机在农田劳作，广袤的原野里，偶尔见到几个劳作的老农，马路上停着他们的摩托车及劳动工具。还有镇上的流动广播车，严禁焚烧秸秆的宣传声不绝于耳。和我成长的那个年代不同，马路上看不到小孩，一来计划生育政策执行多年，孩子少，又赶上放假；二来，现在很少有人劳作时把孩子带到田边。沿着省道的一路农田里，基本上也没看到水牛——以往稻谷收割后的一茬绿芽儿、田埂上的杂草一般是看不到的，都被水牛吃了，而如今，它们依然笑对暖阳。这片土地，在最近几年的时光里，终于实现了父辈小学课本上所倡导的"农业机械化"。

和往常一样，在家的几天，我总会到周边走走，顺路拍几张照片。除了地广人稀之外，其他景象好像与多年前一样，并无二致：孩子们在慢慢长大，大人们在慢慢变老，依然是日出而作，日落而息，只是劳动时间没有以前那么长，黄土路变成了水泥路，花花草草，自开自落，野菊花依旧在这个季节露出花苞，霜降后漫山遍野的植物叶子开始衰老变黄，又到了乡下的旱季，沟渠堰塘水库里都是浑水，还是能够看到野鸭，也能听到丛林里不知名的动物发出的各种声音，但靠近时声音就消失了。

与往常一样，农忙结束后的秋季，是乡下疏通河道、扩建道路的劳动季节。夏季洪灾严重，大量乡村水泥路损毁、河道淤积、桥梁坍塌，村干部组织村民修缮河道、公路。只是劳动的村民已经不是青壮年，都是年近六旬的老人，至于工程建设，不能说如火如荼，只能说不疾不徐：村干部会提前统一告知哪一天修缮何处，村民并无消极怠工之嫌，一般早上6点左右开工，天色黯淡时收工，虽人力不多，进展依然可见。

坪坝镇基本上每家都有银杏树,也到了银杏丰收的季节,这几年银杏价格便宜,采收过程繁琐,大量银杏自生自落,无人采收。坦白说,这似乎并不让人觉得可惜,采收银杏确实太累,若是子女孝顺,手中富裕且知道采收银杏的劳累,一般会选择任由家中的银杏自由散落。草木茂盛,自由生长,这片土地,永远都是生机勃勃:乡下半荒废的菜地里,探出几个柿子树或者其他树木,挂着已熟的柿子或者老去的丝瓜;荆棘丛或者竹竿上都是扁豆,有花、有果、有虫;篱笆上都是大小不一的苦瓜,熟了,裂开肚皮露出红色的苦瓜子红衣,也有虫;有些荒地种着南瓜,半大的南瓜躺在地里晒太阳,在乡下,南瓜一般用来喂猪,但是,偶尔猪都不愿意吃。常住人口的减少导致农村的安闲和荒芜,果实烂在地里也很正常。

这里的秋季,忙碌,温暖,脏兮兮,灰蒙蒙,村里弥漫的桂花香味与这秋季的景象显得有些格格不入——花香过于浓烈。它不像诗,也不如画,农村的生活,无论有多少美景,永远都是艰辛居多,如果一定要用一幅画来表明这个季节的特征,那必然是米勒的《拾穗者》——一样的色调,一样的劳动场景,一样的生活。

这片熟悉的土地,我回来过,几天后,又走了,宛若无痕。

难忘杏子树

文/王慧玉

又到杏子上市时,看着黄澄澄的杏子,却没有丝毫品尝的欲望,恰逢下雨天,我的思绪飘回老家,那铺天盖地的杏花,那馋得我口水直流的杏子……

20多年前,我家屋后场院两边都是杏子树,高大粗壮、品种不一,到我记事时已有一抱多粗,那个馋得嚼茅草根都沾沾自喜、饥得每天像饿牢里放出来的年纪,看到自家压满枝头、数也数不清的杏子,那种满满的幸福感、优越感,在我以后的岁月里,再也不曾拥有过!

冬天刚刚过去,有几棵杏树上已能隐隐约约看到花苞苞,过几天,花苞苞顶尖泛红,天气晴好时,沉寂一冬的场院开始热闹起来了,十几棵树花开满园,千朵万朵压枝低。抬头是俏立枝头的花,空中是随风轻歌曼舞的花,地上是虽已脱离枝头但依然娇艳的花,让我这个平时很腼腆的女孩也忍不住绕着偌大的院落疯跑几圈,查看着每棵杏树。随后找来针线串起长长的杏花项链挂在脖子上臭美一番。

下面就是漫长的等待,眼巴巴地看着杏子从指头大点慢慢长大,当杏子只有鸟蛋大时,总有孩子爬上树摘来解馋,这时杏子不酸更不甜,淡淡的没啥味,只是一口咬开,通常会把核咬破,一点也不好吃,过几天等杏子长大点又摘来吃,却酸得人口水直流,但还是舍不得丢,再酸也会囫囵吞下去,过后牙齿酸得连豆腐都不能咬。好不容易熬到五月份,杏子有点泛黄了,就是池塘边的那棵,最讨我们欢心,熟得又早个头又大。如馋猫般的孩子们在吃的方面是非常敏锐的,哪怕只有几个而且长在树的最顶端还是逃不过我们的眼睛。只可惜这时是栽秧的季节,大人吩咐不管谁一律要下田帮忙。我们心里那个急啊,生怕不在家时,杏子让别人偷吃了。在田里忙完便心急火燎地往家赶,一进门就抄起长竹竿直奔杏树,可怎么打?敲落下来肯定掉在水塘里,弟弟们爬上树也够不着那顶端细桠子上的杏子,怎么办?敲吧,"咕咚"掉到水里;再敲,"咕咚"再掉进水里;还敲,"咕咚""咕咚"全掉到水里,正当我们不知所措时,有杏子漂起来了,我们欢呼着,用竹竿慢慢地把它们拦到水塘边,捡起来就往嘴里塞,酸酸甜甜的,真好吃!打杏子失而复得的艰难过程早已吊足了我们的胃口,如今这世上再多的美味,也抵不过当年我们抢吃杏子那种美滋滋的感觉!

再过几天,熟了的杏子越来越多,我们也吃撑着了,不像最初几天跟母鸡护仔一样专注地守着杏树,开始大方地把杏子送人了。有些虫咬、鸟啄掉下来的杏子我们让它在地上烂几天,脚一踩,杏核出来了,稍微留点心,院落边也会拣到杏核,和我们自己吃过的杏核收集在一起晒几天,敲敲打打,把杏仁卖到街上的药铺里,零花钱就来了。虽然有时敲杏核时一不小心敲到手指,敲重了还会打几个血泡,但紧紧攥在手里的那十几块钱早已让我们忘了疼痛,那可是儿时我们拥有的最巨大的财富。我们穿着杏仁换来的新凉鞋在小伙伴们面前炫耀,那个美呀! 有一年,卖了杏仁换来的钱还为家里添了一打菜盘子,来了客人我们就会表功:这是我们卖杏仁买的。记得那叠菜盘子一直用到我们离开老家。

后来,来到县城,城里应季的水果真多。杏子,这种乡野里的水果难入城里人的法眼,进不了水果超市,我们一年也难得回去几次,回去时时间也不对,看不到杏子的影子。过两年,镇上修路,新公路从我们家院子中央过。路修好了,可我家的院子没了! 杏树没了! 儿时的天堂也没了! 再后来,父亲生病住院,为还债把最后的一点老屋卖了,老家没了我们也回不去了!

近几年,杏子又回来了,来了个华丽丽的大转身,以前无人问津的乡野水果如今都卖上大价钱,买来尝尝,拿在手里想像以前那样一掰两瓣,却怎么也掰不了,要么是没熟掰不动,要么是熟透了掰烂了,吃在嘴里虽也是酸酸甜甜,却已经没了当初那种无敌的美味。

坪坝乡间老宅

文/雨千寻

    2016 年 8 月 25 日,北方天气微凉,入秋后的节奏,气候宜人。早上浏览新闻,一则让人难以淡定的数据扰乱了平静美好的初秋早晨:中国人民银行日前公布七月份经济数据,4636 亿新增人民币贷款中,房屋贷款达 4575 亿,占比达 99%,企业信贷则为负增长,不少企业将资金投向房地产市场。

    在钢筋水泥混凝土构造的城市建筑中,高房价主宰着多少人的日日夜夜? 多少人为了一套房日夜奔波,多少人为了更多、更好的房子舍弃了生活中其他的乐趣? 房子,俨然已经不是容身之处,安家之所,它已经成为一个物化的符号或图腾。建筑物的密度、高度、城市的边缘线一次又一次地突破,规划设计单位大手一挥,记号笔划过,圆圈中一个"拆"一旦出现在某片墙壁上,便是几家欢喜几家愁,有人欢呼,有人忧伤。

    2016 年春节返乡期间,我走访过老家附近的几个靠山的小村庄,打算大致看看还有多少老房子。由于乡下人烟稀少,部分居民迁居,加上时下推行的"新农村建设",很多老房子均已闲置多年或者坍塌损毁。鉴于乡下现行的宅基地制度,人烟稀少的靠山地带,无迁居计划的居民一般是拆除旧宅,原地新建住房,迁居居民则是举家搬走,房子空置几年,便破败不堪。一般也就过年让自家亲戚适当打扫一番,糊上对联,明晃晃的红色彰显着这些宅子曾经的热闹和辉煌。

    据说在另外一些地区的农村,既使迁居,即便老宅并不占用耕地或者道路,也必须将其拆除,例如我曾经在重庆看到过好多半山腰的木质宅楼如此消失,除了扼腕叹息,还是扼腕叹息。但是最近我又看到一篇报道,得知重庆正是由于推行此项严格的土地入市制度得以确保房价没有暴涨,不免觉得滑稽荒唐。又比如我在北京周游时,京西古道圈门一

带那些布局考究、极具特色的石砌老宅、小胡同、石砌小径、老城墙……在城镇建设的大潮中,正在被夷为平地,偌大的村庄,就看到过一条流浪狗,那些地方为什么不能当做民俗旅游区保存下来呢?所谓"文人多矫情",没事好哀叹,我好像正入此道。

其实在我的老家,基本也推行此制——一旦迁居落户异地,旧宅需拆除,或许是乡间靠山的犄角旮旯之地,人迹罕至,鸡犬之声所闻甚少,这项制度的推行稍有怠慢。拆房也有成本,不至于大费周章派遣推土机跑去山沟沟里推倒那些老房子。这也能够解释为何没人的山脚,还有人在老房子的地基上建乡间别墅或四合院——地基还在,老房子还在,乡间土豪回来时需要一处回家祭扫的落脚地,二来需要有一惬意宅院供养老闲居,这也是传统的"落叶归根"思想的体现。这些宅院,其中有很多早已不以居住功能为主,只是作为家族发源与存在的一个象征,也可以说是家族财富的一个标志。

中国的旧式农村(以坪坝镇为例),严格地说,应该是乡村、村落,它们是由水源、农田、道路、住宅等因素自然汇聚而成的行政单位,村落基本是同姓聚居,可以算得上是以"族"为单位,比如,这一带的某个村的某个组,基本上全是同姓,偶尔有 1~2 户非同姓家庭,虽无族谱,倒推祖上几代,某个村下面的某个组,基本上最初就只有几个某姓氏的兄弟而已。这一点通过地名即可窥见一二,如"××冲""××湾""××洼",均为同姓聚居地。在这个小镇,绝大部分农村最初建设并未规划,因处于低山丘陵、河流冲积平原地域,平原地区自然成为农田,除去最初的集镇,民居均沿山谷、河流分布。目前所在的沿路聚居,基本上发生在 20 世纪 90 年代之后,这也算是地理学上的小范围内人口迁移。另外,我并没有见过传说中的"房契",在严格恪守"私有财产"制度的自我约束下,各家极为看重本家老宅宅基地,即便迁居,老宅塌陷,其宅基地亦不允许非本家人肆意占作他用。

传统的本镇民居,应该叫宅院,宅和院是分开的,按照用途分为居住、牲畜、杂舍等,传统的宅院,的确是古画中的场景:一抹墙,一扇对开门,屋角一棵大树,枝繁叶茂,郁郁葱葱,院子里一般是母鸡带着一群小鸡觅食的情形,以及一条狗惬意地卧于檐下通风处,对于过往村民爱答不理,若有陌生人到访,马上警觉。住宅附近一般栽种樟树、银杏树、水杉等观赏类乔木。近年,院落亦有回归之势,改种果树及观赏类树木——好看却招虫,总得喷农药,还是樟树、银杏树好。

我在本镇见过的民宅,最老的是坪坝老街明清时期的建筑群:两层木质阁楼,虽配不上"雕梁画栋"这般华美的词汇,但确实在屋檐角见过雕砌小物,虽没住过这类房子,想着便觉其昏暗潮湿发霉,尤其是一楼,必定昏暗无比。目前镇上尚存几间木质阁楼,他们得以保存,无外乎是因为房主举家搬迁,无需拆除老宅在原宅基地上新建住宅,这几栋孤零零的老宅子,经历过明清两朝、民国时期、新中国成立后,昔日商镇的繁华,踪影难觅,只见他们依然屹立如故——至少看上去是那样。确切地说,还是要感谢此地的贫穷,如果不是由于贫穷,这些老房子,无论是私宅还是民国时期的镇粮油所这类的公宅,恐怕早已损毁。曾经有一个邻镇的高中同学看到我发的老宅图片,她很激动地说,要把这些图片保存下来给自己的儿子看看,她说她外公家早年就是这样的房子,那里有童年的回忆。

常见的农村老宅,基本上是木质阁楼,之后是瓦房:土砖、青瓦、带天井,格局讲究,以及此类砖房之后的瓦房,不带天井,地基高约 0.5～1 米,一字排开的三厢制土砖老房,部分墙面粉刷后,白墙、青瓦——传统中国农村的样子。在这类老房子中,我所见过的格局最讲究的,当属已经废弃的聚居地,那个叫做"河基上"的地方,也是奶奶的娘家,小时候每年夏季都会和奶奶一起去那边玩几天,记得那里的房子,讲究之处在于大门口会有两个石墩,部分还有石柱、石阶,清晰记得的是石墩上均有雕刻的动物纹样,没记错的话,我见过马式花纹石墩,其他的不记得了。我还记得香山村山里的部分老宅,屋顶外立面有石雕花纹,梅花居多,遗憾的是上次没去寻访拍照。关于这些建筑细节,住过这些房子的朋友们大概会记得。

从 20 世纪 90 年代开始,伴随经济发展,这些土房子正在逐渐退出历史舞台,稍有积蓄的家庭逐渐开始改建楼房,经过这 20 多年的发展,到了现在,基本上九成以上的土房已经废弃,迁居大潮下,考虑交通因素,很多家庭搬离最初的山间河谷迁至省道沿线。已搬迁的和未搬迁的居民,彼此都成了"围城"中的角色:未搬迁的羡慕省道附近居民享有的便捷佳通,省道附近的居民则是怀恋乡间的安静闲适,毕竟山间没有过往车辆,空气好,而住在马路两旁,想买块菜地都不行,更别说想散养几只土鸡了。这种现状导致即使在环境优美的乡下,想要买土鸡蛋,还得提前和山边养鸡农家预定,甚至即使预定,也不见得有。

写这些文字,回忆过去的时候,我并不觉得住土房子、脚踏泥泞路的那些漫长岁月是幸福的回忆,恋旧并不代表希望回到过去,只是对一段时光的梳理。我最初的老家,那栋老房子已经拆除,它最初也是传统的带天井的深悠宅院,我记得的是那厚重木门的吱嘎声,昏暗的房间,偶尔有一束光通过瓦片缝隙倾泻于那潮湿的泥土地,透过那一束光柱,看到无数灰尘乱舞——光的模样,就是那样,只要有缝隙,便可穿过黑暗。也记得谷仓周边逃窜的老鼠,夏季从后山溜至屋内的蛇,还有其他各种让人毛骨悚然的虫子。那段漫长的日子,现在想来,如同幽暗的房间照进的一束光,那束光柱随着日光偏斜而移动,明亮而清晰。

记得老房子过高的门槛,年幼的我总是没法跨过,那些刚学会走路,穿的像个球一样的日子里,为了能够位移出去,我需要艰难地爬上门槛,迈过一条腿跨上门槛,然后就着满身衣服,艰难地抱在门槛上继续用力,顺势翻滚出去,只有这样才能把自己送出门外——想来也是傻,不知道还可以穿过其他几个门槛较低的房间绕道出去。可能终生不会忘记的,便是漫长的梅雨季节,老房子到处漏水,大盆、小盆、大桶、小桶全部搬出来都不够用,偶尔滴滴答答,更多时候都是倾泻如柱的黄色雨水装满了一桶又一桶,狭小的厨房更是因为漏雨严重而无法做饭。除了漏雨,就是家里各种物品上潮发霉的味道,在漏雨又发霉的潮湿季节,还有两种记忆里的味道:腊肉、鱼。挂在房檐下的腊肉在这个季节会因为盐分而返潮,散发出腊味独有的味道——不是他们原本的香味,而是另外一种我现在无法形容的咸涩的味道。至于鱼,则是由于梅雨季节连续降雨,水库池塘涨水所致——水沟里到处都是鱼,伸手都能抓到,或者随地拦截,那个年代雨水充足,水源干净,用"鱼虾遍地"来形容真是一点儿也不过分,小孩都会捉鱼。我记得那些滴水的桶里往往会养着爸爸在水沟里捕回来的大鱼,吃不完的各种鱼,吃腻的味道,20多年过去了,依然记得那些场景。雨和鱼,南方乡下,梅雨季节的回忆,悠远绵长。

曾经有一篇文章分析为何现在的农村建筑越来越丑,大意是由于工业化和统一生存、统一选材的原因导致住宅同质化。其实除了农村建筑,城里的很多建筑也都是越来越丑——千篇一律,全是复制,毫无新意。我也不否认还是有很多伟大的建筑师会留下很多优秀的作品,只是太少,至少城市里重复的居多。

斗转星移,我去的地方越来越多,除了在图片里见过很多民居,也曾到访并留宿不同地区的农村。记忆深处,依然有些空间存放着在南方乡下的日子,透过屋檐,雨声潺潺,贫穷,忧虑,但是无压力的那种不能称之为悠闲的无所适从,那种对未来的无法预知的若有似无的期盼,那些时光,那种涩涩的回忆。那个时候,我还小,父母还年轻,虽然穷,但是家人都在一起。到如今,一家人,天涯海角,聚少离多,每个人都有自己的生活,一切都不一样了。我并不记得那个时候那个漏雨的屋檐下我会想些什么,甚至连那个屋檐的照片都没有一张,在那个年代,没有梦想这个概念,也没有对未来的期许,除了吃饭、睡觉、上学和嬉戏,不知道外面是什么样的世界,只是过一天多一天,过一天长大一点。

老房子虽然破,往日虽然穷,可那段时光却是家的味道:亲切、团圆、欢声笑语、熙熙攘攘。

人在,家在。

老房子,已不在。

我的电影生涯

文/苏传光

　　在我小时候,由于生活条件有限,农村的文娱资源匮乏,当时只有收音机、广播和数量极少的黑白电视机。那时经常停电,电视机基本上是摆设。看电影就成了我儿时最高兴的事,为此我对电影院和打谷场留下了深刻的印象。由于到本村放映次数较少,机会难得,平时我们都跑到几里外的邻村去观赏。

　　得知哪里能看电影,我的心就飞了,满脑子都是它。在学校上课时魂不守舍,放学铃一响,便如脱缰野马狂奔回家。父母还在田里干农活,我见灶台冷火熄烟,慌忙中胡乱扒几口冷饭便相邀同龄小子往放映地跑,早早的抢占有利位置。夜幕尚未降临,打谷场里早已是人山人海,洁白的银幕,喇叭的歌声,小贩的叫卖声和人们的欢笑声融成一片,仿佛召开一场盛会,那场面比明星演出还要火爆。

　　当时有很多经典电影让我至今记忆犹新。比如《婉君》《犬王》《地道战》《地雷战》《铁道游击队》《烈火金刚》《平津夺宝》《夺宝奇兵》《东方不败》《少林寺》《新龙门客栈》《自古英雄出少年》等等。有时尽管大老远地跑去,放映的却是在别的村看过的循环重复电影,却丝毫没有影响那股兴奋劲儿……

　　多年后,我被聘到镇电影院从事放映宣传工作。当初住在小礼堂旁边的售票小屋,那时春节期间是放映的高峰期,白天在小屋里写海报,晚上就爬上礼堂吊脚楼当放映员,腊月和正月就这样夜以继日地在忙碌中度过。到了"三八妇女节"看电影的人就少了,我便骑着自行车到槐树、吉庙、郑家河、岔河去张贴海报,吸引周边观众来看电影。半年后,我搬进了对家巷和水星城门旁边的露天电影院,住进了石墙红瓦的两间单身公寓,在这里我住了五年,学会了自己做饭、洗衣,毛笔字也得到了长足的进步……

　　好景不长,随着青壮年外出打工,在家务农人员越来越少,人们的娱乐形式逐渐增多,尤其是电视这种媒体的异军突起,再加上 VCD 影碟机可以在家里放映大片的介质出现后,电影遭到了重创,影院生意一落千丈。作为放映工作者,我们积极响应上级号召,送电影下乡,主要服务全镇 18 个村 108 个小组和 19 所学校。当时我们 4个人带上 2 台 16 毫米、1 台 35 毫米和 1 台汽油发电机,请了一辆手扶拖拉机,每天下午我们头顶烈日出门,晚上披星戴月回家,跑遍了坪坝镇的村村寨寨、湾前屋后,到了偏远的晏店都是住上半个月才回一次家,就在如此简陋艰苦的条件下我们完成了每年200多场次的放映工作。后来我定居京山县城,又代表县电影公司到各乡镇巡回放映多年。

作为一名从事了14年的电影放映工作者,经历了无数次的风霜雨雪,见证了电影事业的兴起和衰落,感受它的荣誉,尝尽它的辛酸。电影,又有多少个电影人曾默默地奉献过最美好的青春年华……

坪 坝 方 言

编写整理/孙莉霞

我曾经有两次失语的经历。一次是刚上高中,我们这几个坪坝孩子被混入到班上一堆京山口音中,显得特别另类和格格不入,似乎一张嘴,就会遭到别人的嘲笑,忽然一下子不知道该怎么说话了,索性闭嘴干脆不说话。记得有一场演讲比赛的活动,同学们推荐了我,因为我有多次演讲比赛并获奖的经历,然而老师仍以坪坝口音太重为由,选了另外一个同学。这次落选让我有一种很深的挫败感,却无法改变。后来,我学会了一口地道的京山话,并且能达到以假乱真的地步,但只有我自己知道,那只是在说别人的话,而只有回到坪坝,重新说起坪坝话,才重新找回我自己。还有一次是刚到北方上大学,听着宿舍同学一口京片子的普通话,忽然又不知道该怎么说话了,沉默了一段时间,也能说一口地道的普通话,却总是在某些字的发音中,如"l""n"不分,露出破绽和马脚。

后来,生活在这个移民城市,因为大家都是外乡人,每个人都说着带有老家口音、蹩脚的普通话,谁也用不着歧视谁,谁也用不着嘲笑谁。而且,通常能从这些不经意的口音中,猜测出你是来自哪里,和我是不是老乡,如果恰好来自一个省、一个地区,就会油然产生一种亲切和熟悉感。离开坪坝多年,在这个没有土壤的环境,我已经不会说地道的家乡话,但只要回到家,那些埋藏在记忆深处的话语,就会如打开的闸门,不自觉地汩汩流淌出来,让我明白,无论我离开多久,无论我走多远,"少小离家老大回,乡音无改鬓毛衰",这一份改不掉的乡音,是一份逃不脱的乡情,成为这一生中的眷念。

坪坝镇隶属于京山县,却与京山口音完全不同。京山三大方言分区,第一大分区是以京山城关为代表的京中南方言区,可以说该方言是京山使用人口最多,分布地域最广,也最为典型,主要分布区域为钱场、雁门口、永兴、新市、孙桥、杨集、宋河、曹武、罗店。第二大分区是京北方言区,其方言接近随州、安陆等西官鄂北片区,主要分布在绿林、三阳、坪坝三个乡镇,其以坪坝话最具代表性。第三大分区是京西南方言区,该区方言最大特征是具有独特的弹舌音,与荆门的弹舌音有几分相似,该区域主要分布在石龙、屈家岭、永隆等地,以永隆话最具代表性。

坪坝方言代表说法

坪坝叫坪爬，
晏店叫岸店，
打你一巴掌叫乎你一巴掌，
踢你一脚叫叠你一 juo，
能得不得了叫雀得不得了，
胡作非为叫鬼打架。
看叫瞄，
找麻烦叫扯皮，
今天叫真捉，
做饭叫烧火，
吃菜叫燕菜或拈菜，
一毛不拔叫"结"豌豆。
说假话叫车白，
聊天叫细家常，
骗人叫日白，
厉害叫恶燥，
生气、赌气叫翘了。
T 恤叫汗衫，
短袖叫晃挂，
背包叫挎包，
外套叫焖子，
鞋子叫孩子，
毛衣叫挂子。
保暖衣叫殴冷衣裳，
被子叫被窝，
床单叫卧单，
棉絮叫戏，
茶杯叫罢碗，
毛巾叫服子，
刷牙叫洗口。
胳膊叫绑子，
腿叫垮子，

膝盖叫客气包，
脖子叫井匡，
洗澡叫麻汗，
游泳叫打鼓求。
打瞌睡叫睡阔树，
长得漂亮叫长得刮气，
小偷叫白叉子，
米粉叫线粉，
油条叫油鼓子，
西红柿叫 shang（二声）山。
晚饭叫夜饭，
汤勺叫调耕，
钥匙叫哟齿，
对联叫帝子，
石头叫马古，
坏家伙叫拐东西。
客厅叫桃屋，
厨房叫仇屋，
走廊叫廊椅哈，
墙壁叫壁子，
蠢人叫苕，
小气叫尖。
闪电叫车闪，
打雷叫打力，
扫帚叫扫楚，
指甲叫指嘎壳，
挖苦叫日求，
尿床叫下汉口。
外婆叫嘎嘎，
爸爸叫 bebe，
岳父叫亲爷，
岳母叫亲妈，

小姨叫幺幺，
男人叫男将。
摔倒叫搭倒，
去哪里叫气哪叉。
别人叫人噶，
街上叫该上，
池塘叫燕，

好险叫好豁信。
冒险叫阔德醒，
吓着了叫黑倒鸟，
嚣张叫六倒个阔子……
绿药膏叫搂约膏，
没有本事叫冒得伟头，
真捉就想这点门捉继速……

主要参考文献

［1］丁志勋.坪坝史话.京山,2007

［2］熊培云.一个村庄里的中国.北京:新星出版社,2011

［3］尹建莉.最美的教育最简单.北京:作家出版社,2014

［4］武志红.为何家会伤人.北京:世界图书出版公司,2007

［5］欧阳静.无根仪式——农村婚丧仪式的锐变.党政干部学刊,2011

［6］魏劲松.是告别秸秆焚烧的时候了.经济日报,2015－2－1

［7］关于农村"人情风"问题的调查报告.保康县阳光农廉网,2014

后　记

2016年的最后一天，最后一个小时，我要用这篇后记来迎接新的一年。

新的一年，并不会有什么不同，风依旧吹着，在南国的这个城市，阳光依旧暖暖地照在每一个角落，唯一不同的，只是自己的内心。

每过一年，时光的累积也许不会让你的容貌有多大改变，但在内心，会渐渐积累一种力量，就像一株植物，拼命伸展，拼命向上生长，蕴积所有的力量，舒展枝条，让每一片叶子都在阳光下熠熠发光。

这种力量来自内心，也来自身边给我支持和力量的人，否则，我无法想象，这一年来，我是怎样把众多的不可能变成可能。

有一句话说：如果你真的想要做什么，上帝也会帮你。

那么，你们一定是上帝派来帮我的。

我要在新年前的最后一个小时，郑重地说声感谢。

首先要感谢我的家人，没有你们的支持，不会有这一切。

感谢各位兄弟姐妹，今年春节还要再聚，就在香山脚下，不醉不归。

感谢扶持"坪坝人"微信公众号的老乡和作者们，没有你们的鼓励和支持，我不可能坚持到今天。

感谢杨安武老师，不仅给这本书写了序，还校对完整本书，让我再次当了您的学生。

感谢作者龙跃洲、刘红兵、王慧玉、雨千寻、石世刚、苏传光，这本书也是属于你们的。

感谢出版社编辑马伟，为这本书稿付出了太多。

感谢红波，我每一步的前行，你都曾给予我信心和力量。

感谢向阳，你给予我写作的动力，没有你的鼓励，这本书不可能面世。

感谢邱梅,拍下了那张最具感染力的照片。

感谢所有众筹购书的老乡、同学、亲人、朋友……你们的支持,让我有了更加前行的动力。

新年的曙光已经来临,我会在新的一年,带着这份爱和感激上路,继续前行。

最后祝大家新年快乐,万事顺意,阖家幸福!

孙莉霞

2017 年 1 月 1 日于深圳南山